勾玉三部曲の一

空色勾玉

そら いろ まが たま

[日] 荻原规子◎著　辛如意◎译

时代文艺出版社

图书在版编目（CIP）数据

空色勾玉 /（日）荻原规子著；辛如意译. —长春：时代文艺出版社，2021.1
ISBN 978-7-5387-6030-9

Ⅰ.①空… Ⅱ.①荻… ②辛… Ⅲ.①长篇小说-日本-现代 Ⅳ.①I313.45

中国版本图书馆CIP数据核字（2019）第001242号

出 品 人　陈　琛
产品总监　邓淑杰
责任编辑　刘瑀婷
　　　　　闫松莹
装帧设计　孙　利
排版制作　隋淑凤

本书著作权、版式和装帧设计受国际版权公约和中华人民共和国著作权法保护
本书所有文字、图片和示意图等专有使用权为时代文艺出版社所有
未事先获得时代文艺出版社许可
本书的任何部分不得以图表、电子、影印、缩拍、录音和其他任何手段
进行复制和转载，违者必究

Sorairo Magatama
by Noriko Ogiwara
Copyright © 1988，1996，2010 by Noriko Ogiwara
First published in Japan in 1988, the new edition published in 1996 by Tokuma Shoten Publishing Co.,Ltd.
Simplified Chinese translation rights arranged with Tokuma Shoten Publishing Co., Ltd.
Through Japan Foreign-Rights Center/ Bardon - Chinese Media Agency

吉林省版权局著作权合同登记　字图：07-2018-0044号

空色勾玉

[日] 荻原规子 著　辛如意 译

出版发行 / 时代文艺出版社
地址 / 长春市福祉大路5788号　龙腾国际大厦A座15层　邮编 / 130118
总编办 / 0431-81629751　发行部 / 0431-81629755　北京开发部 / 010-63108163
官方微博 / weibo.com / tlapress　天猫旗舰店 / sdwycbsgf.tmall.com
印刷 / 三河市天润建兴印务有限公司
开本 / 710mm×1000mm　1 / 16　字数 / 240千字　印张 / 20.5
版次 / 2021年1月第1版　印次 / 2021年1月第1次印刷　定价 / 45.00元

图书如有印装错误　请寄回印厂调换

目录 / コンテンツ

- 第一章　水少女 —— 001
- 第二章　輝宮 —— 049
- 第三章　稚羽矢 —— 085
- 第四章　乱 —— 141
- 第五章　影 —— 197
- ▼
- 第六章　土器 —— 259

第一章　水少女

濑水湍流急，重重丈波磐岩阻，川势犹奔瀑；纵为石分两相歧，终思誓逢续前晤。

——《词花和歌集》

1

梦里，狭也总是六岁。

在漆黑的远方尽头正蹿升着火舌，唯独那里可以看见炙灼的天空。狭也在这世上真正能拥有的、遇到挫折逃回来时总是温柔接纳自己的所有东西，此时此刻都被大火恶意地燃烧着。暖烘烘的炉畔……弥漫着火锅及家人体肤气息的狭窄房间……自己专用的木碗……衣裙稀疏的缝线底下透出柔软又温暖的膝盖……这一切的一切都在大火海中恣意燃烧。

于是，小女孩逃到离村很远的沼泽地，但却没有任何帮助她的人出现，眼看着无处可去了，她只好蹲在干枯的芦苇丛里，任恐惧紧掐着喉头，连哭都不敢哭一声地瑟缩成一团。

夜里的沼泽地弥漫着浓浊的泥味及死蛙的尸臭，让怯生生的小女孩胆战心惊。地面湿漉漉一片，久蹲让脚趾边的土中开始渗出一塘浅洼来。曾几何时屁股也被水沾湿，冷飕飕的真是狼狈透顶。即使如此，她也根本无法离开这里，因为在芦苇叶穗的正前方，有好几只鬼正四下徘徊着搜寻自己。

狭也从叶穗底下借着死白的微光能看到它们的长相，这才惊觉它们是分散各处的五只高大妖怪。虽然现在它们还没发现自己，可或许下一刻就会突然拨开芦苇丛，嘶吼着逮到猎物了。一想到这里，她便觉得了无生趣，与其忍受等待的心力交瘁，倒不如干脆让鬼找到自己还好过些。

群鬼看似忽左忽右，永远徘徊不去。浓黑如墨的沼泽水中，映照着从鬼身上散发出的青白幽光，就像寂寥的虫儿滑过水面一样。

忽然间。狭也惊觉到周遭情景倏地一变，这次是在一间宽敞的屋里，桧木建造的宏伟圆柱并排罗列，浮现鲜艳木纹的回廊一直朝内侧无限延伸。廊上悬挂的铁灯笼中火炬辉煌闪烁，燃烧的火焰明快地映入眼底，将黑暗一扫而空。到头来她不知怎地脱离了猛鬼的爪牙，逃进了这座广大的宫殿。但令人胆怯的是这里也同样没有半个人影。狭也仰望挑高的天井，再低头瞧瞧自己的赤脚，决心前往宫中深处一探究竟。

狭也穿过数根圆柱时，发出声响的只有自己的脚步及爆裂的火炬，晃动的只有她通过灯笼旁的身影。然而，就在终于走完回廊时，她看见尽头处出现一间灯火通明的房间。这房间的壁上，如同祭坛般供着蓊郁的墨绿色杨桐枝，而在刺目的白币帛①作装饰的桧木祭坛前，端坐着一个身影。

乍看一眼，狭也就认出那人身上的纯白衣裳是巫女身份的装束，虽然瞧不见那名女子的脸庞，却凭直觉认为她是位秀色美人。雪白的裙缘如扇流散四处，纤细的背影，仿佛沉浸于光晕中；长长的乌丝黝润亮丽，在头与肩上散放光泽，像飞瀑般流泻至地。然而，狭也却没来由地忐忑不安起来。当她踌躇不决时，慌忙回看自己的脚边，发现那道拉长的黑影，刹那间便对自己为何不安恍然

---

① 在神前祈祝时献纳或消灾除祟所用之物，主要由麻或白纸制成。

大悟。

　　这个巫女没有影子！

　　狭也惊觉自己是一只自投罗网的兔子，原本打算逃离狐掌，却又继而掉入陷阱。她想要嘶喊，却发觉喊不出声，这更让人恐惧到了极点。

　　求求你，别回头！

　　绝对不可看到巫女的面容，这是禁忌！如果看到的话，必然会发生令人毛骨悚然的事，到时想阻止也来不及了。不能看她。然而，狭也既无法闭上眼，亦不能转移目光。

　　别回头，不然会被鬼吃了！

　　就在深陷绝望的狭也面前，前刻还像雕像般端坐如仪的巫女，此时正缓缓转过身。刘海微微飘动着……开始看到一点儿侧脸……接着是眼眸……然后是目光……

　　我会被鬼吃了！

　　狭也蓦然惊醒，身上汗如雨下，一股寒气正摩挲着她的脸颊。看样子，好像是被子将自己的头给蒙住了。四下仍一片幽暗，西侧小窗还残留着星屑。睡在身旁的母亲翻身过来，含糊问着狭也到底怎么回事，父亲依旧不断地轻轻打着小鼾。

　　"没什么，我有点儿睡迷糊了。"狭也小声说，庆幸自己没有发出尖叫，接着又拉起被子，在枕上以手支头。

　　"又做了那个梦吗？"母亲问。

　　"才不是呢。"狭也不禁反驳母亲。

　　从小，她就时常在号啕哭喊中惊醒，不过正好在最近，狭也才与母亲谈到如今既然长大，梦魇也应该不会再出现了。其实，这不过是个谎言罢了。愈成长，梦境中的细节就更加深刻鲜明，更加无情地蛊惑着她。

凡事想得开的狭也，唯一的弱点就是会做这个噩梦。她既非羽柴出生，年迈的双亲也不是亲生父母，这些迫于无奈的记忆总是三番两次折磨着她，即使明明不记得曾在沼泽地旁有个家，即使她连亲生父母的脸孔也忘得一干二净……

狭也烦躁地拨起一绺发丝，咬紧嘴唇不让自己哭出来。想哭是出于她恼怒自己还一直会做这个梦。

今年自己已十五了，在这个村落生活的岁月，早远远超过在故乡度过的时光。照理来说，自己应该想不起在别处的生活才对。狭也心有不甘地想到。片刻前，那个在沼泽地里手足无措的傻丫头，究竟是何方神圣？那可不是我，绝不是我！孤零零的我可是死里逃生，像现在这样遇见了养父和养母呢。

死里逃生这件事其实早就不复记忆，事情的始末也是狭也后来听人提起的，听说在她濒临饿死之际，刚巧碰上到山里来的乙彦等人，才捡回了一条小命。在她持续高烧不退的几天里，大慈大悲的神明将小女孩遍尝的种种苦痛一手拂拭而净。因此，狭也即使知道自己是遭东方血战逼迫才逃来此地，却几乎没有感同身受的痛苦。

东方——战地已成为远乡——那里现在仍有原住民的氏族不屑朝拜高光辉大御神，与身为神子的照日王及月代王的征讨军大动干戈，但那场战争对狭也而言毕竟事不关己，羽柴乡早在上上代乡长在位时就接受了真幻邦的统治，于镇守的森林中为其建造神社，祭祀高光辉大御神神灵所在的铜镜。而神的回礼，就是让乡民丰穰太平，得以安居乐业。

只要在这里，我就能获得神镜的庇佑，量那群鬼也不敢闯来。不过，为什么梦里的女孩，无法来到这个安全地带呢？

　　顷刻间，狭也又对梦里的猛鬼升起一股莫名的恐惧，魅影幢幢的异象在脑海中愈来愈鲜明。她躲在被窝里浑身打战，对自己此刻已从梦里醒来，觉得实在庆幸。这床被子、这间茅屋，还有在羽柴此地的狭也，才是真正的狭也。她将在此处生活并长大成人，然后选个好归宿、照料双亲。都十五岁了，这些事也离自己不远了……

　　然而，在狭也内心一隅，也微微察觉到一件事：只要梦中的女孩继续逃避着鬼，那么自己也将跟着逃避下去。可是这该如何是好？是不是干脆让鬼给大口吞了一了百了？——这个梦究竟象征着什么？对狭也而言，实在是个解也解不开的谜。

　　川雾散尽，天气晴朗如碧。洒泻的阳光逗耍着河水，潋滟的水波粼粼展开金银色的纹彩，川原上温润的石块不经意地散放出锐利的石英光芒。洗涤衣物的女孩们一大早聚集在一起彼此寒暄，七嘴八舌谈论着日照正高。此时乡民穿的衣衫虽然还是蓝染的靛青或栗染的茶色冬衣，但对岸山崖上青叶嫩润，山杜鹃已遍染一片赫红。夏天即将来临了，伸手穿过新上身的白麻衣衫袖子，换季更衣的日子也近在咫尺了。

　　"早安。"

　　狭也抱着衣篮走下川原站定脚步时，姊妹淘们大概都到齐了。

　　"早安，狭也，别独自烦恼了，告诉我们你心痛的原因吧。"

　　劈头就受到大家的质问，狭也一头雾水。少女们在灿烂的阳光返照中，一大早就像年幼的香鱼般活力充沛，竞相寻找逗乐子的饵食。

"什么事呀？"

"你再隐瞒也没用，瞧你今早走路时那副失魂落魄的模样，就知道是怎么回事了。让你心神不宁的那个人到底是谁，名字说来给大家听听吧。"

狭也听完不禁语塞，但即使这样也足以让大家笑得乐不可支了。

"不是啦，我只是做了噩梦而已。"

"做梦？那好那好，我来替你祈个福、消个灾就会没事。所谓'徒梦枉然'，可别钻牛角尖喔。愈是往坏处想，坏事愈缠着你哟。"

"什么样的梦呢？我可以用占卜帮你把噩梦变好，就说说看嘛。"

"不——行。"狭也从衣篮里取出衣物浸在河水中清洗起来，并不搭理她们的追问。关于这个梦，狭也不想让它沦为大家嚼舌根的话柄。

"真没想到狭也口风这么紧。"邻家的女孩说，"在我们当中还不知道对唱山歌的另一半是谁的，就只剩狭也了。"

"对啊对啊，所以我们才发誓要一齐找出狭也的心上人嘛。"

下次的满月之夜即将举行山歌盛会，这件事已成为少女们每次相聚时的必谈话题。这原本也是无可厚非，因为盛会当天除了老人小孩以外，乡里的村民们会纷纷登上近郊的最高峰——井筑山，在山腰上的原野彻夜燃起篝火，然后发上佩戴花饰的民众将在那儿载歌载舞。男子们怀里将暗藏小小的献礼——发梳、饰玉、小盒子等，目的是为了送给对唱答歌的女子。这是一种仪式，也是一个鼓舞人心的开放式祭典。尤其对情窦初开的男女而言，这项活动也是情感交流的关键。在山歌庆典会上对唱情歌，实际上就是互许终身的前奏。

"你们竟然不知道我的心上人？大家也未免太少根筋了吧。"狭也说，"那就从我的眼神举止来猜猜看如何？"

少女们兴致高昂起来，一下子就蹦出十几个可能人选的名字。

"可惜，全猜错了。"狭也笑了起来，又恢复到平日的促狭性格，她内心盘算着要将这群年轻女伴们掀起的活泼气氛，一股脑儿赶得烟消云散才够意思。于是狭也掩着口，悄声说："是月代王。"

立刻就有几只手伸出来打狭也好几下。

"狭也好贼喔。"

"会遭天谴的。"

"不管怎么说，月代王也是不可能来参加山歌会的嘛。"

狭也一边护着被东拉西扯的头发，一边说："我不知道啦，不是有人说神明会降临观赏山歌之誓吗？说不定神子也会现身大会呢。"

"月代王要是参加所有丰苇原中之国举行的山歌会，岂不分身乏术吗？"

"何况月代王现在正在指挥作战呢。"

"而且还身穿一袭银盔甲。"狭也梦呓般说道，"就算能见一眼也好，我真想亲眼看见月代王的风采。神子之美不是犹胜满月吗？如果月代王真的亲临这片土地，那岂不是再好不过了？"

"狭也说的倒像是巫女说的话，难道你想为辉神守节，一辈子不嫁？"

"我们都不过是一群村姑罢了，才不会为了神镜里的神灵牺牲奉献呢。"

狭也笑起来。"对呀，怎么可能，我是独生女，不找个丈夫可不行。"

"就是啊，梦终究是梦。"

然而，明明心想要认清现实，狭也却压根没对挑选丈夫这件事认真思考过。虽然少年郎有一箩筐，但论能做自己夫婿的人选，在脑海里却连一个也想不起。这在姊妹淘中简直被视为天方夜谭，狭也为此突然难为情起来。

"如果找不到丈夫，到时就请求巫女收留我当个婢女使唤好了。"

狭也话才出口，周围的友人们又一口咬定："果然狭也今早有点儿反常喔，是失恋对吧？一定没错……"

就在大家又开始瞎起哄时，下游处传来一阵怒斥声。那里是较年长的妇女聚集之处，其中一名妇人指着河面高声道："你们不要只会闲聊，好好专心洗衣服！就是这么丢三落四的，看啊，东西不是被水冲走了吗？"

少女们同时回过头去，顺着妇女所指的方向，只见浅滩上一条黄色的柔细饰绳，正如灵蛇般蜿蜒滑向下游。狭也连忙一跃而起。

"糟糕，那是我的。"

狭也毫不犹豫地将衣摆卷至大腿，丝毫不睬年长妇人们一副败给她了的表情，一下水后就大胆律动着双腿，径自追随细绳而去。少女们目送她勇气可嘉的姿态，面面相觑，扑哧笑了出来。

"瞧她的举动，光要在神社打杂都很困难了。"

原以为立刻能拾起的黄饰绳，想不到竟完全不与岩石或水草纠结，滴溜溜地随波逐流，与紧追在后的狭也渐行渐远。对村里的女孩而言，染色饰绳可是一件贵重的奢侈品，狭也绝不想失去它。

水流虽然浅不及膝，但河床上却乱石松动，稍不留神就会踏空。好在身手灵活算是狭也的长处之一，因此她并不怕踩空跌倒，只是一个劲儿蹬着起舞般敏捷的脚步，飞溅着银水花横渡清流而去。狭也的这种姿态，令人联想到幼兽的野性奔放。扎成一束的及腰长发，像是快活的尾巴在背脊上跳跃。

在情窦初开的少女中，狭也算是体型纤瘦的，但从身上穿的靛青色庄稼服里伸出来的手脚，却显得健康结实，一副看起来吃苦耐劳的模样。小巧的鹅蛋形脸上闪动着感情丰富的明眸。她的容貌虽引人侧目，却又予人一种飘忽且捉摸不定的印象。不过狭也看似爽朗奔放，其实潜藏着处世伶俐的机警，这种特质若是心思细腻的人就会感觉出来。她会拥有这样的个性，是源于身为养女的成长经验得来的智慧。她了解在长辈面前必须拘谨有礼，并且不要自以为是地大露锋芒。

因此，也有大人相信狭也是个灵淑婉约的难得女孩，但另一方面，村里的调皮鬼至今仍津津乐道着狭也当孩子王时的惊人壮举。这两种截然不同的性格都属于她，而且两种脸孔的后面都存在着一个不安定、容易寂寞、总是追求归属感的狭也，这种心境也只有当事人才明白。

河川边吟唱边绕过突张的岩石岸边，缓缓蜿蜒，流向嫩草茂盛的行船水路。狭也穿过岩石暗处后，不禁为眼前所见的光景惊讶得停下脚步。原来她在专心追逐饰绳时，不知不觉来到了河川下游的渡河跳石。而且有个人正在渡河的半途中弯下身子，想捡起那条黄色饰绳。

　　这个人看来比狭也小了两三岁，是位矮个子少年。然而狭也一时之间无法出声和少年打招呼，因为他那袭诡异的装扮，是在这个村落前所未见的。

　　只见他全身上下是褪色且短得可以的黑衣，脚上是毛皮绑腿和皮履，背上还挂着菅草编的斗笠。在看似穿旧了的粗衣上，配着一串完全不相称的赤石首饰。狭也从未见过这个男孩。

　　少年挺起弯下的身子，一手拈着湿漉漉的饰绳，直勾勾紧盯着狭也不放。那一头像是从未梳理过的杂乱头发底下，有着小狗般桀骜不驯的脸孔。他像是发现什么罕见东西似的，凝视着用手按住卷起的衣摆、河水早已浸湿及膝的狭也，然后冲着她放肆笑道：

　　"这条饰绳是你的？想要的话就上来拿呀。"

　　少年拿着水滴直淌的饰绳，从渡河跳石上飞跃而过，迅速跑向右手边的河堤上。狭也一时火大起来，立刻大步跨过跳石紧追而去。

　　"还我，你拿它要做什么？"

　　狭也正伸手想逮住他的肩膀，黑衣少年却抢先回过头来，脸上带着有趣的表情，仿佛毫不在意狭也气鼓鼓的模样。长期与顽皮鬼周旋的狭也，随即领悟到这个男孩非同小可，而且还正如她所料的，几乎就在同时，她发现少年身后有三位紧随在旁的高大男性。他们的存在，让狭也望之却步。

　　这几个男性或许是盗贼，或许是拐人集团也说不定，各种迫害威胁的场面从狭也的脑际闪过，她几乎要尖叫起来。这些异乡人散发的气息如此诡谲，是狭也从未遭遇过的。不过，他们并没有威胁利诱这名少女。这些与少年同样黑衣及毛皮绑腿装扮的男性，只是默默无言地打量着狭也而已。即使如此，在狭也惊怯的眼中所显现的不是三个人，而是五人、十人般的雄浑气势。会有错觉的原因之一是他们人高马大，并拥有倚仗千军般泰然自若的气魄。

原本狭也大可背转身子一溜烟逃回姊妹淘那里，但她却只是定定望着少年，连她都佩服自己哪来的勇气，接着单手一伸，说："把饰绳还我，你捡到的东西是我的。"

少年像要看穿狭也的脸庞般仰视着她。忽然间，从少年背后发出气若游丝的尖细嗓音：

"还给她，鸟彦。"

狭也大吃一惊，向少年背后望去，那令人毛发直竖的声音并非来自三个男性，原来狭也没留意到还有位白发婆婆拄着拐杖立在那里，因为她的身躯实在太矮小了。这个名叫鸟彦的少年，比想象中更爽快地微微一笑，交出了饰绳。

多么奇特的一群人啊！

虽然拿回了黄饰绳，狭也依然忍不住仔细再瞧他们一眼。三个男性看来虽然高大，其实真正体型健硕的只有其中一人，其他两人不过是较村里的男子体格魁梧点儿罢了，但都带着凌厉迫人的气势。发型虽然都是常见的双髻造型，脸上却蓄着浓髭，皮肤又晒得黝黑，目光更是炯炯有神。特别是其中一人单边戴着绑有黑皮绳的眼带，他的特异风貌及闪着精光的独眼，令人望而生畏。

另一人较独眼汉年轻且身材瘦削，眼神十分犀利。至于那个体型健硕的壮士，则是不折不扣的巨人，身高体宽都非常人所及，手腕就像圆木般粗壮，不过从他的容貌来看，应该是三人里最豁达大度的一位。

此外，再看那位老婆婆，她的身形像是干缩幼儿般矮小，那模样最多不过是五岁小孩大小吧,却挂着比自己身高还长上两倍的拐杖,而且竟有一张比自己身躯还大的脸,以及一对大眼。她的白发像是蒲公英种子的绒毛般蓬松倒竖着,如此更加突显她头上戴着的那顶斗笠。看来看去,狭也还是觉得那名小个子少年在这群人当中是比较接近常人的,但即使如此,为何他们要一直盯着自己看呢?仿佛除了等待她之外别无所求似的……

突然间,老婆婆像青蛙般眨巴着双眼,再次开口:"想借问一下,到梓彦乡长的府上还很远吗?"

"不远,很快就到。只消沿河往下走,再右转朝松林走,就会看到了。"狭也一口气说完。

"方便的话,是否能请你带个路呢?我们是受邀来参加山歌会的,正想前去拜访梓彦乡长。"

"原来如此。"听到此话,狭也表情和缓下来,心情也为之一松。"你们是为庆典演奏的乐师吗?"

"正是。"

这么一来,他们身上风尘仆仆的鞋履、绑腿、斗笠及拐杖,看来就不再那么奇怪了。在举行庆典期间,浪迹江湖的乐师们会游走各个城乡小镇。虽然狭也至今只在庆典广场搭造的板席上,见过乐师们吹笛鼓琴而已,但想必他们也是远道而来的吧。在庆典前后的数天里,乐师们会在乡长的家里接受盛宴款待,庆典结束后又循例漂泊他乡而去。

"当然可以带路,我这就去拿清洗衣物来,你们愿意稍等片刻吗?"

狭也说着正要返回上游时,男孩突然不经意地对她说了一句:

"你的掌心有块胎记呢。"

狭也惊讶地回过头来。从小在她的右掌心当中，就生着一朵薄红花瓣般的椭圆形胎记。平时她并不以为意，但一想到眼尖的少年竟会注意到那块胎记，就不由得浑身不舒服起来。

"这是天生的，那又怎样？"狭也对长红胎记的人可以预知火灾这类说法，早就听到耳朵快生茧了，因此语气稍带挑衅地回答。

少年一脸古灵精怪的表情说："你不是这个村子出生的，对吧？"

狭也沉下了脸。她虽然内心悚然一惊，脸上却仍是若无其事的表情，沉着问道："为什么有胎记就不是这个村子出生的？"

这时，戴眼带的男性向身旁的人低声窣窣说了一阵，声音却飘到了狭也耳里。

"和……是同一人……你知道吧……这孩子生着水少女的脸孔。"

水少女？她是谁？

狭也突然感到一阵紧张而全身紧绷。他们所说的那个名字，自己虽从未听说过，但字眼儿中却带着一股不安的余韵萦绕耳际。她感到内心一阵悸动，好像被冰冷的手指触及般血温尽失。狭也知道老婆婆是友善的，于是涩声问："你们到底来自何方？"

狭也期待着对方说出"来自东方"，倘若真是如此，他们或许知道有关自己的真正身世也说不定……

岂料，老婆婆却回答："来自西方呀。我和他们是在南方聚首的，这一带有许多村落规模虽小，却衣食无虞呢。"

从老婆婆那细纹密布的脸上，看不出她有任何想法的蛛丝马迹。这位老妇的所有精力似乎都集中在明亮闪烁的眼瞳中，别人却无法真正摸透她的心思。狭也略感失望地静默下来。这时，老婆婆又像猛然想起什么似的问道：

"你可知道狭由良公主这个名字？"

"狭由良公主？我不知道。"

"这也难怪，难怪。"老婆婆独自不断点头，"公主撒手人寰也很久了，但狭由良在真幻邦宫殿里死去一事，对老妪来说还恍如昨日。"

"她是您的至亲吗？"狭也讶异地问道。老婆婆的口吻仿佛在诉说亲生女儿般，她所提到的真幻邦宫殿，是指中央之都所在的辉神之子的寝宫。这个场所若非身份尊贵者，是无缘一窥堂奥的。

老婆婆并没有回答狭也，少年却轻声笑了起来。狭也发觉只有自己在那边无知地瞎猜乱说，不觉心绪一阵起伏，有点儿不高兴起来。

就在这时，从河边草丛里响起了好几声"喂——"的明快叫喊声，呼唤着狭也的名字。几个充满好奇心的少女，正尾随狭也而来。"你还好吧？捡回饰绳了吗？"

一股劲冲上河堤的女孩们看到这群陌生的异乡人时，也和狭也一样讶异地圆睁大眼驻足不前。狭也心下感谢她们来此替自己解围的同时，又忙向友人们说明事情原委。

"是他们在这里帮我捡起来的，还说是今年前来的乐师。我现在要带他们去梓彦乡长的家里，你们也一起来，好吗？"

少女们脸上闪现着灿烂的光彩。凡事只要与一成不变的日常生活有所不同，就会非常受欢迎。她们吃吃笑着，兴冲冲地回到原先洗衣的地方。

"好奇怪的一群人喔。"

"我总觉得他们好像'土蜘蛛'。"

"你说得太过分了,这样很缺德。"

"可是,"一个女孩有如少不更事的孩童般,天真地说,"大家不是都说土蜘蛛手长脚长或是个子矮小吗?而且夏天露宿树上,冬天则窝在洞里,那些人看起来不正像八只脚的翻版吗?"

大家哗然笑了起来。以她们的年纪来说,没有任何人真正见过土蜘蛛,纵使大家知道,那是对拒绝臣服辉神之子的边境居民所冠以的一种侮蔑称呼,但在谁都不知情的状况下,土蜘蛛在同伴间成了专指异类或异形的用语。

女孩当下描述的样子,正与这群乐师给人的乖违印象不谋而合,狭也因此也跟着大家哈哈笑了。不过她才乐到一半就突然打住,手长脚长或是个子矮小——友人的这番话,让狭也从刚才就朦胧意识到不安的原形,一下子轮廓分明起来。

狭也蓦然回首,透过相隔的河岸草叶凝望着已化作黑影团的旅人一行。他们当真像是一群滑稽的大小搭档,而且他们是五个人,有五个同伴……

狭也按捺着骤然战栗的胸口,喃喃自语着。

他们不可能是土蜘蛛,只是凑巧相像罢了。在这样的光天化日下,那个梦魇不会出现。太阳是那么灿烂夺目,它绝不会出现。

2

"一言为定喔。"

"嗯,小女子一言为定。"狭也满脸严肃地发着誓,"本人保证不和秋彦、村次、丰男、尾广——还有嘛,绝不收真人送的礼物,也不与他对唱答歌。本人在高光辉大御神前立此誓言。"

"行了，这就成啰。"

女孩们半开玩笑半认真地进行誓约。即使笼罩在欢欣鼓舞的气氛中，大家依然意识到一种难以抑制的心潮激荡。山间萌生的新绿傲然展现出令人屏息的光泽，就连少女们身穿的雪白衣裳，也浸染了一抹青绿。她们毕竟是少女情怀，陶醉在豆蔻年华中不能自持。清新的麻衣衫，发梢上插的石楠花，腰带上别的杜鹃花，女孩们知道此刻再也没有比自己更适合这些装饰的了，因此感到既光彩又腼腆。

"我觉得吃亏的就只有我一个。"狭也向身旁的女孩说。

"那是你不好，谁教你自己不找对象的。"

"狭也没问题啦，别瞎操心。"系着棣棠花般鲜黄色腰带的女孩在一旁插嘴。

"为什么别操心？"

"为什么？真是的！"绿草头冠的女孩说，"你不知道自己多引人注目吗？最近还不知听谁提起呢，说狭也那孩子看起来不像村里的姑娘。"

"那说我像什么？"狭也问。

"你该高兴的呀，人家说你像个美人。"

"好羡慕喔，那就当你是公主好了，狭也公主。"

"别闹了！"

狭也鼓起腮帮子。对同伴们开的玩笑却无法开心，这都归咎于自己太在意那个独眼乐师说的字字句句：这女孩生着……的脸孔。什么嘛！

自己果真长得那么与众不同吗？

旁边的女孩拍拍狭也的肩膀笑说："你别担心，基本上没人在看到狭也原形毕露后，还会认为你是公主啦。"

在四面环绕着栎树、米槠和七叶树混生的杂木林，以及长有高大茶花树的南方斜坡空地里，年轻人正忙着把柴薪往上堆高。各个村落各个场所举办的筵席上，一群年长妇女正心无旁骛地将丰盛的佳肴盛装在大柏叶片中。围绕广场周遭的每个绳结装饰前，都摆着一坛神酒，男子们似乎在还没日落前，就已经酒酣耳热了。茶花盛开的季节虽过，但稍微步入山里，泛着银色叶背的大石楠花正微红盛开，金色棣棠花和白色野蔷薇沿着溪谷如点点繁星般缤纷绽放。负责分送花朵的少女们，正热衷于争相拿花朵装饰自己。

"我们是春天的使者，当然要配上最美丽的花朵啰。"系着茜红色饰绳的女孩说。

"邀请山上神明来参加庆典是我们的任务，据说从很久以前就是这样了。"

"很久以前是什么时候？"狭也问。

"是在建造辉神神社之前喔。据说，巫女因此对山歌流传至今感到颇不以为然。不过巫女心里不快那是当然的，因为她必须整晚坐冷板凳，没有半个人会去邀请她。"

"从山上来的是哪一位神明呢？"

"不知道。山歌到现在还是一种习俗，不过算是美俗一桩，对吧？如果失传我可不要。"

其他少女一边在腰带的花束上添加棣棠花，一边心浮气躁地说："以前的神明早就死了，那是因为辉神太过光辉灿烂的缘故。尊奉死去神明的氏族，现在就只剩下土蜘蛛了。"

"真讨厌，什么土蜘蛛的神明，我才不想招他来呢。"戴绿草头冠的女孩说。

"那当然，因为你满心想招来的，就只有一位情郎嘛。"狭也这么一说，好几个人都嘻嘻笑了起来。

狭也摘下像是黄金酒盏似的棣棠花，对邀请山上神明莅临盛会一事，开始牵肠挂肚起来。接着，她又对根本没有神会降临、同伴却还为此兴高采烈的模样，感到一股莫名的寥落。

远山彼端，太阳正缓缓落下，苍穹从青转赤，再从赤转紫，又急速变靛蓝而西沉。东方天空才挂起一轮宛如铜片打圆的硕大明月，广场就立刻升起与月色遥相呼应的火堆。人们竞相发出欢声，火焰渐渐窜高，燃起超乎想象的擎天火柱，仿佛恢复到白昼一般。狭也睁大眼睛，瞧着火光照耀下的众人笑脸，还有盘踞在乡民脚边，交错得让人眼花缭乱的团团黑影。

庆典就此揭开了序幕。乡长走到众人面前致辞，期盼大家在今晚能玩得开怀尽兴。头发已届花白的乡长梓彦，是个不具野心、质朴正直的人，如果不看那一丝不苟的个性，他的确是位备受乡民爱戴的人士。乡长刚致辞完毕，立刻就笙鼓齐喧，狭也微微局促不安地望着临时搭建的板席，只见乐师们早已齐聚那里。

从在河边与那群旅人相遇以来，狭也就不曾见过他们。今天看那一行人已不再身穿污黑衣物，而是改换乡长所赠的上等麻衫，发上插着绿叶头饰，变成一副仪表堂堂的模样。他们看来风采超群，外形也十分端正得体。演奏是由巨汉击着太鼓，另外两个人分别敲鼓及吹笙，男孩手持横笛，老婆婆则跨坐在琴上屈蹲着弹奏。

尽管他们来路不明形迹可疑，演奏出来的音色却无懈可击。乐音澄澈而嘹亮，飘扬十里，滑进了人们雀跃的心田。

"嘿，今年的乐师可不是盖的！"

不知是谁发出的感叹，声音清晰可闻。

"狭也别发呆了,快来跳舞吧。不要一时大意,让别村女孩抢走对象喔。"

狭也被身旁的女孩一扯袖子,才立即回过神来,连忙点点头跑向人群。

就在熊熊火堆的四周,正层层围绕着几圈民众。舞蹈是由简单的肢体动作和舞步节奏组成,渐渐围拢环绕火边。火焰的炙热与人们的沸扬融为一体,所有的舞者步伐都渐趋一致。虽然也有人纵声笑闹或耍宝,不过众人却好像被一股强大的凝聚力牵引般,踏响的节拍逐渐化零为整,于不知不觉、忘情漫舞之间,舞步达到了一丝不乱的境界,响声震撼高山群岭,回荡在人们头顶上的枝丫间。村民们为狂涛般的兴奋如痴如醉,当广场上的人群与火焰配合得天衣无缝时,月儿正高挂当空,以银色眸光俯视地上的一切景象。满月仿佛溲疏花的霞彩般迷蒙,庆典之宵则如漫洒淡淡光粉般绝妙。

就在热舞到最高点时,振踏一致的脚步节奏再度凌乱起来。众人的耳际已听不到乐音,而是男子搜寻着女子,女子探求着男子,彼此逡巡着那唯一的视线。唯独此夜,已婚的男女也重回单身时刻,彼此在各处吟唱着恋歌:我多么爱你为妻,而我又多么慕你为夫——拥有情侣的人相依相惜,为交换赠礼而脱离舞圈,来到树荫下。

事到如今,狭也对立下誓言感到后悔莫及,她连想都没想过誓言中提到的那几个名字的年轻人,竟会轮番上前来邀请自己。以前狭也和他们是常游戏打闹的玩伴,但自从他们步入青年后,几乎就不曾与她开口攀谈过。就算碰面,似乎也只是远远隔着彼此打声招呼而已。对这些不知何时变得肩膀魁梧的青年,已将自己视为女人一事,狭也可是半点不知情。到头来,她总算恍然大悟,原来自己被少女们"牵制"了。

真是的,好一群重色轻友的丫头。

不过,这件事却突显出女伴们对山歌会比自己更加死心塌地,她们才是真正由衷思慕着心上人吧。自己甘拜下风,狭也觉得实在怨不得别人。

我在这里做什么?

狭也当然也憧憬着爱情,她只愿情有独钟,与意中人相挽着手、互道情愫衷曲,结果没料到却是这种下场——拒绝青年们邀约的狭也,失望得几乎要哀叫起来。五个青年中,最后只剩真人站在那里。

"连你也来了……"

当过孩子王的真人比狭也大三岁,他曾是令左邻右舍头痛不已的调皮少年,但狭也与他许久不见,只瞧那张变得瘦削的脸上,早就没有幼时那叛逆乖张的习气,就连狮子鼻看起来也蛮顺眼,这家伙已活脱脱变成朝气蓬勃的青年了。当真人高大的身形靠过来时,就像一道无形的电光冲着狭也而来。

"我以前可被你整惨了。"狭也这么一说,真人就笑起来,不过眼神中却没有丝毫笑意。

"那是因为我知道将来总会等到这一天,小狭也。等你长到可以参加山歌会的年龄时,我就能拜倒在你的裙下,恳求你给我答歌。"

狭也为难而窘迫地仰视真人的脸。"去年和前年你都对我一副视若无睹的样子。"

"去年是去年,但今年的你是本村最美的姑娘喔,我才不想让别村的男人把你抢走。给我答歌吧,就给我一个好答复!"

狭也俯下头来,耳梢上的石楠花也偏垂下来。她早就彻底受够了,而且准备谢绝男方的答歌也唱完了。女孩们在预备情歌的同时,当然也准备了几首婉拒对方的歌谣,这些都是自古延唱至今的歌词,因此女孩们不需再为答歌的内容费神。不过,狭也却连一首也想不起来了。惨了,这该怎么办?干脆即兴乱编一首来拒绝他,还是……

就在狭也进退维谷之际,突然她的身畔响起了一阵歌声。

> 遥遥远野,寻觅难会。
> 冷冷人丛,相知吾妹。

狭也和真人倒吸一口凉气,同时回过头来。若是女方还未答歌,就有第三者前来邀歌,意思就表示他对先前的求爱者下挑战书,这样的举动必然会造成骚动,因此知趣的人都不会去踏死穴。不出所料,真人立刻面红耳赤起来。

"哪来的混蛋,想找死吗?"

"别这样。"

狭也眼看真人鼓起鼻翼,想起他小时候的恶形恶状,慌忙制止了他。那个破坏好事的家伙,竟是个相当瘦小的男子,狭也仔细打量那人的脸,不禁气急败坏张口无言。原来,他就是那个到刚刚为止应该都还在吹笛,口吻傲里傲气的小个子少年。

"你呀——到底在搞什么鬼?"

"小毛头,滚回家睡你的大头觉!别给我不会装懂,还有样学样。"真人鼻孔喷烟地吓唬他。

少年冲着两人嘻嘻一笑。要不是他脸上还带着稚气,真可说是一副摆明"你奈我何"的表情。

"答歌怎么办,狭也?"男孩唱歌般问道,"你若向我们其中一人答歌的话,事情就能和平解决喔。"

狭也慌乱地左看右看两人,不知如何是好。然后,几乎是自暴自弃地唱起来。

恋恋意浓,吾郎来盼。
荫荫小树,悄立等待。

"狭也!"真人难以置信地大嚷,"为什么?为什么你要给那家伙答歌?"

狭也心中一片惨然。"抱歉,我不能给你答复。去找一位打从心底注视你的女孩吧,我想她一定会出现的。"

狭也就像逃走般离开了会场。坦白说,她真是懊悔到了极点。

为何我非要充当烂好人呢?

狭也发出幽幽的叹息。

原本她对山歌会是那么望眼欲穿,那种众里寻他千百度的恋情兴致,现在全化为乌有了。狭也对火焰与人影的纷乱感到目眩不已,只想找个微暗的地方让自己稍稍静下心,于是她走向树荫下。当她穿过环绕山歌会场外的绳结时,才发现刚才的少年还跟着自己,狭也狠狠白了他一眼。

"我有话在先,你送的东西我可不想拿。就像真人说的,你还是个孩子嘛,为什么你会离席过来呢?"

少年眼珠子滴溜溜一转，在微微月光映照下，他的眼瞳浴着光泽，闪动晶亮。

"我还以为你会说句谢谢呢，你看起来那么无助，所以我才特地解围的嘛。"

这小子真是个怪胎，狭也暗想着，为何他会如此明察秋毫呢？难不成他一直在注意自己的一举一动？

"我记得你的名字就叫鸟彦，对吧？"狭也缓缓说道。

"嗯，对啊。"

"为什么你知道我不是这个村子出生的？"

"这个嘛，我当然知道。"鸟彦两手交叉在脑后，看来十分得意，"我们就是为了找你才来贵宝地的。"

狭也努力佯装平静地回答："你再胡说八道，我可要生气了，我现在心里正不太好受呢。"

"好凶喔，我是说真的。"鸟彦收起得意的样子，略略改为正经八百的态度说，"我们是来寻找九年前，由照日王率兵烧毁村庄里的一位失踪女孩。那孩子当时才六岁，右手上有一块红色胎记，那是在她出生时，手中握有明玉的印记。换句话说，她就是水少女的继承人，也就是狭由良公主的转生。"

"别再讲了。"狭也喃喃说道。

"狭由良公主乃是尊奉暗御津波大御神的诸王当中，身份最高贵的公主之一，她将大蛇剑——"

"我说别讲了！"狭也发出尖叫将话打断，她用力摇着头，半边发际上的花朵纷纷飘落下来，"我不想听这些，你给我走开！你给我走得远远的！"

鸟彦一听这话，不由得扫兴，他讪讪说道："可不可以请你说话别像在赶小狗？我看起来虽像个孩子，但活得可比你久哩！"

狭也于是转过身，朝山歌会场直奔而去，她想奔回亲友、知交、懂得自己欢笑和泪水的人群里。谁知她愈跑，就愈陷入枝影无穷蔓生的漆黑森林中，篝火辉煌燃烧的广场明明就在仅仅两三棵树以外的地方，现在却无影无踪。狭也即使改变方向前进，也只是白费力气，就算她向四面八方奔跑，迎接她的也只有深山森林的一片寂静。跑着跑着，狭也终于停下脚步，倚着一株树干站住，接着调匀呼吸，想借此压抑自己内心的恐慌。

别慌，狭也。在这种时候——挣扎也是白费力气。

就在这时，传来了矮小婆婆的声音，"别担心，你有一股信赖他人的力量，当然你会把鸟彦的话给听进去。"

喏，你看。

狭也背抵着树干，面对终该来临的魔物，准备奋力一搏。在无法摸清距离的黑暗里，五个乐师就伫立于朦胧光影中，像是被包围在月夜蕈所散发的磷光内一般。狭也觉悟到终于要面对这个让自己深深恐惧的业障，她无奈地深吸一口气，又将气吐尽。从狭也的举动来看，可能只是一种听天由命的沉着，却反而使她再也感受不到特别的恐惧。也或许，她的感觉早已麻痹，不过与其这么说，倒不如说她的怒火正在体内燎烧起来。

狭也瞪着这五个人，随口道："你们果然是鬼，对吧？"

首当其冲的老婆婆却面不改色，用那双干瘪脸上的铜铃大眼注视着狭也。

"不，我们不是鬼。"老婆婆回答得十分干脆，"至少我们与山歌会上聚集的大伙一样，和你都很亲近。"

紧跟在老婆婆后面的鸟彦则补上一句，"是啊，我们的心灵也会受伤喔。"

戴眼带的男人开口说:"这位是岩夫人,我是开都王。"

接着,他又将手伸向巨汉,"这位是伊吹王,那两位是科户王和鸟彦。我们全都尊奉暗御津波大御神。"

狭也顿时明白了,他们全是土蜘蛛。

当狭也想到自己的身份也是土蜘蛛,就恨不得想找个地缝钻进去。"我不是土蜘蛛!"她在内心深处呐喊着,"不是!才不是!我最喜欢阳光和花卉,空气和云彩也是我的最爱,我明明就热爱太阳底下所有生命万物……"

"请听我说,狭也。"岩夫人说,"你知道开天辟地的故事吗?也就是创造这个国家的父神及母神?男神与女神同心协力缔造了丰苇原的中之国,并使各方神明遍及在这个国家中。神祇遍布山岳、河川、岩石、涌泉、清风、大海里,众神和乐融融地住在四方,各处响起的笑声,就连大地也为之摇撼。没想到就在女神创造火神时,竟被烈焰灼伤,她因此躲进黄泉国。悲愤的男神在斩杀火神之后,为了讨回女神而亲赴死国。但男神亲眼看到女神那副惨不忍睹的形貌后,竟然逃回阳间,还用千引之岩将通路封死,表示两神缘分就此了断。此后,众神就划分为天上和地下两派。"

"是分成光明和黑暗。"狭也直截了当地插嘴,"凡身为丰苇原中之国的子民,无论谁都知道这个传说。女神诅咒着地上,说要一天杀掉一千人才痛快。男神就回应说,要一天建上一千五百间产房。说这番话的男神,就是高光辉大御神呢。辉神使地上洋溢光明,让生命孕育不息,而他的孩子便是照日王及月代王。"

"是否孕育生命，还有待商榷呢。"老婆婆却格外柔声地说，"孕育所有生命的应该是大地呀。更何况，滋润大地的正是水，从高处流淌的水抚慰了每一寸土地，最后流入黄泉，这正是女神之道啊。而这条路，就是地上所有生命体最终的回归之路。我们的丰苇原正拥有源源不绝的水流本性，倘若破坏了这条水路，就会产生淤浊沉淀，那么邪恶和污秽便将阻滞不去。"

忽然间狭也感到一股悲伤，她抬眼一看，只见此刻的岩夫人正低垂着眼帘。狭也对自己竟和这妖怪般的老妪起了共鸣感到不可思议。不过，此时的岩夫人与其说面貌丑陋，倒不如说凄怆得令人心疼。这位老妪宛如一只羽毛未丰的稚拙雏鸟，痴痴等待迟迟未归的亲鸟般无助。

岩夫人接着说："但男神对女神厌恶到了极点，于是破坏了这条水路，并且命令不死的神子照日王及月代王统治地上，好让两位神子开始对付跟女神一起诞生的山川诸神，将他们一一赶尽杀绝。辉神打算一举歼灭四方各地的神明，然后独自称霸天地，他将会使丰苇原充斥着杀戮和掠夺……"

"才不是这样呢！"狭也慌忙打断老妇，"您说得不对。在我们的国度里，阳光普照着各个角落，就算是大一统，也不是什么坏事啊。发动战争的那些任性家伙，就是不尊崇大御神的神光才会挑衅引起纠纷，都是因为他们不期待和平——"

这时，有人发出了钢铁般尖锐的声音。那个叫科户王的男子头一次开口说起话来。科户王是几个男人中唯一没有蓄浓须的，但无论是瘦削的体型还是眼神，都像利刃般锋锐。

"难道你就那么绝情吗？你歌功颂德的辉神，可正是杀害你父母的元凶！辉神的烽火和铁蹄蹂躏了整个村庄，当我们快马加鞭赶到时，全村已无任何活口。即使如此，那对辉神神子也当这不过是一场会烟消云散的朝露，摆出一副无关痛痒的样子。那种冷血动物你还要膜拜？你竟连杀父仇人都不憎恨，只顾贪图安乐？"

狭也不禁浑身一颤。也许这个要害正是她最难招架的，不过，狭也自己也有坚持不变、屹立不摇的想法，她发觉自己比想象中更坚强。

"我不想憎恨。"狭也小声道。如果她有点儿气弱的话，那是因为顾虑到科户王，其实她对自己要说的话充满笃定，"对我来说，现在我有父母，他们既收养我也照顾我。我不是绝情，只不过要我恨人，我宁可爱人。"

"这让我想起狭由良公主来啦。"巨汉伊吹王喃喃自语着。虽然他只说了这么一句，声音却像破锣般响亮。

岩夫人深表同意道："是啊，那个少女也是这么说的。我们也不是教人别敞开心扉迎向光明，只是这场硬仗非打不可。我们必须对辉神想消灭所有地神的狂举有所顾忌才行。天神对这个国家可以说够绝情了，他只想将地上肃清干净，好让光之脚步降临世间，却不想想消灭所有山川诸神之后，地上子民到底能不能存活，辉神根本没有体恤苍生的仁心哪。"

开都王扬起浓黑的眉毛注视着狭也，"拥有水质本性的少女，你也加入我们的战斗吧。你的力量虽然薄弱，却最接近地母之神，甚至还拥有驱使大蛇剑的能力。"

乌彦及岩夫人、科户王、伊吹王几人，都与开都王一样在黑暗中殷切观望，期待着她给的答复。狭也感到相当为难，但也了解欺瞒他们并无任何意义。最后，只好由衷地回答：

"我讨厌战争，也无法加入你们。"

五个人大失所望的心情连狭也都切身感受到了，于是她稍稍辩解般地继续说道："为什么你们不更快一点儿来找我呢？在这属于高光辉大御神管辖的村子里，我一住就是九年，天天过着敬仰崇拜照日王及月代王的日子。如今在这么短的时间就要我改变信仰，未免太强人所难。"

　　岩夫人沉默了半响，说："任何人在拥有青春心灵时，都不会留意到朝高空伸展的树，其实也在往土里扎下同样深的根。然而我们这些死而复生的氏族，正因可以重获新生，所以每次都必须体验少不更事的阶段。为此，我们不会在新同伴还没充分成长前，就贸然前往表明使命。只有等待时机成熟后，我们才会齐聚一堂亲自迎接，这就是我们长久以来的习惯，也是一种仪式。但，你的情形的确太迟了。我们为了寻找下落不明的你，也不知花了多少岁月。纵然如此，我们还是这样不顾危险，斗胆踏入辉神领土暗访你的下落——不过，我们并没有责怪你的意思。"

　　岩夫人在怀里找了一阵，朝狭也伸出小手，"我们这就打道回府，追兵已近在咫尺了。但，这是属于你的东西，它和你可是生死与共啊。"

　　狭也无言，伸出了双手。这散发出比老妇手上磷光还要微弱光泽的东西，是一块如狭也指尖般小巧玲珑的勾玉。这块勾玉不像珠子般浑圆，而是外形略扁、呈耳状弯曲。玉的顶部钻了可以穿绳的洞孔，中间穿过一条细线。色泽是微带光润乳白色的青蓝，就像是仰望春天苍穹时那种淡淡柔和的色彩。

　　就在一瞬间，突然轰响起一片沙沙的喧嚣声——村人的熙攘及夜风摩擦叶片的声响，在狭也的耳际苏醒过来。然后，她才发现自己刚刚原来置身于毫无任何声音的空间。她如梦初醒般环顾四周，透过墨色枝丫，看见广场的火光正点点闪烁，乐师们却早已消失无踪。或许，他们不会再出现在人前了吧。鬼在现实中显像，却又在没有丝毫不轨行动之后悄无声息地离去了。

狭也紧紧握着掌心的那块玉，不禁陷入茫然之中。

我该回去了——回到大家的身边。

然而，她的脚步才刚跨出，就发现其实自己并无地方可去。父母都在山腰的家中，各自分散的姊妹淘们也正忙着与情郎在两人世界中软语相偎。夜色渐深，各村的宴席上扬起了哄笑声，到处连个落单的身影都看不见。

突然间，这里的所有人都与自己相隔十万八千里的感觉，袭上狭也心头。这种预感其实一直似有若无存在着，只是自己不想承认，也不愿正视罢了。事到如今，再也容不得她否认。那群鬼虽然和善，却也在她心底留下了深深的烙印。狭也于是挪动脚步，目标不是明亮的广场，而是朝向森林深处，她一边走，一边忍不住哭泣起来。

眼泪就像决堤般无止境地落个不停。她边哭边走，边走边哭，也不知究竟走到了哪里。当她哭倦了，终于想坐在横倒的原木上休息时，忽然，身旁的树木声音温和地问：

"你为何哭泣？"

这声音仿佛穿过林梢的清风般悦耳，狭也因此并不觉得唐突，回答道：

"因为我很孤单。"

"是没有寻找到心仪的对象吗？"

"比那还要孤单上千百万倍呢！"

狭也这么说时，听到就在茂密的森林深处，响起一阵紧张的窣窣的交谈声。狭也不禁狐疑起来，探着脖子想仔细看清黑暗中的一切。

"只是村里的女孩在哭泣，不必多虑。"最初的声音低声答道。

阴森森的杉林深处，即使藏着人也不容易察觉。狭也在吸鼻发出声响后，对自己的不察感到十分后悔，于是出声问道："你是谁？"

一个人影般的形体终于移动，从树后走了出来，伫立在月光下。此人身材相当高挑修长，看起来就像年轻的杉木精。不过随着满月的朦胧皙光流泻，才看清他并非泛泛精灵之辈，而是身份更为尊贵的神圣人物。狭也屏住气息，全身僵硬而无法动弹，原本心想今夜无论再发生任何事都绝不会大惊小怪，但她现在还是怀疑自己的眼睛，不禁想到是否正做着梦。怎么说呢？因为她不知多少次在梦里见过的银盔甲，沐浴在无数月光的凝露下，静静闪烁发亮……如今，就与梦境中一样。

月代王就站在狭也的面前。

3

月代王就在林叶簌簌交响的隐暗深处，头上凝聚着月光，如一尊银色雕像般立在那里。虽然，他的身形如梦似幻，却又不是虚拟幻象，而是充满威严地存在，这种感觉也让狭也切身感受到了。那身形就像山岳凛然矗立，而这位神子也确实双脚踏在土地上。不过，对世人而言，月代王实在太俊秀超凡了，狭也为此感到浑身战栗，她第一次了解人除了恐惧之外，在直面这种震慑人心的美时，也会有同样的反应。

　　王的一身装束，除了头盔甲胄之外，还戴着银护腕、肩挂箭筒，腰上佩有长刀，完全一副征战沙场的打扮。衣装是一袭雪白，袖上缠绕的丝线，装饰着一排小玉串。从光可鉴人的头盔接近两颊之处，可约略窥见这位神子面庞细致、鼻梁高挺，眼神温柔得难以言喻。而且形象是如此典雅、如此优美，同时又令人感到排山倒海的力量。神子只是静立一方，气势就足以让黑夜为之形变、森林为之摇曳，甚至令身旁的林荫散发出全然不同的香气。

　　就在狭也瞧得过于出神，甚至浑然忘我时，竟然忽略对方也正端详着她。当她半晌回过神来，才慌忙拿袖子遮住脸，但此时所有的一切早就被月代王看在眼底。

　　"为何要遮住脸？"神子心平气和地问。

　　"……因为刚才哭了嘛。"

　　相遇的时机真不巧，狭也心想哭花的脸一定没人敢瞧第二次，不禁独自在袖子底下羞红了脸。

　　"这我知道，你一直在哭，对吧？"从神子的声音里隐隐听出一丝笑意，然而，语调却是如此动听。

　　"把头抬起来。"虽然是淡淡对狭也说的，却似一种命令。狭也还来不及思考，就先遵旨行动了。

　　月代王面对抬头仰看的狭也，告诉她："你不就是水少女吗？"

　　狭也像脸上被人捆了一掌般狼狈不堪，眼睛也瞪大了一倍。

　　"为什么——您会知道这个名字？"

　　神子的眼神隐藏在头盔的护眉后面，因此无法捉摸，不过，声音仍是平静的，"我认识一位和你容貌相同的少女。不，应该说曾经认识，是在很久以前。虽然时日不多，但她曾在真幻宫里。"

我到底是谁？难道是狭由良公主的影子？狭也黯然想着。

"我的确是水少女。就在今夜，鬼来找我，告诉了我这个名字。"狭也悄声说着，并将两手手指僵硬地交叠在一起，以免颤抖不停，"而且我也得知自己是尊奉暗神的氏族，可是，我连做梦也没想到会有这种事。我从小生长在羽柴乡，也到神镜神社参拜。春日向月神祈求播种顺安，秋天向日神祝祷稻禾丰收。今后到底该怎么办，我连一点头绪也没有。事到如今，我仍祈望您赐予光明，纵然以我的身份来说，这是一个不情之请，但我一直……"

狭也虽然努力克制自己，却还是乱了声调。就连她自己也不敢相信泪，水还犹湿未干。

说吧，狭也。现在非说不可。

狭也鼓起所有勇气，终于说："我一直想追随您……"

半晌，月代王只是俯视着她，一语未发。此时，在王后面随扈的一队武士，正全副武装、小心谨慎地走近神子，然后紧紧围绕在旁。狭也眼见如此，不禁心灰意冷起来。

然而，接下来的瞬间，月代王解开了绳结，将头盔取下，悠然将头一甩，结在长双髻上的玉饰，发出了琅琅澄澈的击响。年少朱颜——没想到出现在眼前的竟是一位如此年轻的男子。

"你叫什么名字？"

"狭也。"她目不转睛、眼睛眨也不眨地回答。

"我循着浓臭阴暗的踪迹来到此地，虽然徒劳无功，却失之东隅，收之桑榆。"月代王爽朗地说，接着又问："今晚羽柴乡应该有山歌会，是在这附近吗？"

狭也点了点头，却又显得不知所措。

"替我们带路吧。好想观赏睽违已久的山歌会，我经年累月只为战争而跋山涉水。——不对不对，用不着走路去。"神子回过头吩咐："牵我的马来。"

　　无论是羽柴乡乡民还是乡长，都为这突然而至的景象吓得魂不附体。神明亲临山歌会场，这个自古流传的神话突然出现在眼前。在乡里所见的马儿，都是鲁钝的耕作畜马，除了乡长以外，没有任何人拥有坐骑。然而即便是乡长的鞍马，也和浮现在篝火中的这匹色泽灰白、侧腹上布有星点的挺拔神驹，完全无法相提并论。更何况马背上的月代王，就连神社巫女都只能从神镜彼方略窥圣颜而已，如此丰姿，远非凡人们的想象力所及。

　　聚集在前方的乡民，对簇拥守护月代王的武士们深感畏惧，因此小心翼翼绕到安全地带，呆若木鸡地紧盯着眼前奇景。更让他们震惊傻眼的是，灰白雄驹的鞍上，有个纤瘦的少女——而且，是一个羽柴乡的女孩侧坐其上，与神子一同前来。

　　月代王一行人分开人墙缓缓前进，来到乡长的板席前方才停下来。这时乡长几乎连滚带爬，忙从座位冲下，将额头平贴在地伏身行礼。神镜神社的巫女也同样行礼如仪，乡民们见到这番景象，也如梦初醒般慌忙随着乡长有样学样。

　　月代王环视着广场，只见尽是人们静默拜伏于地的背影。柴薪剥跳的声音格外响亮，火粉在夜空飞舞。

　　王于是开口道："庆典继续进行即可，你们也不必如此惶恐，本王只是想来一睹山歌会罢了。你们好好歌舞娱庆，畅游酣乐，还要选个良妻美眷才好。今宵的歌盟之誓，就由本王来祝贺。那么，奏乐吧。"

受到月代王敦促的乡长将头微抬，颤声含糊回答："如此穷乡僻壤的庆典，承蒙高光辉神子御驾亲临，实在不胜荣光。又蒙您的慈辉厚意，草民诚表谨遵不悖。只不过，目前不见乐师身影——"

"没有乐师？"月代王不可思议地说，他以探询的目光注视着狭也。不知该如何回应的狭也，只好窘迫得将身子缩成一团。其实她恨不得赶快从马背上溜下，一心只想躲进拜伏的乡民群中。

"没有音乐，就缺少兴致了。这样好了，就由本王来演奏吧。"

神子若无其事地说着，取出横笛，以轻冉的姿态飞跃到乐师的板席上，然后盘坐下来，拨开发绺，匀整呼吸后，朗朗吹奏起来。

谁都不敢相信庆典是由辉神神子带起音乐翩翩，将盛会继续进行下去。众人都认为在尊崇的神子面前，是绝不可能尽情享受山歌会的。然而，大家在发现并非如此时，早已移动起舞步，盛会在不知不觉中，比原先更加热闹精彩起来。笛音的魔力让人心荡神驰，手舞足蹈间充满了喜乐。喜极而泣的人们打着拍子，为绚烂的庆典如痴如醉。

在板席下方注视着人群的狭也，突然发现没有任何人凝神注视月代王。他们仰头一看到神子，就立刻像是炫目到无法逼视般别开脸去。然而人们仰望的脸孔上却都挂着笑容，就像心中点燃灯火般渐渐明灿起来。热情洋溢的山歌之誓，在广场此起彼伏地进行着。

对神子瞧得入迷的人，难道就只有我吗？

虽然狭也觉得此事有些不可思议，不过双脚却不安分起来，她真想绕着火堆舞个尽兴才罢休。正当她想探身跑去时，突然被人抓住肩膀。狭也大吃一惊回头，原来是乡长梓彦。他以严肃到足以刺穿人的眼神，对她说：

"你是住在上里的那位乙彦的女儿吧？到底你显什么神通，竟然将辉神神子给招来？不过，现在可别从这里给我溜掉，必须好好尽心尽力服侍神子才行。你这就去敬奉神酒还有鱼鲜，懂了吗？明白吗？"

就这样，狭也为献上祭皿来到吹笛的月代王身畔。单脚竖膝、悠闲盘坐眺望庆典的月代王，一看到站在那里略显羞涩的狭也，秀丽的眉目就笑展开来。

"上来吧。"

拾阶而上的狭也跪着献上酒盏，正准备斟酒。

"你今夜有从别人那里得到宝物吗？"月代王问道。

狭也的心中瞬间浮现起那块勾玉，但她立即打消了念头。王所问的应该是山歌的事，那块玉并不算是择妻的宝物。

"没有。"

"如果这样，可否接受我的？"

狭也不禁抬起脸庞。月代王的眼神是如此深邃而莫测高深，不过，狭也寻思即使贵为神子，在悠闲时也总会说句玩笑话吧。

"就遵照高光辉御神您的旨意。"

听到狭也不置可否的答复，月代王仿佛微微笑了。

"你的水很清澈，还不曾遭受阴暗的污浊。能够尽早发现你实在万幸，就让我来守护你的清澈，成为我宫里的女官吧。狭也，能到我宫里来吗？"

所谓女官，指的就是侍奉辉神之子的女性神官，这在巫女中是最高地位，也唯有最有权势的豪族的女儿才能获准入宫担任，狭也为此讶异得目瞪口呆。

"这是不可能的！我有什么资格，而且我的氏族是——"

"不用介意自己出身。"神子干脆地说，"在乎出身是住在丰苇原的凡人的陋习，这种想法并非来自天上父神。就连暗神，也有不以血脉相继的时候，你说是吗？"

"遵命。"狭也困惑而含糊地应着。

月代王虽然泛起端正的笑颜，但看起来并不开心。"暗族是轮回转生的一族，而辉族乃不老不死的一族，双方都是与子嗣无缘的氏族。"

王仰起白皙的脖颈，将酒一饮而尽。从神子的话语中，狭也感受到一丝嘲讽，但她讶异到底是什么让他如此。

搁下酒盏，月代王命令道："看着我。"

狭也顺从地凝视着神子，一抹微妙的感情似乎存在，但又不曾浮现在王的脸上。那是俊秀无伦的容貌上，可与空中皓月比拟的高贵所致。

"这就是你拥有的女官资格，懂吗？"神子柔声说，"凡是丰苇原的泛泛之辈，都无法直视我的眼睛。他们无法做到，也不敢奢望。"

神子接着面向歌舞尽欢的羽柴乡民，在那里有狭也志同道合的伙伴、手足至亲、嬉笑欢闹的人潮。

"我懂了。"这回狭也总算点头同意了。然后，她多少领会到月代王周遭笼罩的那股难以捉摸的忧郁之气。

"来真幻邦，狭也。无论遇到何事，我都希望你留在身旁。"忽然，神子以格外坚决的语气说。

就在点头答应前的一刹那，狭也的内心浮现了九年来再熟悉不过的羽柴风景。内院桃树、玩伴、稻花、畦蛙、结冰的早晨、盛夏的午后，还有打稻草的父母、窗边的月光——悲喜起伏就在转眼之间，又随即烟消云散。狭也听到自己遥远的回答。

"是的，谨遵您的吩咐。"

仅仅就在瞬间，月代王的脸上露出喜出望外的神情。"能找到你真是太幸运了，还好发现你的不是皇姊而是我，实在是太好了！"

狭也在点头的同时，突然觉得心头一轻，发觉自己变得好安心。长久以来不断摸索的她，终于找到了一线曙光。

追随这位神子而去吧，我已不再迷失了。

4

今夜发生的事，就算历经百代也必然成为不朽的话题。羽柴山歌会的传闻，早就以迅雷不及掩耳之势传遍了遥远的村落。月代王远离战场专为庆典而御驾亲临，还有一介村女荣膺女官的破格拔擢，实在是特例中的特例，所有的人都为此震惊而悄声议论。

羽柴在一夕之间远近驰名，一举升为大老的梓彦也乐得合不拢嘴。月代王赏赐了很多绸缎黄金，作为征纳女官的用度，让羽柴乡名副其实地名利双收。乡长不再把狭也视为下民，非常礼遇，让她讶异今非昔比的同时，也空虚到无法感受喜悦。

狭也将送来的装满数个藤衣箱的薄绢和精美染织布铺展开来，仿佛错置空间的彩虹泛滥着艳丽的色彩，将局促的家里层层围绕。

狭也难以置信地问："这全是为我缝制衣裳的？"

"真是的，还得靠村里的妇女帮忙，非赶在出发前缝好不可呢。"母亲八田女一边破涕为笑说道，一边用瘦骨嶙峋的手指抚摸着光鲜的布面，"能剪裁这么昂贵的布，我这辈子连想都没想过。"

"就在家里放几匹吧，没必要全拿来做衣裳。"

八田女摇摇头，"那可不行，娘不能让你在高贵的公主间感到寒酸呢。"

"娘！"狭也涩声笑了，"我才不可能成为公主呢。村女就村女，有什么不好？"

"不，你跟别人不同。"八田女坚定地说，然后停顿片刻，"从你在山歌会上没和平凡青年交换平凡的誓言时，娘就这么觉得了。希望你在这老房子生下孩子，成为热闹的大家庭，简直就是梦中之梦，虽然娘也曾有一点点期待，不过听说你要入宫时，还是比天塌下来还吃惊呢。"

狭也凝视着母亲，这位因农事辛劳而早在脸上留下刻痕的驼背老妇，因为天灾丧子，直到晚年才收养自己。对八田女而言，能见到孙子的脸是唯一的乐趣。

"我马上会回来的，也许被赶回来也说不定。"狭也情不自禁这么说，八田女逞强地哼了一声。

"你在说什么傻话呀，如果这样的话，不就在村人面前抬不起头来了吗？娘是不会放你进屋的。好了好了，专心缝衣服吧。就算要去当女官，娘也不想让你偷懒不做针线活儿。"

那天夜里，从外归来的乙彦在看过狭也试穿缝好的衣裳后，难得喝起酒来。月代王吩咐乡长代为转赐给乙彦的财物，让老夫妇俩用之不竭，但因事出突然，乙彦和八田女都还不能接受这个事实。

"乡长对我说，没有比有个孝顺女儿更好的了。"乙彦边拿起酒杯，边笑笑说，"梓彦大人大概还在后悔吧。那天在后山发现野猴子似的小女孩，若不是硬交给我，而是他自己收养就好了。再怎么说，当时都是因为你这孩子长得不算讨喜，浑身发黑又皮包骨，全身裹着破衣，只从小竹丛里露出两眼闪呀闪的。"

狭也苦笑起来："根本就是土蜘蛛的小孩嘛，为什么还收留我呢？"

乙彦隔着花白的眉毛看着狭也，"无论是谁的孩子，只要是没爹没娘的幼儿，哪有人会见死不救呀？这是人之常情。喏，狭也，你们不是常有这种说法吗？就算是土蜘蛛，原本也同是丰苇原中之国的子民。是自从高光辉大御神降临后，才瓜分成两派的。"

"嗯。"狭也低声回答，胸中百感交集。她对还没尽心感谢报答父母就辞别离去一事，感到十分歉疚，但乙彦这番语重心长的话，让她不禁欲言又止。

"爹——"

乙彦像是已察觉到狭也的心情，眯着满布鱼尾纹的眼睛微笑着。

"你是我们家的女儿，羽柴的孩子，爹以你为荣，无论是到真幻邦还是任何地方，你都要拿出自信。"

狭也带着最后一瞥的心情，沿着河岸甬道漫步。出发在即，在这个风雨季节到来前，初夏的黄昏是如此清爽宜人。舒展的柳叶乘风摇曳，蛙声呱呱和鸣。浓浓熏染的青叶香，与温热草原上散发的闷湿气味——风中的气息已经完全属于夏季。近挂在山巅的夕阳，还有映照天色的河水，在下游闪烁着灼红。狭也站在不见人影的川原上，想极目眺望河流的尽头。

不知有多少次她在这条河里流放竹叶小舟玩耍，而对未踏上过的土地、素未谋面的人、未知的众神，也不知梦想过几回了。虽然将梦想托付在一叶小舟上，但狭也当真想都没想过要离开村子。真幻邦，据说是在比此河终点更往西的地方。对狭也而言，都城与本村的位置关系完全不在想象之内，她幻想要去的只是一个如梦中楼阁般的地方。

　　狭也微微叹息后，解下颈上挂的穿线勾玉，天蓝色的玉石贴在肌肤上，看起来像有血有肉般温润灵动。她再将玉放在右手上——已经这样尝试好几次了——将它叠合在胎记上。真不敢相信一个婴孩能拥有这种东西。但她不得不承认这是一块美玉，如果这是择妻的宝物，那么狭也大可扬眉吐气一番了。

　　丢了它吧。

　　她心意已决，因此才来到川原。狭也想将水少女的玉石还诸流水，这东西她并不需要，如果成为真幻宫的女官，不能带去这种有阴霾的东西，必须将暗族的点点滴滴抹消才行。

　　狭也紧握右手，然后高举挥动起来，就这样心一横将它丢得远远的——

　　然而，她还是没抛出去，好像手被人按住了一样。狭也踉跄着，对自己感到很无奈，又像做了难为情的事一般，四下张望了一下。

　　夕暮的昏暗开始弥漫川原，狭也眼尖地发现似乎有人从较上游的河堤坡道走下来，于是她慌忙将玉藏进袖里。丢玉的事若被人撞见，可就不妙了。人影似乎直接朝这里过来的样子，狭也揉揉眼睛，到底是谁会在这种时候过来呢？

　　要认清是谁其实并不困难，即使暮色隐藏了对方的面孔，但身形却很独特。此人的头顶高结着发髻，平民所没有的长衣曳及脚踝，还有中年女性略胖的圆肩。来人是神镜神社的巫女，因此狭也连忙行礼。

"晚安，巫女大人。"她边说边觉得不可思议，狭也从未见过神社的巫女独自抛头露面，就连白天也很少见到，天色暗了之后更是绝无仅有。

巫女一停步，就妄自尊大地傲视着狭也。她老是这种态度，就连对乡长也是如此，如今又比平常更冷峻三分。接着，她吐出意想不到的话语："我被免去巫女一职，现在正奉还神镜回来。"

从声音中能感受到一股冰寒怒气，狭也浑身哆嗦着睁大眼眸。

"怎么会这么突然？为什么您要辞去呢？村里不就只有一位巫女吗？"

仿佛只要头稍微倾斜，发髻就会倒下似的，巫女以僵直的姿势对她说：

"不就是因为你去迎接月代王，我才沦落到这个地步吗？狭也，你拜见王的尊容，还进献神酒、受赐贺词——并且获选为女官。我在设置神镜的村落里独自拜见辉神神子，却无法达成蒙神子召见近身的心愿，甚至连一句圣言都没被垂询，这样今后我还怎能继续厚颜无耻地守护神镜？"

狭也听了不禁倒退一步。

巫女继续说："我要离开羽柴乡了，不过，在你前往真幻邦前，我有句话奉告在先——"

只见巫女吸了一口气，突然脸色诡变。狭也不明白那是充满杀意的表情，仅觉得眼前的女子瞬间被魔煞附身。只见她眼睛猛然怒张，咧开一寸多长的血盆大口，真让狭也怯怯看呆了眼。

巫女像换了个人似的声音，呻吟说："你这祸种，黑暗妖物！以为我会不知你的底细？竟想用花言巧语蒙骗月代王，我岂能让你得逞！"

冷不防，巫女一下子拔出胸前暗藏的怀剑。残照中的短刃上，泛着暗钝的红光。

"就在这里让你命丧黄泉！"

狭也惊恐地左闪右躲，却仍无法回神，丝毫没警觉到自己正处于生死关头。待被短剑剑尖划破一方衣袖，用力扯裂垂下来时，她才初次感到一种近似恶心的恐惧感。

"请住手！我是——辉族的奴仆。"

巫女发出凄厉的嘶喊，"给我闭嘴！你还敢狡辩。"

"是真的，我的心是属于辉族的。"

狭也边说边逃，险些又被剑锋划过，赶紧背转身子拔腿就跑。中年巫女脚程迟缓，照理说可以顺利摆脱。可是不知为何，狭也在千钧一发之际被石头绊了一下，猛地摔在砂上。狭也连痛都来不及就回头，这时身后已耸立着如女鬼般的黝黑身形，正发出胜利的高喊，将短剑一挥刺下。

死定了！

就在狭也闭上眼的刹那，尖锐的惨叫声迸发，刺痛了她的耳膜。发觉叫声不是自己所发时，狭也张眼一看，只见巫女以手臂掩住脸孔，想保护自己不被某种东西攻击。原来，有两团漆黑的东西正轮流袭击她。巫女的手腕上血花四散，随即发出一连串惨叫。而扑翅的声音又盖过惨叫声，原来是鸟。

袭击巫女的，竟是两只乌鸦。

巫女挥动短剑，却全扑了空。乌鸦的迅捷让人不寒而栗，而且冷酷无情。狭也见到巫女扭曲的脸上，一只眼睛正淌下滴滴鲜血。悲鸣随着喘气渐弱渐歇，然后慢慢转为啜泣。筋疲力尽的巫女终于抱头用力仆倒在地，再也不动。唯有拱起的背脊，因喘息而上下抖颤着。

这时，狭也还一直呆坐在那里。巫女溅洒在川原石上的血斑于暗暮中褪失颜色，看起来黑乎乎的。她觉得一阵恶心，耳中嗡嗡作响，好像站起来就会立刻倒下似的。乌鸦们在巫女不再抵抗后停止了攻击，停落在距离狭也不远的大圆石上，接着如释重负地径自开始整理羽毛。

当乌鸦看到狭也不断盯着它们，就以闪亮狡黠的眼神偷瞄她。等到整理羽毛满意后，将鸟喙在石头上摩擦着，缓缓叫道："狭——也。"

另一只回答："傻瓜。"

狭也惊讶得目瞪口呆，这时背后响起了别的声音。

"还吓得脚软啊？"

鸟彦的小身躯正站在那里，就像突然蹦出来似的。他身上已穿回黑服，没梳理的头发随意绑成一束。

"你还好吧？"鸟彦将手贴在臀上，仔细瞧着狭也，脸上倒是一派满不在乎的神情。

狭也哑声问："这些家伙是什么？"

鸟彦看看乌鸦，"这个嘛，是乌仔。这只是乌兄，那只是乌弟。"

随后，他又跳到蹲踞的巫女身旁低头看她，"快回去疗伤吧，大婶。抱歉不能带你去治疗，谁教你想杀狭也。"

"呜……"巫女挤出声音，单手死命按住眼睛，摇摇晃晃站起身来，头上的发髻早就乱不成形。

"果然现出原形了，祸种！"上气不接下气的巫女低喃着，"现在瞧见再好不过，此事照日王必然会——"

"镜子都还了，看你还能怎样打小报告？"鸟彦泰然自若地说。

"给……给我记住！女王可不会那么好骗，她对新来女官的底细知道得一清二楚。我要一字不漏去禀报，我绝对会——"

"你有完没完啊？"鸟彦似乎失去耐性打断道，"再少一只眼睛的话，是不是很不方便呀？"

少年漫不经心的语气中，暗藏一股令人不寒而栗的肃杀。巫女于是牢牢闭嘴，然后没命似的匆匆消失在暮色之中。

狭也这才好不容易拨开脸上的发丝。

"那人一辈子都只能独眼了。"她语带责备地说。

"如果她想死，那还不都一样？"鸟彦极为干脆地回答，"至少巫女是打算自尽才来到河边的吧。不过，依我看她那副精神抖擞的猛劲，肯定是气昏了头，所以才又放弃寻死也说不定。"

望着鸟彦像在闲话家常的模样，狭也忧心这到底是暗族特有的风格，还是鸟彦个人性格所致。

狭也叹口气，喃喃说："我原本还以为你已经回故乡了，其他人呢？"

"都回去了，只剩我还不放心。"

鸟彦搜着腰带上的木盒，乌鸦们立刻飞到他的头及肩上，不安分地摇头晃脑，然后鸟彦打开盒盖，从中取出切成小块的肉干轮流喂它们。

"这么一来，果然如我所料。听说你要去真幻邦？"

"没错。"狭也难为情地嗫嚅着。

"你怎么傻性不改啊!这简直是自投罗网。就算月代王的脸迷倒众生,你也不能连魂都丢了跟去呀。"

"啰唆,不用你来教训我。"狭也怒声说着,脸上却飞红起来,"不对——才不是那样,我是因为喜欢光明,想在太阳底下生活,才会接受女官职位,你当然不能体会。"

双肩上各停着正经八百的乌鸦,鸟彦双臂抱胸,"照日王跟月代王可是同一个模子印出来的喔,不过那位大姊难惹得要命,恐怕你绝非对手。虽然她爱装年轻,但已经是个好几百岁的姥姥了。再说——我猜刚才那样的大婶也许到处都是。狭也,这种地方你还想去?简直就是飞蛾扑火嘛,孤零零前往一个没人会帮你、可怜你的地方。"

狭也并没有立刻回答,只站起来拂去身上的脏污,膝盖擦破的地方还流着血。母亲见状一定会大惊小怪埋怨的——没关系,遮起来就好,因为明天开始便要改穿长裙。

"我已经不能回头了。"狭也语气爽快地说,"无论发生任何事,我都想考验自己看看。如今,已没有办法待在村里而不去寻找解答了。我想去真幻邦看看,即使将来后悔莫及,也是心甘情愿的。你去做自己爱做的事,我不会加以干涉,所以你也别来管我。"

乌鸦像在取笑狭也般叫着:

"傻瓜。"

"狭也。"

一脸愠色的狭也望着它们,"你去别地方喂鸟啦。"

"乌鸦们头脑可灵光哩。"鸟彦似笑非笑地说,"它们想记住你的名字。"

狭也迟疑了片刻,说:"谢谢你出手相救,下次我会对自己负责的。"

"虚张声势。"鸟彦小声嘀咕道,耸了耸肩。

"你说什么?"

"没啦。"

鸟彦小孩子似的亲昵地仰看狭也,但口气却相当老成,"我知道无法改变你的决心,所以不再多说什么了。不过,别忘记是自己做的抉择,到了真幻邦,你绝对会开始起疑的。"

第二章　辉宫

夕暮逢向晚,远眺瑶云思无量,忧耽满萦怀；遐居天阙难奢望,徒添情澜苦索肠。

——《古今和歌集》

1

真幻邦，此地的称呼据说源自于地理位处丰苇原的中央，并曾有一条通往天界之道而来。传说高光辉大御神回天宫时，在这块土地上遗留下最后的足迹。如此说来，这个群山环绕、南北狭长的盆地，确实像脚印的形状。在如此脚印之上，现在建有辉宫这座赫赫有名的庞大宫殿，以及臣民家宅聚集的唯一"都城"。

连日的骑乘之旅——让狭也完全适应了马和马鞍，骑马连同坐船——最后，终于翻过环绕屏障的山岭。在她眼中最令人感到惊讶的景观，莫过于低峰相连的群山是如此端整秀丽，而且自己无论面向何方，都是苍山进逼，天空反而显得格外狭小。狭也生长的东方之乡，以及沿途穿越的无数山川，在与真幻邦此地相较之下，就像粗刻的木雕与在陶轮上推磨光滑的陶器相比一样。这里没有费半天工夫才能横越的芦苇湿原，也没有突然耸立眼前、暴露出赭色岩床的断崖。景象全是细致的，仿佛理当如此平静安泰，又像被小心翼翼包容在掌中般充满温善。这是个没有地神作祟的地方，狭也思忖，因此这才是真幻邦啊。

自然没有发挥的力量，在此则靠人手来展现所能。人类的整地、耕作及建筑，在水与风的造景之前，看来几乎微不足道，然而这些却是真幻邦最发达鼎盛的功业。马上的一行人就在前进的同时，左顾右盼着灌溉充分、井然有序的水田。水稻新苗的淡绿及绽开于田畦上菖蒲花的浓紫，像是融入了溽湿的大气中。绢丝细雨虽然没有造成旅途不便，却霏霏不断。厚云笼垂的天空十分明亮，呈现出浓浊的白铜色辉彩。狭也出生以来首次来到都城，这里就如穿上梅雨薄衣般神秘难测。

途中几次遇见穿蓑戴笠的当地人，他们一见队伍就惶恐让道跪在泥中，连头也不敢抬起，直到马队通过为止。

不久，在白蒙蒙的通道尽头，终于看见了气派的大门及高耸的墙垣。盖有屋宇而且几乎能让人住下的大门前，正有好几名士兵朝此迎接。狭也才刚猜想通过城门后就是宫殿，当她发现还需要经过广场，而通道仍遥遥无尽时，她大吃一惊。雨中隔着墙垣的重重楼阁，形成了浓淡有致的姿影。

唉！狭也心里低语。到底还要绕上几层才够呢？这个真幻宫简直就是大匣套小匣嘛。

此后又通过两三重门，眼前所见尽是土墙、涂上赤矿的柱子以及卫兵，一切静谧到超乎寻常。戒备是如此森严，让狭也无法不觉得紧张。不过就在通过最后一道门时，忽然周遭大放光明，即使白昼也燃亮点点篝火。放眼望去，前庭是一片广场，最宏伟的殿堂——辉宫，正巍峨耸立着。从正面台阶到左右两宫的彼端，正有如潮的人群列队迎接。

月代王策着灰白的爱驹，朝事先抵达并下马跪迎的臣下们前进。紧接着一名亲信将马立定，狭也等人的马则紧随在后。待众人下马整理如仪之后，月代王的朗声宣辞响遍四方。

"皇姊，别来已久。臣弟刚从荒暴的东夷之地完战归来。"

狭也的目光，被立在最高阶上那位光辉灿烂的女子深深吸引。她头上的众发髻插着数根黄金长簪，挂下的垂饰在脸庞边轻晃闪亮，深红和明紫的几重霓裳缀着一排皓珠，上面轻罩着羽衣般飘然的银丝薄绢，耳上饰着鲜艳夺目的翡翠大玉。然而，这些都远不及女王艳光四射的炫目锋芒。

"贺喜皇弟平安早归。"

照日王开口答道，那朱唇比宫柱还绯艳。无论是容貌，或身为女性却带有凛然威仪的嗓音，都与胞弟十分肖似。

"倒是你这浑身湿透的武者模样，更显秀美绝伦呀，月代君。"

月代王似乎泛起一抹苦笑。

"那么皇姊的盛装打扮，也胜过日光下闪亮的黄金铠甲，比曙光中的彩虹还难得一见。"

照日王轻白了他一眼，将话岔开，"你先别说玩笑话，快卸甲暖干身子，好好休养旅途劳顿才行。随臣也同样该歇息了。"

就在女王下旨、随臣开始牵马退往马厩时，才进宫门的照日王像想起什么似的，回头说："月代君，我稍后会到你宫殿，你新提拔的什么女官，就让她来侍候本王吧。"

接下来，狭也的日子可以说是多灾多难。她整个人被交由年迈的从妇打理，而且还被带到与月代王宫殿完全相反的方位去。虽然狭也本来就知道，自己希望能在看得见月代王的地方住下，只是一种任性妄想，然而她还是不由得胆怯不安起来。狭也唯一真实的凭靠就是月代王，如果没有神子，这真幻宫可以说是威胁环伺。

来到与渡廊①相连之别馆所设的一间馆邸，狭也虽被告知过这房间属于她所使用，但房间地点却在她独自一人绝不愿走去的大门深幽处。她活像个囚犯，完全没有心情欣赏屋内的绢质屏风，以及菇草编的榻榻米等气派的陈设。而且提起在真幻邦的人，老人家比比皆是，虽然依稀感觉得出从妇昔日曾经貌美，但如今皱纹深布的老脸带着一股阴森气，还有一贯的自以为是和专横倨傲。

从妇以不中意的眼神将狭也从头到脚打量一遍，不待女孩开口，就将她连拖带拉地领到走廊，这回狭也被带往的是浴房。只在河中洗过澡的狭也从未见过这种设施，只见黑木围建的房间里摆着浴桶，桶内水汽蒸腾。

房内只有两名婢女，她们直接走近大惊失色的狭也，脱去她的衣裳，将她赶进满满热水的浴桶里。接着两人拿起浸过热水的湿布，往她身上使劲搓洗起来。从妇站在旁边望着，也不管她是否觉得饱受虐待，仍不断唠叨命令要更用力刷洗。狭也愈发忍无可忍，一时火冒三丈挣脱身子，两手舀起水来就往几人身上泼去。

从妇大声惊叫："你做什么，竟然动粗？"

"你们用不着替我剥掉一层皮！"

"也不瞧瞧自己的污垢有多厚！"

"绝没这种事！"狭也回嘴。

待浴的婢女们大概领教到狭也不是好欺负的女孩，接下来手劲放轻了一些。虽然她深信身上已经皮开肉绽，但等到去热褪红之后，才发现并没有想象的糟。接着，又是没完没了地梳头，在整理好衣装后，又被胡乱绑上的腰带缠个死紧。待梳整完毕回房时，外

---

① 连接殿宇之间的长廊。

面天色早已全暗。

"这样才勉强能见人。"从妇说,"要不要口红?你的脸色看起来坏透了。"

"不要。"狭也气鼓鼓地说,"如果可以的话,我想吃东西,从早到晚都还没进食。"

狭也知道用膳时间已过,而且还晓得浴房旁的伙食房精炖出来的菜肴芳香四溢。其实她从清早就肚子空空地一直坐在马上,此刻早已饿到脸色发白。

"已经没有闲工夫了,带你前往王殿的时刻已到。"

狭也听到从妇蛮横的回答声中潜藏着恶意,便说:"那没关系,我去拜托月代王好了。"

从妇怒眉倒竖,"这种下流事怎能讲给神子听?"

"不,我要讲。就禀告他说来宫里连一口饭都还没吃到。"

"真是的……"从妇话还没说完就走出房间,唤住走廊上的童仆,命令他快送一盒饭菜来,然后返回房里继续念道:"你呀根本是个娃儿,一点儿女人味也没有,我瞧不出神子是看中你哪点了!"

"那你就靠女人味讨到神子欢心了?"

狭也反问从妇。老宫女一时语塞,转头不再理睬她。童仆端来的膳食不仅有炊煮柔软的白饭、在小器皿内摆放的鱼,以及春蕈、青菜等熟悉的食物,此外还有完全不认得的珍馐——干鲍和海参——也罗列其中。虽然狭也剩了一些恐怖的菜肴没吃,但她对米饭的美味实在难忘。

紧接着狭也在从妇的催促下,穿过重重回廊和渡廊,急忙赶往王殿去了。月代王殿是一座在屋宇下就能召开整村集会的白木殿堂，进入有闪亮门钉的对开门扉后，刨光的杉木地板光滑平顺，最里面的王座四周悬挂着天盖，薄绢帐幔垂至地面，前头放置与贵宾对坐的熊皮座席，上面添放着扶手。高漆杯里放有些许水果，烛台和绢质屏风同样安置在四方角落，火光将屏风上的画映得红艳鲜活起来，画上描绘的是绝非人间之物的四种妖兽。

掀起帐幔，月代王的身姿出现眼前。一袭槐子花染的淡黄色长衣，头发已放下，看来十分悠然自得。从妇双膝跪地，深深埋下了头。

"奴婢带人参见。"

"太慢了。"神子说，声调中兴致稍减。

"奴婢惶恐，装扮实在耗时过久。"

神子望着狭也，有点儿陷入思考般微倾端正的面孔。

"从妇，去取腰带来，浅葱色的好了。这配色简直是皇姊的打扮。"

系着深红色腰带的狭也满脸窘色。

"遵命，奴婢立刻去取来换过。"

老妇以只有狭也才能体会的咄咄逼人语气回答后，旋即退身而去。狭也如今才发觉这是蓄意搞鬼，可惜为时已晚。她面色难堪地察看神子，心想对方可能受够了这乡下姑娘的不识大体。

岂料，月代王微笑道："你应该会喜欢浅葱色这种淡雅的色调，不是吗？"

"是的。"

神子在毛皮上坐下，说："浅葱色的腰带最适合你，就佩在身上吧。狭由良总是系这个颜色。"

不过才刚松口气，听到这番话的最后一句，狭也突然又浑身虚脱了。不知为何,她觉得自己的处境变得更加凄惨,但此时说丧气话也无济于事。等从妇拿来明亮的浅葱色腰带系上后,果然心情舒畅多了,她也就不再多想。

稍后,一位年轻的侍女来通报照日王驾临。就在狭也不知所措之际,月代王见状道:"如果害怕的话,就待在屏风后面吧。"

哪有人看到日月同光会毫不畏缩呢?狭也庆幸地退到后面,却又按捺不住内心的冲动。虽说担心惹祸上身,但她并不想放弃这目睹的机会。不久,照日王踏着快活的脚步来了。

女王已换下豪华盛装,只穿一件薄桃色内衫。脚上裹的也不是先前的绮罗裳,而是扎着脚结的裤袴,脚步似乎强而有力。身上的装饰已尽数褪去,发式只留耳上的小髻,放下的长发流过修长的背脊,几乎垂落地面。

月代王仰望着皇姊,说:"唉,已经这副打扮了?"

"那当然,那样穿戴简直动弹不得,也不能盘坐。"照日王说着,便在熊皮上双腿一盘。

两人相对的面容分毫不差。即使如此,狭也做梦也想不到这对姊弟给人的印象会如此天差地别。照日王与月代王的感觉,就像红白的区分般一目了然,热情如照日王,而忧愁似月代王……

人们本能上更加畏惧照日王,这点狭也能充分体会。照日王是激越的美,是一箭洞穿致死之美。女王令人生畏的豁达不羁,使室内顷刻间弥漫麝香的浓郁。

照日王泛起武将的微笑,说:"有酒吗?快去拿。我是来为你庆祝平安归来的。"

除了优美的肢体以外,连单腕靠在扶手上的动作及语气,照日王都可说没有一点儿女性的习气。然而,这种态度是如此自然,令旁观者为之吸引。

"皇姊的要求已经办妥了。"

月代王说完，就有一位看似女官的女孩以轻快练达的脚步出现，手捧着装有细颈玻璃杯器的盆子。狭也暗想，即使这女孩衣着光鲜，但担任女官的职务，其实与村中少女被吩咐去做的事大同小异嘛。然而，这名美少女的优雅气质是狭也不曾见过的，她为能斟酒而骄傲到几乎颤抖的神情，在脸上表露无遗。

在注满酒的过程中，照日王吊眼瞅着女官，对月代王说："你千里迢迢从东国带回的女孩，不是这人吧？我不是说过叫她来侍候吗？"

"你看穿了？"

"少消遣我。"

月代王语带挖苦说："到头来，我看皇姊前来的目的是为了见新女官，而不是祝贺我归来。"

照日王歪着美丽的下颌，"人在前阵，连个像样的战果通知也没来，还四处去瞎混，你分明就是只顾着找她。"

然后，就在狭也从屏风边缘探眼，滴溜溜地左顾右盼偷窥房间时，忽然听到这话，她惊慌地想找地方躲，却已经慢了半拍。

"你在那里做什么？"照日王厉声大喝道，"又不是捉迷藏，要来就给我过来！"

脸上仿佛火烧的狭也，垂头丧气地从屏风暗处现身。月代王命斟酒的少女自房里退下，然后像是想从中调解般对皇姊说："其实这女孩来晚了，我还没时间告诉她要做的事。"

狭也以手支地行礼，声音细如蚊蚋道："民女狭也来自羽柴，初次叩见女王。"

"来自羽柴?"照日王疑惑地重复道。

"听说她从小由一对老夫妇抚养长大。"月代王做了说明。

照日王以刺穿人心的眼光紧盯狭也不放,即使她伏着脸,也能感受到刺痛。

我为什么在这里做这种事?

忽然间,狭也如此暗想:如果想到现在眼前的人正是杀死双亲的仇人,那么她应该会觉得他们像鬼蛇般恐怖。然而,狭也到底还是无法憎恨对方,她在震慑于女王气魄的同时,不得不赞叹此人是天地造物的奇迹。

一会儿,照日王向月代王说:"真拿你没辙,至今为止,你总是得到后又失去她,怎么到现在还执迷不悟?为什么你个性中总有这种关心珍怪的癖好?"

月代王温柔答道:"你说向往光明而流的水少女是珍怪,岂不是太伤人了吗?请看看她,拥有如此新生、如此真实的青春,难道你就不想掬在手心好好端详吗?"

照日王略略蹙眉,将酒盏移到唇边,"若我的话可没兴趣,再怎么说她是暗族人,跟我们是死敌,这些家伙死而复生不下千百次,所以未来永世也绝不会有避免重蹈覆辙的觉悟。"

"也许的确如此。"月代王低声说,"不过,难道皇姊不认为这也是一种强韧吗?死而复生的暗族对什么是放弃似懂非懂,因此他们看似稚嫩其实不然。他们不断反复,从无知开始却毫不退缩,借此来延续那足以推动磐石的希望。"

照日王以锐利无比的目光睨着皇弟,"你在哪里挫了志气变得如此软弱?"

"东国一战胜负已见分晓,皇姊偶尔也该把目光放远一点儿才好。"月代王略显不快地说。神子的眼瞳露出怒色，与女王姊还颇为相似。

"大蛇剑在我们手中，才会让他们愈挫愈勇，我相信皇姊在西国对此事再清楚不过了。"

大蛇剑？狭也猛然想起这似曾耳闻的名称，就是以前鸟彦说过，而开都王也曾提过的东西。

照日王将下巴靠在置于扶手的玉臂上，一边瞧着狭也，仿佛觉得可笑地说："喂，小家伙，你耳朵动了一下喔。要仔细听清楚，才能当个好奸细。"

"我怎么会……"狭也吞吞吐吐道，接着又勉强迸出一句："我就是为了不和暗族保持关系才进宫来的。"

"听你说的倒像真心话，不过还是行不通。"女王冷冷答道，"像你这种人无论做何事，辉宫里是丝毫不会放松警戒的，这点我虽然清楚，但对本王而言，有暗族人在宫里，毕竟碍眼极了，若你不是月代王的女官，本王早就劈了你。"隔着杯盏，照日王笑吟吟地望着月代王，"我说得对吧？"

照日王虽半带嘲讽地说，却是一副言出必行的语气。狭也不由得浑身打战，但当她发现女王见人畏怯就更心满意足之后，便鼓起勇气说："可我是月代王的女官。"

照日王惊讶的神情稍纵即逝，月代王朗声笑了起来。

"明白了吗，皇姊？她就是这么有意思的女孩。"

"初生之犊不畏虎。"女王哼一声，说，"被咬伤才知道厉害。她今后能不能勾住你的兴致，还得走着瞧呢。"

"我不会让她被咬的。"月代王答道，"这女孩会毫发无损。"

"花言巧语。"浮起讪笑的照日王宛如血统尊贵的猫族,"你是否能办到,我倒想亲眼仔细瞧瞧。但为何偏要如此袒护暗族人?身边招来敌人卧底还临危不乱,我猜不透你是大胆,还是愚蠢?可有件事我很清楚——"女王倾过身子,凝视着俊朗的月代王,"你仗打腻了,才去找来水少女的,不是吗?"

"皇姊。"月代王略微板起了脸。

"你看吧。"照日王说完,眸里闪烁着得意之色,"我不明白你是什么用心,为何对迎接父神重返大地的战役感到厌倦?我一心急于尽早完成使命,就连休息都未曾考虑,要不是你我轮流掌理真幻邦的政务,就算让我转战阵前也在所不辞。可是,你却时常反复无常,突然一下子弃甲归来,一下子又对暗族起了兴趣。"

月代王看起来虽非平心静气,完全不像女王姊那样将愤愤不平全写在脸上。然而,他的微笑化为了一丝冷笑。

"不必急于一时,皇姊。无论是神是鬼,都无法改变高光辉大御神的意志。父神一旦裁决的事,就是这个世界的宿命,父神必然降临。"

"父神会寒心的,没想到有你这种子嗣。"照日王直接将不满说出。

"不,我系出父神,这种本性,也是部分得自父神真传。"月代王静静接受冷嘲。

"父神属天,绝不会希望被黑暗脏污了眼!"

照日王突然高声大喊,一把将酒盏掷碎于地,这股怒气如烈焰般艳灿明亮。狭也不禁蜷起身子,一点一点地膝行后退。

"正大光明的大御神要暗族何用?将他们扫荡精光,才能创造光辉灿烂的新世界,父神正是为此才要降临世间。"

"我不打算唱反调。"月代王转开话题,"反正皇姊总是言之有理。"

失去发怒的凭借,照日王交叉双臂瞪着皇弟,"你说话怎么老是拐弯抹角?族里最后那个不成材的人我早对他死了心,现在连你也不合我意?这到底是为什么?"

月代王以深邃难测的眼瞳望着皇姊的脸孔,半晌才说:"或许我们应该要避免长久同在一处,相处起来才会更融洽吧。皇姊在真幻邦时,我身赴沙场;而我留真幻邦时,皇姊亲往战地。从遥远的时代以前就一直这样了。不过,原本皇姊是父神的左眼,我是父神的右眼,两人本该注视同一件事物才对。"

照日王愤慨地纵身而起,长发飒然落地。

"算了,我跟你是相背相抵,所见完全不同。"女王悔恨地说道,又垂眼看着对方,"你说得没错,既然你回到真幻邦,我还是早点儿出征西国战线好了。不过,我想也不用这么着急,这里的杂务简直堆积如山,目前,在整顿好手边事情之前,咱们暂时减少相见吧。"

话才讲完,照日王连告辞都没说一声就扬长而去,宛如一场风暴席卷而过,狭也一时间只能傻傻地目送她离开。一股似有若无的甘甜香气,久久飘在房内不散。

片刻后,月代王轻声叹息。

"每次都一样。重逢时虽互道欣喜,但不出一天就骨肉相争。"喃喃的话语里竟然带有一种失落,不过纵然如此,神子依旧望着狭也,微笑说:"重蹈覆辙,并非你们族人才有的特长。"

重蹈覆辙，重蹈覆辙，到底在重复些什么？

狭也出神地思索着，脑海中浮现出正在盘卷的麻线球，手拿线球反复缠绕麻线的女性，是狭也不曾见过的——狭由良公主。

我所做的一切，无论这人还是那人都说不是第一次。同样的事重蹈覆辙，死而复生。太狡猾了——我觉得好不公平。对我来说，这些全部都是第一次，明明就是我自己摸索过来的。

当自己被人说得像傀儡时，何止不愉快，简直是非常不值得。

这些都是我以我的想法认真思考过才做的事……

"你要睡到几点才够？快起来！"从妇突然发出狮子吼，让狭也吓了一跳。

"大家都在'朝间'里到齐了，现在早已日上三竿。"

狭也猛眨眨眼，感觉像完全没睡过。旭日斜照进房间的格子窗，洒在地板木眼上，麻雀正啁啾着。

"——朝间？"狭也揉着眼问道。

"拜过辉神神子后，大家会齐聚一堂用早膳。如果你不想吃，不起来也无所谓。"

"我会起来。"

真的是肚子快饿扁了。

仓促穿戴整齐的狭也随着从妇穿廊而过，突然升起一股不妙的预感，于是问道："请问你以后会一直照料我吗？"

"我是奉命行事。"从妇没好气地回答，"所有能成为女官的闺秀都雇了男侍或童仆，你却什么都没有，还给我额外添麻烦呢。"

唉唉！狭也心里叹息。

所谓"朝间"，就是指沿着走廊的细长厢房，里面并排两列膳食，一群年轻女子束起乌黑长发已端坐在那儿。悄静无声的原因，是因为在上座的人已经开始致朝辞了。厢房最上方设有祭坛，摆置装饰华美的王座，却不见神子姊弟身影，他们似乎不一定会亲临席间的样子。

狭也灵巧地溜进去，坐在最后面的位置上。排好的膳食大约有四十份吧，从侧面的回廊透进耀眼的阳光，并排而坐的女子们宛如早晨绽放的莲花般清雅丽质，缤纷的衣裳映衬着季节感，分别是让人神清气爽的雪白、薄青及浅黄。虽然举目所见皆是花样韶华的少女，但看起来狭也是其中最年轻的一个。

致辞完毕后，就在茫茫然的狭也跟着大家一起行礼，开始用膳之际，立刻就尝到食不下咽的滋味。因为所有女官都轮流用冷淡的目光打量她，这些女子轻轻交头接耳，却没有任何人理睬这个新人。不仅如此，她们似乎想早点儿离开她身边，一个个把刚下箸的菜肴剩下，起身而去。不一会工夫，空荡荡的席间就只剩狭也一人干坐在那儿。

当她犹豫是否也该放下筷子时，感觉到有人正朝自己走近。一抬起头，原本坐在离祭坛最近位置的两位上了年纪的女子，正站在面前凝视着她。两人都已过盛年，但还维持净妍貌美。穿着藤紫衣裳、看似年纪略长的女子开口说：

"你就是昨天新来的那位吧，我从神子那里听说有关你的事。我是主殿司，她是辅执司。"

"我叫狭也。"她慌忙两手并拢行礼。

身穿蓝白衣裳、眼睛细长的那位美女，优雅地以袖掩口而笑。

"这名字称呼起来有点儿太轻率了，好像是供人使唤的童仆才会取的。"没想到她语中带刺，"这样的话嘛，浅葱色很适合你，就叫你浅葱君好了，可以吗？"

"可以。"狭也困惑地点头。

主殿司继续说："你好像从没受过巫女教育吧？传圣谕，从现在起，自早膳后到晚上值勤这段时间，由我们来调教你什么是礼仪、成规、祷文、神谕。到六月三十日举行大祓式①以前，你必须执行身为女官的勤务。会很忙碌，你能有心理准备吗？"

"嗯……是的。"狭也发觉对方在盯着自己，于是连忙回答，"请多多指教。"

随后，狭也被领到另一间有点儿煞风景的馆内——后来才知道这里是下级巫女值勤的场所——直到当天日落为止，完全不准她踏出外面半步。若说她做了什么，其实光反复练习走路就花了一整天，就这样在房间内走了不下数百回，练习结束时她累到几乎站不起来，带头的女官们却还一副意犹未尽的模样。

"那么，明天练习的是盆子的拿法，希望大家在早膳后立刻到这里来。"话才说完，这位女官就匆匆退下。朝间的女官们也有样学样，她们的退下方式真是快如闪电。狭也心下厌倦，暗想她恐怕这阵子连如何退下都会被训练吧。

由于从妇似乎不会来了，因此狭也就在这辽阔宫殿内纵横交错的渡廊上迷走着，途中有一次差点和一个端膳盒疾走的婢女撞个满怀，但除了这次小惊险，她总算平安摸回依稀记得的屋檐下。在渡廊和回廊上穿梭而过的人数多得令人意外，其中大半是从仆之辈，还有身穿短衣的婢女或少年童仆。

虽然女官们要掌管神子身旁的起居，像是备膳、缝袍及整理王

---

① 向神明祈祷以除邪秽罪障，并求身心清净的仪式。

座,但她们不需要替自己打理任何事。这群女官的生活全交由从仆去做,从仆们又有身份更低的下仆为其效力,然后阶级层层延伸下去最后继续扩大到无数个人,他们全受宫中管辖。狭也一想到这里就大感惊讶,因为人数之多实在太超乎想象。

当她走在廊上,好不容易找到自己房间时,忽然听到廊侧的房间帘后传出说话声,好像有一群女官聚在那里。

"——就算要女娃也有更好的人家嘛。"

"连男侍也没带就一个人来,又没举行仪式就偷混进宫里。"

"神子偶尔会一时糊涂啊。"

"恭敬婉拒才是聪明人的做法,真不知羞耻。"

狭也不禁停下脚步,她本想咳嗽一声表示自己在场,但整天下来的走路练习,让她根本提不起劲,而说话声仍在继续。

"听说她当晚就蒙神子召去王殿了。"

"女王在宫里她也敢去?照理来说,只要照日王待在宫内,神子都会情绪不佳才是啊。"

"物以稀为贵呀,那个乡下的贱丫头。"

"可别让她拿翘了,那种人怎能跟我们相比。"

狭也决定早点儿离开这里,因此蹑手蹑脚地走开了。

"反正我从一开始就没指望受她们欢迎。"狭也自言自语,"乡下贱丫头又怎样,总比知道我是暗族人要好多了。如果被她们知道的话——她们才不会就此罢休。"

狭也眼前浮现出村里巫女高举短刀的脸孔,此处的俪人们是否也会做出同样的事情来?这种想法实在太晦暗了,因此狭也摇摇头停止胡思乱想。不过,当晚她怀念起羽柴家园,怎么也无法合眼。

2

  潇潇细雨的阴郁日子不断,虽然狭也再三练习,但愈受调教反让她愈觉不妙,她觉得自己似乎真的与神子疏远了。当初,可以毫无忌讳地与月代王坦诚相见,隐约中自认为能够分担神子的心事;然而,如今即使每天住在近在咫尺的真幻邦,却觉得月代王高不可攀、遥不可及。神子往往闭居王殿,鲜少能见到他的尊容,即使偶尔有机会从远方偷看,神子也从未留意到她。

  狭也坐在淋湿的廊缘,隔着面前檐端上成串滴落的雨幕向外眺望。压低的乌云、沾湿的绿木,内庭里苔石环绕的古池水面也晕起一片朦胧。即使落雨,待在这里也绝不会弄湿身子。跑外面的差事,全交由外勤的从仆或男侍来处理,置身在潮湿木板及柱子之间,格外让人一看到雨就烦闷起来,还不如干脆踩在水洼里浸湿双脚,反而能知道泥土和青草有多喜欢这种天气……

  为何住在宫里的贵人会因弄湿头发或脚丫而大惊小怪?对于这点狭也十分不解,因为如果不靠身体来感受雨水,根本无法体会那种多彩多姿的喜悦。当然有时也会受云雾影响,下起坚冷辛涩的雨,但夏雨多半芳香甜美,每次降下的都是从遥远天际送来的信息。

  主殿司临时停止训练,在这样的日子,让本就无所事事的狭也无聊到快发霉的地步,她目光追随着湿栏杆上慢爬的一只蜗牛,一边随意想着:我为什么在这里做这种事……

  女官们照常排挤狭也,一有小机会就不放过整她,然而她打算以耐力取胜,因此都乐观应付,毕竟遇到这种事并不是第一次。

  当她一夕之间成为羽柴乡民时,邻家的小孩也曾同样联手不跟她玩，无论狭也怎么努力讨大家欢心、再如何乖乖听话，都没有用，到头来还是时间解决了一切。只要不闹别扭或哭哭啼啼，别人总有一天会接纳自己的，因此她并不打算为这种事乱钻牛角尖。让她心情大受打击的，毕竟还是那可望而不可即的月代王。

"也不照照镜子，还好意思跟神子回来。"即使狭也遭人如此攻讦，狭也仍旧努力不放在心上。但渐渐的，她察觉此话也未必全假，而且当她被无情点醒这件事不是只有一点真，而是大半属真的时候，还是撕心裂肺地痛苦起来。

山歌会那夜的目光交会，感觉就像一场遥远的梦，她相信可以触及月代王心意的人就是自己，而射入自己心房的唯一眼神也是王的眼神。虽然是因为神子的软言劝慰，她才会离开家园，但这种举止毕竟是不懂事的女孩常有的自作多情。即使她了解明月既然从天普照，就不该一人掌握，但仍旧为此伤痛不已。

为何我会如此深陷爱慕之中？迷恋到一口回绝专程来找我的族人，竟然紧随神子而来？

狭也如此试问自己，她心底深处老实回答，是因为她深为月代王的容颜着迷。她深思着那夜神子静静的笑颜——凝望着山歌篝火的秀逸侧脸⋯⋯

神子看似寂寞，因此我才追随而来，将一切都一股脑儿全忘掉，就这样奋不顾身。不过，我从不敢妄想自己拥有为王解忧的能力，毕竟我不过是个微不足道的村女，而神子的忧虑也只属天上之物。

心情一旦平稳下来，狭也不禁从胸前拿出天蓝色的玉石。既不能丢弃这块石头，又担心放在某处让从妇等人看见会不妥，因此只好将它随身携带。不过，每次无论她心情再怎么沮丧，只要看到玉石的色泽及圆润时，总会神奇地感到慰藉。那是类似浅葱色的温暖，柔和而内蕴的纯洁之色。狭也凝望着玉石，想：流向黑暗的水少女之石，为何有如此澄明的蓝色？真让人百思不解。

狭也当晚没有进食。奇妙的是，每次开始练习时看到主殿司和辅执司的脸，心头老是一阵刺痛，但没见到两人尊容的日子，反而食不甘味。与其为无事可做而徒增烦恼，她宁可接受杀气腾腾的过招练习，因为怒气也能使人恢复活力。狭也反常地将碗盘里的菜肴全剩下，正想离席而去，才发觉原来其他女官平常就只吃这么一丁点儿。

大家是否都积着忧郁呢？狭也如此想着。

难怪女官们个个都像随风袅娜的柳枝般苗条。原本狭也也算是纤瘦体型，虽然与幼时相比长了点儿肉，但还是被村里的姊妹淘取笑扁胸啦窄腰什么的；不过在这里看来，自己倒是不落人后。

她回到房间，从妇已经在等候了。好一阵子未曾出现的从妇，一副正襟危坐的模样，让狭也内心打了个问号。最近从妇总是只在想发牢骚时才露脸。

"有事吗？"

"是来带路的，请随我来。"

从妇以无可奈何的声音说完，站起身。狭也凛然一惊，因为过去也有一次从妇是以这种口气说话的。她急忙拢好头发，跟随从妇手持的灯火，穿过阴暗的渡廊。果然不出所料，从妇通过几曲回廊，前往宫殿的深处——带领狭也前往神子的王座。

虽然悠悠过了一个月，对狭也来说却像是隔日再访，辉神神子及其身边的一切并没有丝毫变化，改变的唯有将召见改在白天。月代王本身也仿佛才刚见面般望着狭也，让她觉得只有自己感到岁月不饶人，反成了浦岛太郎[①]。

"还是这腰带漂亮。"倚在扶手上的月代王流发滑过长衣，相当满意地对她说，"你的装扮也是这次比较好看。"

"已经过一个月了，光辉的神子。"虽然狭也心想多说无益，但仍脱口而出。对获得永生的氏族而言，这或许只是眨眼的一瞬间。

"短暂不见，你变得更美了。"神子说。这时狭也突然思绪一转，觉得刚才说出来是对的。

"来这里。"月代王唤狭也到毛皮坐垫来，那里已备好轻酌小宴。

"喝这杯好吗？"

狭也虽对月代王的邀约感到迟疑，但在盛情难却下，她接过了翡翠酒盏浅尝其味，才发现略带苦涩。

神子姊弟虽都饮酒，但只有在真正兴起时才会进食。朝间及夕间的御驾亲临也不过徒具形式，二王从未在人前现身。对神子们而言，他们几乎不用仰赖大地的滋养。如此一想，狭也稍稍感伤起来，他们是异质天成，绝不沾染凡人之气……

"为何你低垂着眼？"月代王诧异地问道。

这一问，反令狭也惊奇，"是礼节这么教的，神子。"她答

[①] 流传在日本各地的古老传说人物。渔夫浦岛太郎乘海龟到龙宫而受到公主盛情款待，数年后渔夫想返回地上，公主就赠他一只玉匣作为纪念。渔夫回到岸上后发现景物全非，原来人间已过数十载，再打开玉匣一看，自己也变成了白发苍苍的老人。

道，原以为会受到神子赞许的心情，不假思索地流露在声音里，"我已经记住好多种了。"

"礼节有时真是无聊透顶。"月代王说，"习惯成方矩，人们就这么将子孙困在框框里。哪些是必要，哪些又是俗套，还来不及分清楚就过完了一生，真可怜。"

月代王伸手托起狭也的下巴。当她明白到神子触碰了自己的身体时，简直像从云端掉下来般震惊。

"你不是超越了那些繁文缛节，才来到这里的吗？水少女。"

有苦难言的狭也凝视着月代王的爽朗容貌，刹那间百感交集，她为自己眼中竟泛起泪来感到惊讶。然而，她不想移开目光，因为下次不知何时才能再蒙召见了。她好不容易才将自己的心意表白出来："我拥有的只是现在，却什么都无法超越，就连以前的事也一无所知。神子，我只是狭也。"

"这正是你的强韧，你可以卷土重来。"月代王几乎是满怀憧憬的语气道，"山歌会的夜里，你答应接受我的礼物，对吧？"

"对的。"狭也悄声回答。"我追随您来到真幻邦，只不过……"她的声音变得微不可闻。"现在，我知道这个要求太过分了。"

月代王的表情略显惊讶，"你担心我会食言吗？"

"不，不是这个意思。"狭也急忙摇头，她拭去因此滴落的泪珠，"我真不知该怎么说才好，不过我以前并不晓得成为女官会是什么样子。"

"小水少女，"月代王柔情地说，"你当真是毫不知情啊，而我却没有快点儿告诉你，真是太罪过了。"

神子撩起头发，倾下身子，以带点儿逗弄人的愉快眼神捕捉着狭也，"我曾说过会将择妻的宝物送给你。我越过千山万水唤你来真幻邦，并非只是为了让你掸拭屋尘而已，而是像这样——"月代王执起狭也的手，叠在自己掌上，"手牵手的男女在山歌会那夜交换的信物，不是只有饰玉和发梳，这点想必你也知道。"

的确，狭也心知肚明。

这件事母亲曾经淡淡提起，朋友们也口耳相传过。换句话说，赠礼是允许互相思慕的定情之物，但最重要的还是爱情。这种感觉最为神祕，在目光交会的那一刻，即使没人传授也能自自然然动情。然而，月代王的话完全切中狭也的要害，她惊慌失措到脑中一片空白，无从招架的她就像大白天从巢中跌落的猫头鹰。

"我……"狭也本能畏惧着，想退缩身子，然而月代王却牢牢握住她的手，这更让她莫名地惊恐万分。神子外表看似秀艳而弱不禁风，手劲却悍如钢铁。

"别怕，说仰慕我的人正是你，不是吗？"月代王平静地说，声音里压抑着某种情感，抑藏在乌黑深邃的眼瞳及气息中。

狭也慌乱地左顾右盼只想求救，但那里尽是屏风上作势欲扑的幻兽身影。她不自觉闭上眼睛，此时已被月代王揽在怀里，闻到神子那袭上浆衣衫飘染的芥草香气。不过，就在这时——

"岂有此理！"一个声音出其不意响起，"你说这女孩会毫发无损，结果竟然迫不及待马上出手？"

感觉月代王腕劲渐松的狭也，鼓起勇气从他的怀抱里一跃而出。只有在这一瞬间，她觉得说话的人真是救星，但这号人物——照日王，却冷冷交叉双臂俯视两人。

出乎意料的，月代王并没有惊讶之色。

"我有直觉皇姊会来。"

"那当然，因为我说过要瞧瞧你如何实践诺言。"照日王走进来说道，身上依然穿着裤袴，系在脚结上的金色小铃铛叮叮轻响，还飘散着她独有的沁人甜香。"我跟你不同的是绝不食言。"

"政务方面大致告一段落了？"月代王一问，女王就以凶狠的眼神猛然一瞪。

"你是想赶快把我赶去战场吧？不过，神官希望大祓式由我亲手执行，然后我才会远征西方。"

"皇姊的确是驱邪消灾的最佳人选。"

"你在讽刺我？"照日王不领情地说，一撩发就坐下，动作和皇弟十分相似。玲珑的月代王只有与皇姊同席时才光芒略减，这也更加显出女王是何等的气魄十足。

照日王一回头，瞧见退到角落惊魂甫定的狭也，正为该不该退下而磨蹭，于是脸上泛起浅笑。

"平常女孩在这种时候，都会吓得顾不了别的赶快逃走。这女孩囫囵吞下教训，却转眼就忘，简直像只鸡。看样子，因为我来见你，她的那点儿好奇心就发作起来，赖着不肯回去了。"

"那是因为她没做出让皇姊蒙羞的事情。"月代王护着狭也。

"她还只是个孩子嘛。"照日王嗤之以鼻，又以探询的目光看着月代王，"你有意立这种小女孩为妃？"

月代王眉毛轻动，"她不会永远如此幼小，因为她与我们永恒不变的长生不同。"

"是吗？那就让她在你眼前垂垂老去，衰弱而死？"照日王语气嘲讽，眼神却极为激动。

女王的盯视连旁观者都会恐惧得战栗，若非身为弟弟，任谁都绝对无法承受。

"或许不会如此。"照日王低声说,"水少女或许不会停顿下来老去。她迟早会自尽,从你手中流去。你听好了,月代君,我对这种不断反复的愚行早就忍无可忍,实在不想为了目睹这种行为而长生下去。我不会让你立这少女为妃的,而且我要亲手斩断你的愚蠢妄执。"

月代王顿时抬起脸,表情是前所未见的冷峻,"你能做什么?虽然毁灭一向是你的专长,但这份情缘流水不会映在皇姊的眼里,无形的东西,你又怎能一刀两断?"

照日王的颊上泛起一抹薄红,美得令人屏息,又看似危险,"你凭什么知道不会映在我的眼里?"

"皇姊的眼里投入太多天上父神的灿光,因此什么都映不出。"

"你是说你不敬仰父神?不敬仰我们光明之父的神影?"照日王的叫嚷响遍宫殿。

"我当然敬仰。"月代王的语气同样义正词严,"我希望迎接父神来此,让丰苇原成为充满光明的清净之地。你我身为半神降临世上,就是为了这个目标才存在的。"

"又多一个不成材的。"照日王喃喃道。

月代王缄默片刻,继续说:"但,自从来到地上后度过的时日,就算对我们来说也太漫长了,我没想到肃清丰苇原竟如此耗时。因此我最近在思考一个问题,那就是父神的旨意到底属于何方——"

照日王摇摇头,"我总觉得,要不是你常对暗族眷恋怀柔,老早就能将他们一网打尽了。"

女王手叉腰站起身,"你说我能做什么?别忘了将大蛇剑收回手中的人可是我。若能靠那把剑打倒暗御津波大御神，暗族也会同归于尽，他们的气数将竭，这女孩也只能活这辈子了。"

月代王如戴上面具般抹杀所有表情，凝视着女王，"皇姊，我说你看不见的，是指我个人的心意。"

他的声音异常平静，锐气尽失的照日王回望着弟弟，一下子背转过身。

"我最听不惯男人耍嘴皮子。"女王朝背后丢下这句，就此离去。

狭也吃了一惊，像被弹了一下般两手支地，"请恕女官告退。"

连珠炮般说完的狭也飞奔到廊下，在黑暗中四下张望一阵，然后便拨开绊脚的裙裾，在地板上奔跑起来。照日王可能是听到了嘈杂声，她在渡廊转角回过头来，狭也总算追上了。

"真、真抱歉。"狭也激喘到抓住柱子才能支撑身体，心里感谢身处在黑暗中，因为如果不是借着暗处，实在无法向如此恐怖的人开口，"拜托您，请告诉我，狭由良公主为什么死了？"

照日王立在暗里，衣装上隐隐泛着星光般的微亮。然而，却无法见到女王的表情，只有一种身影窈窕修长的印象。

"拜托——"

"原来你这女孩很有勇气嘛，或者该说一厢情愿更恰当。"照日王的声音里带着细细玩味的感觉。

"狭由良公主真的是自尽吗？"

"没错。"照日王答道，女王的语气完全像个男子，丝毫没有犹豫，"你的族人其实一直死过再死，稍有不顺马上就一死了之。虽然说是转生，但我可绝不赞同这叫作强韧，寻死等于逃避，也就是懦弱，你站在我和月代君的立场想想，我们既不能期盼逃避与对方共处，也无法要求谅解，你懂了吗？下次再想投池自杀的话，我一定拿把竹耙绞着你的头发活活拖上来，你先给我心里有数！"

说完要说的，照日王径自离去了。女王刚离开，周围便呈现一片黑暗。狭也不知何时颓坐在冷冰冰的地板上，全身力气尽失，脑里混乱到发痛。然而，只有一件事她非常清楚：

月代王的目光不是向着我的。无论是现在，还是往后，神子都不会注视我的。

起初狭也在脑海中认为，神子凝视的是狭由良公主，然而她错了。狭由良公主也必然深知神子的心另有所属，因此才会轻生。月代王在追求水少女时，其实是凝望着遥远的彼方，只是神子连他自己都几乎不曾意识到……

可是，狭也却察觉到了，或许狭由良公主也了然于胸。月代王投去的目光，是寄在水面上隐约可见的照日王身影。狭也凭着小动物般的敏锐直觉，对此明察秋毫。两位神子每次重逢必起争执，并非单纯只是个性不合，而是因为他们俩如同环绕在对方周围运行的星辰，彼此太过激昂地对望才导致摩擦，即使他人再怎么从中介入，也无法动摇这股强烈的维系、永无止境的爱恨。

生在这世上的任何人，都无法疗愈被天撕裂的两位神子的伤口，除了彼此互为对方另一半的日月两星之外……

虽然狭也洞悉了真相，但对她而言却痛苦得无可救药，这种张开手掌却空空如也的虚无，只能独自咬牙咀嚼。

"我们要不要替浅葱君叫大夫来？"狭也走远后，主殿司对辅执司说。

正在整理桌面的辅执司抚一下头发，转过身来。

"这样不是更好管教吗？大祓式也快开始了，我们扛下的重担总算轻了点儿。"

"这几天来她都乖得教人难过，有一阵子还毫无节制地大吃大喝，最近却又对膳食碰都懒得碰，该不会是哪里不对劲吧？"

"您这一说……或许还真有点儿奇怪。"辅执司突然陷入思考。

"对我们来说真是灾难一场，她如果看起来像弄坏身子，传到外面可就难听了，必须想想办法才行。"主殿司这么一说，反应极快的辅执司立刻想出妙计。

"叫大夫太劳师动众了，召个侍童之类的如何？浅葱君到目前为止还没有从仆，样样都要自己动手，如此一来她会省事多了。"

主殿司点点头。"你想得真周全。如果有个侍童，那些毁谤她是女童的年轻女孩应该也会收敛一些。"

"这就不得而知了。"辅执司歪起一边嘴角笑着。

浑浑噩噩，做什么都嫌烦。梅雨刚过、天气剧烈变化或许也有关系——现在已是艳阳高照、乍现暑热的季节了。不过，烦闷的最大原因，是从未因心痛而陷入绝食深渊的狭也，对自己感到气馁所致。她对凡事都丧失自信，也失去继续当女官的渴望。

如果病死的话，照日王是不是就不会怪罪我了？

狭也虽这么想，但在这群冷漠的宫人面前病倒的话，只会徒增别人的麻烦和怨言。她好想念东国的故乡，在那里如果暑热渐盛，她可以尽情地在河里游泳，又能拿出板凳在星空下入眠。然而，在殿阁相连的深宫里，却完全感受不到一丝凉风的活力及朝露的润泽。被人踏硬的干燥地上，刺眼的阳光只是让暑气更盛，宫里的夏天既沉滞又欠缺活力。

某个闷热难眠的夜里，毫无睡意的狭也当真觉得快要死了。虽然她至今对死亡一事仍旧无法释然面对，但灵魂只想求个解脱，只想逃开这个身体，以及缠住这个躯壳的一切烦乱。

既然要死，才不想留尸体在这里。突然狭也如此想。要找个清澈的地方——对了，就在冰冷安静的水中吧。

她想象自己的发丝在碧水中展开如扇，仿佛水藻正欢愉摇曳。这光景并不坏，还很凄美。

狭也从菅草榻榻米上一骨碌翻起身。周围没有半点儿声响，巡逻的侍卫也在远处。她轻轻打开板门，见到夜阑最甚的空中，迟挂的半边月儿投射出清澄的光芒，而在蓊郁林木围绕的古池里，浮映着寂静的月尖。就在她被寒静的水面吸引，仿佛受人感召般踏出脚步时，忽然惊骇得退了一步。原来就在廊缘处，有个小家伙的黑影正蹲在那里挡住去路。

"是谁？"狭也悄声问道，"你到底在我房间前做什么？"

黑影答道："小的是新雇的童仆，正来为您效劳。"

"我没有记得召过童仆，你退下吧。"

"小的还略懂医术，听说您身体不适——"

"我也不要大夫。"狭也断然回绝。

"真的吗？"忽然间，小家伙的嗓音变成狭也认识的声音，惊讶得她倒吸一口气。

"鸟彦！是你在那里吗？"她蹲下一看，认出咧着微笑的大嘴及晶亮的铜铃大眼。即使如此,她仍无法相信这是真的,这男孩总是出其不意地蹦出来。

"我已经正式成为你的童仆啰,浅葱君。"鸟彦快活地说:"女官的头头吩咐了男侍,男侍吩咐侍卫,侍卫吩咐下仆,下仆又刚巧从门外逮到我这不二人选。想不到名震天下的宫中禁卫,也会百密一疏呀。"

"这不是闹着玩的。"狭也提高嗓门儿,接着又慌忙掩住了嘴,"我不要这样啦,我们俩都在这里,如果泄底就没戏唱了,就算再三保证我们没有任何企图,谁也不会相信的。为什么你要来?明明知道这是虎穴——"

"当然是因为我有企图嘛。"鸟彦坦白地说,"你怎会这么迟钝?你应该听我说过关于大蛇剑的事吧?那把剑关系着你我的命运,当然要想办法夺回来才行啊。"

"剑和我可没关系。"狭也说完吸了口气,站起身子。

"难道——"狭也忽然想到了什么,握紧拳头,低声说,"难道,你们为了拿大蛇剑,才将蒙在鼓里的我派进宫里,好替暗族找门路进入大内?"

"讨厌喔,我先前应该有再三叮咛过,是你自己选择要进宫的。"鸟彦边笑边说。

狭也无言以对,绷着脸蹲着不动。

"算啦,狭也不帮忙没关系,就算喜欢月代王也无所谓,不过,你是不会出卖我的,对吧?"

狭也很不高兴地将头一扭,"你别自作主张,我现在是宫里的人,会怎么做还——"

"当女官真的快乐吗?"忽然间,鸟彦以意想不到的小心语气问道。

于是狭也再度说不出话来，涟涟的泪水不断夺眶而出，她对自己感到不悦，希望最近常犯的这个毛病能改一改。

就在她设法停止啜泣的时候，鸟彦径直望着她一语未发，等她稍平静下来后，才说："我以大夫的立场告诉你，浅葱君，你会无精打采的最大原因，是因为长期没接触到泥土和水，以及活生生的草木。你不是那种能与这些东西隔绝而活的人，就像野外的小鸟被关住的话会活不下去，必须还它自由才行。"

"嗯。"狭也天真地点头。"是啊，我好想念这些东西，好想做大家说不行的事，我连现在都忍不住想跳进池子里。"

"那就别忍了，去游吧，"鸟彦爽快提议，"今晚很闷热，游泳最棒了。我也想去游呢，瞧我一身臭汗。"

狭也睁圆了眼："这是宫里的池塘，你这样无法无天——"

话刚说到一半，突然有种顽皮的想法闪过脑际，好久没有这样的兴致了，"——不过，这里是深宫内苑，侍卫反而不会注意，或许不会穿帮。"

"才不会穿帮呢，宫里谁都不会料到我们在此。"

就在鸟彦轻率的保证下，狭也打赤脚跳下地面，脚心捕捉到令人怀念的触感，还有夜半吐露的草木香。不过最重要的，是夏夜紧紧包裹着狭也的肌肤。正因为违反宫中规矩，这种触感才更显得甘美无比。

她像夜行动物般压抑着兴奋，沿着树荫悄悄走去，庭园深处是极为常见的老树林，被黑暗蒙上眼的老树，与深山同样在梦乡中，在微风的邀约下，松树轻吟的老歌及杉木低喃的故事占据了这片地方。池岸边的绿苔温中带湿，踏上去就像踩在短毛动物的背脊，狭也凝视着水面涟漪中的月亮，忍不住发出笑声。然而当她解开衣衫时，却让鸟彦抢先一步，只见他冷不防飞跃到池里，优哉游哉划起水来。

"你呀，真像青蛙。"狭也说着滑入水里。

池水比河水还体贴肌肤，难以置信的欢喜满溢她心田。夜里游泳对狭也而言是第一次，但她并不怕这没有湍流、受到月光净化的池水。她仿佛化成鱼儿潜入水中，上下左右自在环游，将一切烦忧完全抛诸脑后。她觉得过去就算受到多少的刻骨伤痛，如今也能一笑置之了。鸟彦的出现虽是另一个意外，但就让所有事情顺其自然吧。

"如果就此变成池里的鱼儿，真不知会有多幸福。"狭也边仰泳边说。

于是，她身畔立刻来了一条大鲤鱼，仿佛回应般跳跃起来。鱼鳞和尾鳍刹时像银雕在月光下闪烁，狭也不觉笑了出声。

"鸟彦，看到没？是池里的鱼精。"

"去打声招呼吧。就说多有冒犯之处，失礼啦。"

从对岸传来鸟彦的回答，狭也照着他的话灵巧返回水中。水中当然伸手不见五指，但她却看到一桩怪事，或者应该说她只见到那条鲤鱼，而鱼身隐约发出亮光。

鲤鱼不愧有鱼精之称，硕大的体型足足比狭也的整只胳臂还长，鱼须也长飘飘，怎么看都是一副修成正果的老僧模样。她能瞧那么仔细，是因为鲤鱼好奇地游近之故。它完全不怕人，而且边游边用鱼鳍抚着狭也的鼻尖，问道：

"夏夜里想变成鱼的人难道不止我一个？另外，你不想变成鲤鱼吗？如果以你那种身体享受游泳，实在不太搭呢。"

狭也以为是鸟彦在取笑她，于是一惊吐气，急忙浮出水面。但才转头，就发现鸟彦早已登上池岸的岩石，正在拧干发上的水滴。

　　"鸟彦！"

　　狭也不禁发出凄厉的尖叫，就在她起鸡皮疙瘩的瞬间，身体也随之痉挛起来，因此吞了一肚子水，若不是瞧得好笑的鸟彦出手相救，她差点儿会遭遇灭顶之灾。

　　狭也好不容易攀住岩石，正没用地猛咳，林间突然点亮了灯火，鸟彦惊惶得直眨眼。岸上出现两个人影，正是手举火炬的照日王，还有拿着竹耙的男仆。

　　"我应该说过会绞住头发再把你拖上岸的。"照日王怒气冲冲道，"你宁愿受辱也要下水吗？"

　　"我只是在游泳。"还在连连咳嗽的狭也说。她差点儿丢了性命，就连礼仪都抛到九霄云外去了，"请您快靠边让我上岸，这池里有妖怪，我不想再待下去了。"

　　"喔，妖怪？"照日王故意假装感同身受，"你敢说在辉宫正中央的镜池里，好死不死竟然有妖怪出现？"

　　狭也费尽全力才从水中脱身，任凭发上水流直淌就披上衣衫，她认真道："是真的，而且鲤鱼还开口说话。它问我为什么不变成鲤鱼，还说夏夜里想游泳的不止它一个。"

　　虽然谨守礼分的男仆背对着狭也，但他的肩膀忽然激烈抖动起来，似乎很难停下来。

　　不过照日王却没有笑，女王只露出蹙眉的表情，立刻就佯装若无其事地道："真是个好玩的女孩，睡糊涂的话，就更该乖乖去做你的糊涂梦。"

　　"才不是梦！这么荒唐的梦我也做不来。"狭也愈说火气愈大，但照日王的眼神变得很骇人，因此她住口不语。

"那是梦，不准你再提它。"女王颤声说。

那到底是什么东西？

直到次晨，狭也还是觉得匪夷所思。昨夜，悲伤到想寻死的念头就像骗人的，好像一场农事歌舞庆典般在滑稽逗趣中结束了。的确，那种不想活的心情已随梦而逝，但那声音仍留在耳际不曾离去，当然，鸟彦矢口否认那话是他说的。

"在遥远古代，据说连草木都会开口说话；但在神明渐少的现在，无论怎么期待都不可能实现，没想到偏偏在辉宫的正中央还有神明存在。"鸟彦耸耸肩，"一定是幻听没错啦，八成是你肚子饿了。"

"连你也这么讲！"狭也愤愤道，但接着发现自己真的是饥肠辘辘，食欲好像已经恢复了。完全复原的她，急忙跑向朝间。

下次若再听到那声音，我会立刻认出来。狭也边吃边想。

那声音并无恶意，而且感觉上声调很年轻，是一种独特而毫无恶念、初次听到却令人怀念不已的声音。

照日王的举动真不寻常，一定是心里有鬼。她大概知道些什么，必定有什么隐情。

第三章 稚羽矢

棣棠展黄卉,群立芳姿顾影怜,山涌清泉流;欲汲幽水行相随,未识冥途觅难求。

——《万叶集》

1

"所谓的'祓式',就是在这片不洁土地上生存的人们,为了清除无法避免的灾祸及污秽,并且借此接近天的清净,而举行的一项重要祭典。尤其一年举行两次的'大祓式',以驱除宫里各处灾厄为目的,乃保持辉宫美誉所不可欠缺之活动。"

主殿司召集了包括狭也在内的资历尚浅的五六个年轻女孩站在前排,对她们说:

"仪式当天由月代王及照日王为首担任主祭,宫里所有担任要职的人都会集合在西门中濑川畔,然后将污秽随水流清。因此,你们千万别给我丢脸,川原将有照日王的女官们在场,所以要尽心尽力遵守仪式的规程,千万别在人前丢人现眼。"

主殿司特别强调语尾的那番话,照日王与月代王的女官们彼此之间似乎有相当强烈的较劲意味。虽然狭也坐着洗耳恭听,其实心思早不知飞到哪儿去了。

过了六月的最后一天,照日王就会出征西国。狭也如此想着。宫中就只留下月代王了。如果照日王远离辉宫,神子是否会改变心意看着我呢?

狭也深知这种心愿是多么渺茫,但仍情不自禁心怀盼望,这便是单相思吧。狭也自觉到一种无意识且迫不及待的焦虑。

真希望大祓式早日来临……

主殿司郑重说明她们该担任的职务程序后，语气略显温和地问这群少女："你们知道什么是清净，什么是污秽吗？身为女官，你们应该比谁都更了解辉神的神光恩泽才对。"

一个少女被指名回答这个问题，只见她两眼闪烁发亮，激动地侃侃而谈："主殿司，所谓的神光恩泽，就是指照亮黑暗。所谓黑暗即是死亡、即是腐朽，神光降临在这片遭到黑暗污秽的世界上，就能赐给我们永远、永久的美好。"

这根本是巫女教义嘛，只有这几句我也会说。狭也暗想着。一个月下来，听得我耳朵都长茧了。

"你说的很对。"主殿司满意地点头，"丰苇原的中之国里唯一能实践天的清净之地，就是这座辉宫。你们能幸运地获选成为女官，千万别就此安逸怠惰了，应该要更加勤奋不懈，努力保持洁身净体，终有一天说不定可以承蒙辉神神子宠召近身。"

主殿司骄傲地将手放在胸前："我上承可贵的神光恩泽，才有幸担任女官一职，到今年为止算算已有六十四年了。"

满心期盼这说教快点儿结束而垂下眼眸的少女们，乍听此话，不禁怀疑起自己的耳朵，于是纷纷抬起头来，就连狭也的反应也是一样。她略有耳闻主殿司的年龄比外貌更资深，但这简直太让人难以置信了。要是从十五岁开始任职算起的话——照理说应该已老到直不起腰才对。

主殿司略显得意地望着女孩们惊奇的表情，然后微笑起来。

"最重要的是能为高光辉大御神奉献身心，这样你们的光明之道才会敞开。首先，你们要用心清除自身的污秽才行。"

实在看不出优雅的拨着裙摆离去的主殿司竟然早届耄耋之年，她的外表虽稍显冷峻严肃，但美貌却不下任何人。少女们完全慑服于主殿司的气魄，只能目送她远去。

一会儿，少女们的心情放松下来，自然地聚在一起聊起闲话来。

"靠祓式除秽就能长葆青春，这是真的吗？"

"好像是真的。据说所有仪式中，没有比大祓式更恐怖的了。"

"真有那么恐怖？"

"会死人的。"

"骗人啦。"

"嘘！"一个少女以手指按唇，"不能说出去喔。不过啊，听说中濑川有个别名叫骸骨川，水中流着骨灰。"

"唉哟，好可怕。"

"也就是说——"

在渡廊角落吓得全身僵硬的少女们突然静默不语，原来她们注意到狭也在场。

"我们走吧。"其中一人大声说道。于是她们争相白了狭也一眼后，就匆匆离去了。狭也不禁大失所望，她好想知道谈话的后续内容如何，也十分在意大祓式中会有人丧命一事。

她们要消除灾厄的话，绝不会像村里祭典那样只有仪式做做样子而已，毕竟这里可是辉宫啊。

就在狭也驻足陷入思考时，听到渡廊转角的另一头响起愤愤不平的抱怨，而抱怨声正发自片刻前刚离开的那群少女。

"真是的，刚才过来的童仆究竟怎么回事呀……"

"连声招呼也不打。"

"到底是谁的童仆,还走在庭园地上呢。"

狭也才思忖该不会是那小子,果然现身走来的正是鸟彦。只见他的前额绑起束发,穿着一身净爽的青色麻衣,虽然这副打扮还算得体,但他却拒绝乖乖走渡廊,而是大咧咧地就径自穿庭过来。

"你别走下面嘛。"狭也蹙眉说,"都是因为你,害我无缘无故地被评价更低。"

鸟彦笑笑并不在意,一纵身跳上栏杆,敷衍了事般拍拍脚底。

"明明可以抄近路还笨到不去走,我从你房间走到这里才五十三步。你知道该怎么走吗?"

狭也纳闷鸟彦究竟是如何记住路径的,原来这小子在几天内就背熟了广大的宫殿结构,因此可以随心所欲地到处游走。

"我现在要回房间了,不过,我要走回廊。"狭也挫他锐气道,"跟我一起回去,我还有话要跟你说。"

狭也细心确认没有人影后,就放下房间帘子,问道:"你知道大祓式吧?"

"嗯,还有五天就到了。"鸟彦双腿屈膝,席地而坐。

"我身为女官,会被轮到执行祓式。所谓祓式,就是指清除黑暗喔——"

"嗯。"

"你没问题吧?宫里要举行祓式耶。"

"狭也用不着担心,你只要照常去进行仪式就好,你有月代王保护,而且本来也就没受到黑暗的影响。"

狭也焦躁起来,"我说的是你呀,鸟彦。就算没人识破,你承受得住祓式除厄吗?"

鸟彦歪着头，圆眼骨碌碌转着。"这么说——哪可能会没事啊，大概就像跟错群的鸟被叮出来一样，我也会给人一口叮出来的。"

"你少跟我闹了，还有心情说笑。"狭也一怄气，鸟彦就顽皮地笑了。

"打从一开始我就没想到能在宫里待这么久，迟早会让人发觉的。暗族的气息在这里明显格格不入，简直就是异类。目前虽被人嫌东嫌西，但还算平安，所以我想趁现在尽快行动，好做个了断。"

"了断？"

鸟彦压低声说："就是夺回大蛇剑。"

狭也真是服了他，他不仅态度嚣张，还是个胆大妄为的男孩，竟然打算光凭己力在辉宫里单打独斗。

"安置大蛇剑的地点在哪里，我大概有把握。这座宫殿是以'高殿'为中心，照日及月代两个王殿恰好建造成左右对称的格局，甚至连从仆的屋舍也都设在相对的位置。不过，唯一有个地点例外。就在照日王殿后面隔一段距离的地方，延伸着一条小路，那条路的前端有一片苍郁的树林，什么都瞧不清，但我听说只有女王跟少数几名女官才能获准通行进入。据说那里有高光辉大御神的祭殿，那座神殿的确很可疑。"

"你想潜入神殿？"不觉听得入神的狭也问道，鸟彦以若有所思的表情抬头看她。

"应该有人在祭祀大蛇剑，只是目前还不知对方是何等人物。大蛇剑可不是放在那里就能安心的货色，必须要有一位特别的巫女时时刻刻镇守它才行。但不可能有这种人物的，我简直无法相信这种人会存在，因为长久以来大蛇剑都是暗族之物，掌管剑的巫女就只有狭由良公主一人。"

"狭由良公主？"狭也扬声问道。

"对，就是狭由良公主。"鸟彦点点头，"狭也大概不知道，辉神在远古时代斩死由地母女神创造的最后一个儿子火神时，所用的剑其实就是大蛇剑。沾满火神鲜血的剑上，烧烙了当时遗留的愤怒、仇恨和诅咒，它成为残存在这世上最可怕的东西。无论是辉族或暗族，大蛇剑的力量都不隶属于任何一方。"

鸟彦的眼瞳因莫名的兴奋而发亮，"也就是说，它可能是一把盖世无双、连辉神都能打倒的神剑。"

"别做白日梦了。"狭也悄悄说，"有谁能斩得了高光辉大御神呢？"

鸟彦缩一下头，"是啊，除了能安抚火神诅咒的水少女之外，谁都无法动摇大蛇剑。就连照日王为了想得到它，也只能掳走狭由良公主，因此公主才被带到真幻邦来的。"

"嗯，我懂了。"狭也叹息道，"事情原来是这样的。"

"大家想尽办法要救公主出来，结果还是白费力气。水少女好像曾经表示说她不想要离开……"

狭也沉默不语，她似乎可以感同身受狭由良的心情，但还真不忍去体会。

鸟彦于是摇摇头，"这些往事我都是从岩夫人那里听来的。只有那位老婆婆还记得所有事情，但对我们来说，那些已经是前世发生的事了。"

"连我——"狭也犹豫地说，"那么，连我也拥有力量镇伏那把可怕的剑吗？"

"可能吧。"鸟彦瞥了她一眼,"你有意把剑拿回吗?"

"没有!"狭也干脆答道,"谁想要就给谁吧。"

"是吗?真可惜。"鸟彦遗憾地说,"这么一来,我只好学照日王以前的勾当,将巫女连剑一起偷走了。"

"你讲得这么无法无天!"

狭也突然感到背脊发凉,鸟彦根本像个准备出发到深山探险的顽童,还吹牛将不可能的事都说成可能,而且还是一桩攸关生死的事。

"别小看辉宫喔。首先,你和照日王的身份就相差悬殊了不是吗?别胡闹了,立刻给我离开这里,现在要走的话还来得及。"

"真讨厌。"鸟彦像是取笑她,答道,"这可是我爱做的事,你也说过要各管各的。"

"可是你一定会被杀的!"狭也不由得叫道。

鸟彦若有所思,眼露哀切的神情仰看着她,"暗族人若怕死就太荒谬了。我不会去白白送死的,所以一切没事,你放心吧。"

怎么可能会放心?

狭也再次换过枕头位置,可无论怎么试也睡不着。夜已深,微凉的轻风从半掩的板窗习习吹送进来,檐端垂挂的贝壳风铃摇曳着发出空洞的声响,轻轻扰乱着暗谧。她不安地睁眼凝视着黑暗巢伏的天井上,似乎看到人们在屋内沉睡时做的梦境,那些不成形的梦带着朦胧云彩飘逝而过。就在追望流变不息的梦境之际,她突然恍然大悟了。

鸟彦说什么不怕死都是假的,无论是暗族还是任何人,应该都不会甘愿白白牺牲。

　　她愈想愈笃定。

　　鸟彦是深知即将举行大祓式才来的，他是为了我——是为了帮助我。从巫女的短刀下救我一命的是鸟彦，让我两度死里逃生的也是他，而我竟然忘记这份恩情，真是愚蠢到了极点。

　　狭也边咬指甲边自责。

　　不管怎么说，我都要叫鸟彦回去，放任他不管就等于见死不救。那孩子虽然口出狂言，但毕竟年纪比我小，绝不能让他轻易送命，他不可能不怕被杀……

　　"你看，那是什么？"

　　"讨厌啊，它们想做什么？"

　　户外又响起女官的声音，狭也心想挨骂的人八成又是鸟彦，于是离席来到外面察看。不料四处不见他的身影，只有两位女官正仰望着庭院树木。

　　"请问是怎么回事？"狭也试问。

　　其中一人指着赤松的枝梢，"它们在那里有半个时辰了，刚才经过时我就发现了，真是看了让人头皮发麻。"

　　"该不会是什么预兆吧。"

　　狭也一看，只见蔓生松结的树头高枝上，有两只黑亮的乌鸦正旁若无人地停在那里。它们仿佛知道女官们正皱眉谈论自己，以烁亮的眼睛往下瞧，冷不防发出威吓的叫唤。那声音实在是恐怖至极，两位女官发出一声尖叫就吓得逃走了。狭也留下来仔细打量乌鸦，虽然无法分辨它们的喙脸长相，但难不成就是——

"狭也。"乌鸦哑着嗓叫唤。

狭也不禁狼狈地环顾四周，嘘的一声制止乌鸦。"你们是乌兄和乌弟吧，这里是不能来的地方喔。"

不料，乌鸦经狭也一叫名字后，就随兴地飞到檐端旁的黄杨木上。狭也后退了几步，因为当乌鸦靠近时，她感觉它们不仅身形庞大，连尖锐的鸟喙也非常醒目。

"食物。"鸟儿略显可怜兮兮地叫着。

"去向鸟彦要吧，快离开这里。"狭也严厉道，乌鸦上下摇晃着头，仿佛要努力用头点出想说的话，又拼命叫起来。

"没有食物。"

"没有人喂食吗？你们是不是做什么坏事了？"

"没有。"

"没有。"

乌鸦不满地振动羽毛。就在狭也寻思是否有合适的食物时，突然注意到身后响起人声，好像是刚才的女官们叫侍卫前来。

"就在那里，快射下来。"

狭也慌忙向乌鸦挥手，"快逃！"

乌兄和乌弟立刻将翅膀拍得啪啪作响飞走了。手执弓箭的侍卫刚从转角处现身，两只乌鸦早已越过屋宇离去。

真怪，这么说从昨天就没见过鸟彦的踪影了……

狭也有一种大事不妙的预感，她怀着忐忑不安的心情回到自己房间。

随后，她一直等待鸟彦回来，但希望却落空了。终于在等到日落时分后，她下定决心前往主殿司的居所禀告此事。

"我的童仆从昨晚就失踪了，请问他怎么了？"

主殿司在灯火畔解开书卷的细绳，连眼皮都懒得抬一下。

"是谁怎么了？"

"是我的童仆失踪了。"狭也竭力忍耐，又重复一次。

主殿司将书卷放在膝上，表情冷漠地回过头，"是吗？"她声音不带任何感情地说，"那样的话，就快点儿召个新童仆来吧。"

"鸟彦到底发生了什么事？"狭也忍不住语气激动起来，主殿司摆出一副拒人于千里之外的高傲姿态，睥睨着她答道：

"真没教养！身为一名女官，难道还为一两个童仆闹成这样？你这人哪，根本就没将我说的话牢记在心，我应该有详细说过大祓式中要如何处置献祭用的替身一事吧。"

"我有努力记住您的教诲，"狭也答道，"就是将驱除的污秽转到替身身上，再将替身封在铁笼里，用火焚烧清净后再让水漂走。这些程序我记得很熟，不过——"

"我就是指这回事。"主殿司紧接着说，"他已经承蒙照日王选为那个替身了。"

狭也张口说不出半句话来，然而就在慢慢领会出语意时，她的脸孔逐渐转为苍白，"怎么可以那样……那么……"

"讲话可别放肆！"主殿司严厉警告她，"你没有任何开口的权利，原本那个少年就是我推荐给女王的。所有在宫里任职的人，都必须为神子献身，你应该为能当选替身的人开心，即使他出身寒微，也能获得这项殊荣呢。"

主殿司再度拿起书卷，"退下吧，别再来烦我了。"

即使主殿司背对自己，狭也一时间仍无法就这么离去。她拼命稳住已激动狂乱的心绪，问道："请问会在哪里呢？那个被选为替身的人——"

主殿司回过头来，满脸显出露骨的嫌恶。她皱起眉间的深纹，看起来老丑到令人惊骇，"你是聋子吗？"

看到对方气势汹汹的模样，狭也除了退下也别无他法。才来到走廊，她的脑海就一片混乱，她伸手抓住栏杆，任恐惧啃噬着自己。

我怎么会来这种地方？宫里实在好恐怖——真是可怕的地方。

在听到处置替身的程序时，狭也以为那是为了清净宫里的一种仪式性职务，因此觉得无可厚非。即使传闻说会有人丧命，她除了担心鸟彦之外，也没有太多忧虑。没想到，作为女官祭司的真正角色，竟然是利用献祭的牺牲者来替众人拭去邪秽，然后将这位替身活活烧死，亡骸则丢弃河里……

自远古时代以来，辉宫就是在一年里举行两次大祓式，借此保持众人自身的洁净。

我将用这双手杀死鸟彦。

如此一想，狭也发出绝望的呻吟。在赤色夕阳的衬托下，隔着墙垣的月代王殿屋脊两端，巍然矗立的交叉长木就在眼前。主殿司的屋室在众女官居所中是最接近面向王殿的方位，狭也凝望着王殿，觉得再没有比自己与月代王之间横阻的障壁，更凶险高耸的了。

非得找出鸟彦在哪里不可，无论如何都要找出来……

晚膳的时间已到，狭也尝试走到后侧的伙房，男侍和童仆正聚在这间朝北的大厅里吃饭。泥地屋里的厨房弥漫着猛冒的热气和水蒸气，被煤烟熏黑的屋梁下，厨子们个个汗流浃背。由于宫廷规模庞大，因此炉灶和煮锅都大到让狭也为之傻眼。下人聚在大锅旁，正用大碗盛装菜肉杂烩粥。童仆们也同样吃粥，他们怕热所以来到内庭，边乘凉边捧着碗津津有味地享用菜肴。这些人既不讲究礼节，也没有人会为有失礼数而谴责别人。此处充满着享受晚餐的和乐喧闹，还夹带着一股杂然活力。在狭也看来，他们吃的饭才是最香最可口的，因为乡间的吃法与这种方式很像。

狭也盯住一群坐在庭石上牢牢捧着碗、看似胃口大开的少年，朝他们走去。如果是这些人，绝对会知道鸟彦的去向。

"你们有没有看到鸟彦？"

一个童仆抬起头，当他看到眼前站着一位手提长衣摆的女官，吓得差点儿没洒出碗里的粥。"天晓得——小的不知道，他还没来过这里。"

"笨蛋，鸟彦不会来了。"身旁的童仆戳了他一下，小声说道。

"啊，是吗？"

"现在，他大概被罚在神殿扫地吧。"

狭也故作不知情，又问："他为什么不会来呢？"

"有人从照日王殿来把他带走，我想是要教训教训他吧，因为那家伙没事就到处乱晃……"

在狭也等人的对面，有个童仆小声向其他少年说："那家伙吹牛说要潜到神殿里喔，若给女王陛下知道的话，铁定赏他一百大板呢。"

童仆们根本不晓得有献祭替身这回事，狭也胸中因此起了一阵痛楚。他们永远都不可能知道真相，如果他们知道同伴中有人将在众人面前被烧死，恐怕再也无法继续工作下去了吧。

离开伙房后，狭也感到内心燃着微微怒火，而这股情感，与至今她所知道的那种随感情起伏燃灭的幼稚怒气完全不同。对她而言，这是有生以来第一次真正感到愤怒。

从妇出现在房内，跪坐说道："我是来带路的。"

狭也心中一惊，立刻咬唇说："好，我这就去。"

从妇一听她的口气，微露惊讶地缩起下巴，"到底怎么回事？"

"不，没什么。"狭也斩钉截铁地回答后，看见从妇露出心有不甘的表情。今夜是狭也占了上风，她再也不会让从妇任意摆布了。两人于是默默穿过走廊。

"奴婢带浅葱君求见。"从妇进门禀报后随即退身。

狭也来到近前以手支地，深深低下头。

忽然有人唐突地发出咯咯的笑声，狭也仰起脸，只见月代王身畔正依偎着罗衫不整的照日王。

"我想瞧瞧你来的时候会是什么表情。"照日王又露出恶意的笑容，说，"你有这股锐气才够意思，我就讨厌哭哭啼啼。"

狭也虽顺从地垂下眼眸，却感到自己骤然对女王升起一股敌意。到头来，女王不是一直陪伴在月代王身旁吗？每逢狭也蒙召前来王殿时，她总会现身。

"神子。"狭也面向月代王说。神子并不像姊姊那样幸灾乐祸，幸好他看来是同情自己的。

"来这里。"月代王命令道，狭也下意识地绕往照日王的另一侧，来到神子面前。

"我听说你的童仆被选为大祓式的献祭替身了。不过，你也该明白这是什么缘故吧？"

手支地面的狭也指尖颤抖不停,她努力挤出声音,说:"我打算今天就解雇那个童仆,绝不让他再接近宫殿半步。所以,请您发发慈悲救他——"

"你以为我能做到吗?"

狭也凝视着月代王,"我相信您。对光辉的您来说,他不过是个蒙混入宫的虫影,不足为道。就像您让我也能进宫一样,您可以不用介意这些小事的。"

月代王苦笑起来,"你说得如此天真,让我实在很为难。不过,我是无法释放替身的,因为如此一来,你就必须代他接受祓式才行。"

狭也正想开口,神子却制止她,"这是你必须接受的试炼,假如太在意那个童仆,就不能清除你身上的黑暗。不过,你若能心无牵挂地通过大祓式的考验,就能成为一名真正的女官,荣升到适当的地位。"

月代王的声音温柔异常,"我打算立你为妃,女官是可以接受这份头衔的。过了六月的最终之日,就来筹备正式的仪式吧,到时你的地位就会高居在主殿司之上了。"

瞠目结舌的狭也半晌说不出话来。"我……就是我吗?"

"不愿意吗?"

"我没有资格。"

月代王脸上流露出迷魅的微笑。"又说这些了。你应该是暗族中最优秀的巫女公主,不是吗?"

问题不在此,是在于自己并没有被神子爱到值得立妃的地步,但狭也无法将真心话说出口,毕竟这并非是凡夫俗子的求婚,而是贵为高光辉神子所提出的立妃请求。然而,前提是神子必须只对自己一往情深,那么无论背负多大的牺牲,她也在所不辞,狭也不禁如此黯然想着。

"这女孩会拒绝你的求亲。"照日王从神子肩上窥看狭也,脱口说道,"暗族人关心伙伴远胜于自己,要是伙伴被杀的话,休想她再对你敞开心扉。"

月代王头也不回,说:"皇姊,狭也与狭由良公主不同。狭也是生长在羽柴乡的女孩,不是暗族眷属。"

"我真受够你了。"

"我是羽柴之子。"狭也语重心长地说,"家父曾说要我以自己的出身为荣,而我也打算这么做。"

月代王于是点头,"这样就好。身为羽柴之子,属于光辉之群,你还是接纳大祓式吧,这样你就能保有比任何人都更长久的洁净青春。"

照日王用猫在逗耍老鼠的眼光盯着狭也。

"今宵月亮出来迟了,是个催人寂寞的夏日短夜。"照日王带着韵味十足的声音说,"我决定在这里聊到天明。女官,你可以退下了,今夜唤你来,只是想瞧你到底有没有哭丧着脸。你尽管好好去斋戒,清清身上的污秽,明白了就给我滚。还有,去替我向照日王殿的人传话,说今夜本王不回宫了。"

表情僵硬如石的狭也行礼如仪。"请恕女官告退。"

狭也逃走似的离开后,月代王以责备的眼神望着照日王。

"你是在借机报复吗?真坏心眼儿。"

"你若立那种人为妃,辉宫的威名可要扫地了。"照日王含怒说道。

月代王笑着摇头,亲自执起玻璃瓶,将酒倾入姊姊的杯盏。

"皇姊这样将敌人赶尽杀绝，难道不觉得疲惫吗？水少女若成为我的人，对暗族势力来说打击不知会有多大。你虽想除她而后快，但若杀死那女孩，待她回到暗地后，还是会重生又卷土重来。再说，应该好好保护并培养水少女那种与生俱来就向往光明的特质才对。"

"反正，我是个只知破坏、一无是处的女人。"照日王表情乖张地别过脸去，"总之，我已向那女孩警告过了，如果她再露出暗族的马脚，我可绝不会再听你的借口喔。我会把她关到替身的铁笼里，放把火统统烧干净，这样做，也许才能让我放心远征西国。"

"好吧，就这么办。"月代王微举杯盏，"你若真的打算待到天亮，就别和我吵嘴。"

"当然了，谁跟你吵嘴？"照日王说着凝望神子，忽然转怒为喜笑出来，"我俩应该会相处融洽的，因为月终之日快来了。"

"是的，月终之日快到了。"月代王说，"没有日月的暗夜又将来临，在光明无邪的我族辉宫里，那是一个月仅有一次暗中邂逅的夜晚。"

听到神子话语中隐含着某种企盼，照日王不知何故泛起自弃的微笑，那份倦怠之意，让照日王平添几许落花狼藉的风情。她伸出软媚的臂弯，手抚摩着月代王的面颊，将散发甘美气息的柔唇叠在王的唇上。

2

沮丧不已的狭也在廊上走着，心情坏到若有东西可以拿来踹一脚，她真巴不得伸脚将它狠狠踢飞。那个照日王，简直就是将她玩弄在股掌间。

什么去向照日王殿的人传话？又不是从妇，凭什么要我跑腿？我可要回房睡大觉了。

然而在走过长廊时，原先那股怒火中烧已逐渐降温，她发觉残留的是一种锥心之痛。令她意外的是，真正刺伤内心的不是照日王的辛辣言词，而是月代王对自己提出立妃一事。根本不该是这样的，她连做梦都担心会遭天谴的愿望，并不是靠这种牺牲他人的手段来博取的。

即使现在，狭也心中仍相信辉神神子正确无疑，并没有拒绝尊奉之意。神子姊弟没有丝毫阴霾，即使他们无视生命，那也是身为不死族之所以纯粹的地方。替身的牺牲对两王来说，宛如落座时拂去位置上的灰尘般再单纯不过，或许连消灭暗族也是如此，他们不曾带有任何的憎恨或执着。然而，也因同样的理由，神子不会对地上的生命萌生爱意，这是绝不可能的——

就算对我也是一样，即使神子说想立妃的话中并没有半句虚言。

虽然承认这项事实是一种煎熬，却又不能因此逃避不去正视。狭也想象自己以王妃之身与月代王相对的情景，与过去迥然不同的是，她尝到一种打从灵魂深处冷战起来的滋味。

所谓接受祓式的清净，就是指这回事吗？

失意消沉的狭也进到房间，灯火熄灭的房里一片漆黑，她摸索着找到了挂有盛油盘的烛台，从身旁的箱中取出打火石，当她正想击石点火时，忽然又停住手。在黑暗中，鸟彦的面貌突然从记忆中苏醒。带点儿捉弄人的嬉笑方式、稚气亲人的眼瞳，还有孩童般敏捷的手脚。眼前浮现的是他在捡起黄饰绳时的脸孔，还有在月下池里的矫健姿态。即使至尊无上的天神裁夺，必须让他拥有的一切都从地上消失，但是狭也岂能无关痛痒地就此割舍。他分明就是狭也认识的那个有血有肉、活蹦乱跳，还会朗声大笑的鸟彦。

如果要忘记他、不在乎他的好处，而去仿效光辉神子，我实在无法做到。假如真要这么做，那么现在的我也将死去。我无法接受祓式的清净，因为我是暗族人……

曾几何时，狭也握着打火石的双手已垂下，屈膝坐了下来。她对自己感到惊讶，于是又扪心自问一次，结果答案还是再明确不过，甚至让她感到一种从长久压抑之中解放出来的雀跃。

我是暗族人。

一想到自己像只想飞上明月的小鸟，结果落得羽毛尽枯惨坠地面，她就不禁悲从中来。然而，现在有件事必须立刻去做的决心，又为她的手足注入活力。将打火石无声无息放回箱内，她如此思索着：

如果一直没点上灯火，四周房里的人会以为我还在王殿，若要行动就趁现在，从明天起连续三天进入斋戒期间，宫里的戒备会更加森严。

鸟彦受困的地方，绝对是在照日王殿后侧的神殿，除此之外没有其他地方可想。幸好照日王还在月代王殿里……

只有一件事狭也还抱有疑虑，照日王该不会是故意强调自己会留在月代王殿吧？

难道是个陷阱？

只能奋力一搏了。

一旦斗志高昂，就不能再反悔钻回被窝。狭也从角落的长型衣箱中，拉出一件染成浓紫色的长衣从头罩下，小心翼翼地偷溜出去。

裙裳摩擦时发出的沙沙声响，平时听到也不会在意，现在却在意个不停。狭也懊悔自己早该把它脱掉，但现在来不及了。对她而言，经过高殿后的地方已是未知领域。东侧的照日王殿与西侧的月代王殿，两处被严整区划成壁垒分明的形式，女官们虽能在自己的属地耀武扬威，可一旦超越对方门槛一步，只会落得比男侍或童仆更难堪的冷眼相待。狭也为了避免与人照面，选择与鸟彦一样横越庭园的方法，果然省事许多。然而，两殿结构尽管如出一辙，但因为是呈左右对称的格局，所以不像鸟彦那般有方向感的狭也必须停步思考方位，同时还得留意别在庭园里撞见侍卫。

索性，狭也在路上并没有感到太多危险，或许是意志高昂的缘故吧，另外也有一点，就是她意识到黑暗在保护自己。如果真是这样，她在深夜的池里游泳那时能早点察觉就好了。即使身处暗处，狭也的视野仍然清晰，消融在阴影中的黑暗也不曾让她胆怯。

父母在故乡时曾告诫她，黑暗中住着不知来头的魔物，因此夜里绝不能外出，幼小的狭也于是真的对它们心生恐惧。但就在她发现黑暗中潜藏的其实就是自己的现在，夜晚的黑色帐幕变成了包围、守护她的衣服，而且还是一袭薄如蝉翼的轻衣。由于习惯黑暗后会对光线极为敏感，因此她必须在那些高举火把、列队行进的侍卫们注意到自己前，先发现他们的所在才行，而随着几次经验的累积，她对自己更具信心了。

鸟彦一定也是这样蹑手蹑脚行走的。

狭也觉得能够对他的举动感同身受，尽管稍感心虚，但也不得不说这种冒险让人有一种难以抑制的快感。

就这样，狭也就在没有任何人盘问的情况下，终于来到照日王殿。她路经再熟悉不过的女官居所，越过了树篱，就在绕往宫殿后侧时，一下子撞上比自己还高上一倍有余的高耸板墙。这些板墙的墙垣牢固异常，建构坚密到连可以偷窥的缝隙都没有，占地范围又相当宽广，这里面绝对就是神殿。沿着墙垣走到宫殿后方，狭也发现神殿大门前的侍卫戒备森严，她感到好生失望。横着粗宽门闩的殿门前，燃着明晃晃的篝火，两名手持矛枪的侍卫仿佛脚下生根，站在原处凝立不动。

狭也藏匿在庭园的树丛间瞪着大门许久，心想：如此待到天明也不是办法，于是转移行动方向。若非有备而来，根本不可能进入神殿，她暗骂自己毫无准备，接着又退回女官居所的树篱旁。就在此时，她忽然吓了一跳停下脚步。在深夜这样的时刻，竟然出现和她同样不持灯火悄悄行走的人影，而且还是好几个人。

难道我被发现了？

今夜，狭也第一次感到胆战心惊，她匍匐在篱笆旁，将长衣拉紧，然而黑暗中的人影不像在搜人的模样，而是别有目的地向前行。不久，这几个人停了下来，聚在一起开始进行什么事。听声响，狭也立即判断出那里有一口水井，吊桶摩擦时发出喀啦喀啦的响声，还有地下深水蕴藏的水音，全回响在静谧的夜里。几个人走下庭园聚在水井旁，笨手笨脚地打起水来，从有气无力的动作来看，那些人似乎已是七老八十。狭也深感好奇，便隔着篱笆试图接近那几人，果然不出所料，正有三个弯腰驼背的老妇在那里。

老妇们默默将水倒入水瓶里，突然其中一人枯哑着嗓音说："不用再打了，水都满出来啰。"

"哎呀，真的哪。"另一人似乎吃了一惊，将吊桶落到井底，发出一声巨响。

"不许对星井的净水大不敬。"

"再打一点儿就够啦。"

第三个人深深叹息着,"女王还没回宫吗?"

"还没,今夜非由我们打水不可。"

"女王不会回宫啰。"老妇叹气说,"我觉得每年指派给咱们的重担,已经无法再承受下去,都一把老骨头了,还要登上那段阶梯,实在苦不堪言哪。"

"里面那位今夜应该不会再胡闹了吧?"

"不可能松绑的,因为女王已特别费心将绳结绑牢了。"

"虽然如此……"

"真悲惨啊,还好我这老眼看不见。"

一人拿起水瓶,"喏,水打好了,去神殿的时间到了。"

狭也一听此话,胸中猛然间悸动起来。这些老妇正是获准随同照日王进神殿的女官们。她虽对宫里竟有如此老态的长者感到惊奇,但更让她讶异的是,三人全是瞎子。对狭也而言,在宫里看到的就连地位最低的下人们都肢体健全胜过常人,所以这些老妇简直成了一种近似冲击的存在。不知她们究竟是为了进神殿才导致失明,还是因为自身眼盲才获拔重任。不过可以确定一点,就是在这后方的神殿是被视为神圣到超乎常理的所在。

睁大眼眸注视着以拐杖在地面探索回房的女官们,狭也歪头思索起来。

接下来,我该怎么办才好?

不多时,老妇们又出现庭院里,这次三人全身都裹上纯白装束,衣服将头连身全部罩住,前面垂落的褶摆把脸也统统掩住。女官们循序踏着与前行者一致的步伐，唯有突兀伸出的拐杖前端，看起来活像一根根以触角在探索的白布柱子。黑暗对老妇而言也是毫无影响，她们的步伐充满自信，因为这是数十年来早已走惯的路径。狭也瞧见一行人朝木门走去，便偷偷摸摸穿过树篱，来到门旁等候着。女官们一个接一个在狭也眼前走过，最后一人捧着水瓶，动作因此比其他同伴略微缓慢些。于是，狭也迅速伸出手指钩住老妇的衣摆，女官因两手被拐杖和水瓶占住，无法拉住一溜滑落的罩衣，因此发出狼狈的叫声。

"怎么啦？"前面两人停下脚步。

"没事没事，不要紧的，我给树枝扯下罩衣来啦。死奴才，看来又偷懒没剪树篱。"最后这名女官感到很难为情，便说，"你们先去吧，帮忙开了殿门，我随后就赶到。"

两人走后，剩下的老妇将水瓶放下，弯腰摸索着想捡起滑落的罩衣。此时不行动更待何时？狭也一咬唇，立刻下定决心举起手来，一掌劈中老妇的干瘪后颈。这种不伤人只会让对方昏迷的招数，是她以前和男孩玩耍时学来的，尽管这在真正的打架过招时毫无用武之地——所以她也绝没料到竟会如此奏效——老女官连哼都没哼一声就轻易被击昏了，真是容易对付到令人可怜的地步。

对不起。

狭也心里歉疚着，一边匆匆将女官搬进木门内来，尽量让老妇在树下躺得舒适，再将自己的上衣盖在她胸前。接着，狭也又拿起那件罩衣，打扮成刚才女官原先的模样，拿起拐杖和水瓶急忙走往神殿大门。

早先抵达的两位老妇已在门旁等候，殿门也已经打开。狭也煞费苦心模仿老妇的走法，冷汗涔涔地向门口接近，但她的顾虑是多余的，门前侍卫一看来者挂有拐杖，就毕恭毕敬地行礼，不做任何盘问便招手让她进入里面。幸亏他们根本没有碰到她，狭也跨过门槛，一步踏进了铺满鹅卵石的斋庭①。

墙内平铺着大小一致的净白砂石，细石在星光下散发出朦胧微光，看起来庭内比实际更为宽广。狭也暗暗对自己的胆量感到讶异，不禁从罩衣的褶摆缝后发出惊叹，偷偷注视着这方神域。神殿位于接近白色斋庭的深处，建造成以殿侧示人的形式，四周还有一圈围绕的小仓库。神殿后方是黝黑耸立的杉林，锐角状的树梢向夜空挺拔兀伸。凉风中吹送着刺鼻的针叶树味，以及寂静绽放的野生金银花香。狭也心想，这里在宫中算是离山脚相当近的地方了。

即使如此，这庭内飘溢的清洁感，就算在宫中也强烈得独具一格。一片白净的斋庭，让人觉得神殿像是建造在降至黑夜底端的天河上；满布的静谧中，女官们规律地踏着砂石的足音也为之消融。如果一直这样走下去，就再也无法回到原处了，狭也感到一种不安的气息，为此震颤不已。臂弯中的水瓶愈来愈沉，净水仿佛要挑起她的不安，在瓶中上下摆荡着。

不久，一行人走到正殿前，在对宫内雄伟建筑司空见惯的狭也眼中，神殿规模算是很小；然而从整体大小来看，神殿具有相当高度，造殿方式类似谷仓设计，殿底离地架高，而殿底架设的圆柱之间，空间宽敞到连大人都可任意穿梭而过。廊缘下也整理得十分洁净，中央圆柱上绕着祭神用的草绳，杨桐枝则环绕四周。

在上方神殿的狭窄殿侧有对开的门扉，只横架着一道摇摇欲坠的细阶梯通往殿上。这道削成宽度不及脚幅的木阶，仅可勉强立足

---

① 斋宫前面的庭院，王在祭天前斋戒的地方。

而已，当然更不用提会有扶手。女官们排列在阶梯下无声祈祷着，狭也斜眼看着她们的举动，也跟着有样学样起来。就在暗念个没完没了时，其中一人终于打破沉默，说："你这样害怕也不是办法，女王既然没有驾临，只好由你去送水吧。"

另一人则说："请你千万别疏忽了仪式规矩。"

于是，狭也总算懂了，原来只有自己必须像表演杂耍般走这一趟木阶才行。她怀疑盲眼老妇是如何捧着摇晃的水瓶做到的，同时将脚挪移向前，只要踏空一步，铁定会跌个鼻青脸肿不可。她口水硬吞，仰望着上方，接着提起罩衣衣摆，鼓足勇气跨出了脚步。最重要的是，要在快跌落前登上神殿，接着一切就好办了，问题就在于自己的胆量够不够大了。

狭也并没有摔下来，她身体虽然倾斜失衡，不过总算到达了殿上。殿门与宫殿十分相似，均由钉着门钉的白木建造，登上神殿的狭也顺势一推，门扉悄无声息地开了，她往殿内走去。

明灿的灯火映照着狭也的眼眸，用来照亮殿堂却未免燃烧过旺的两列火炬排在铁台上，一直延伸到殿内深处。她仰望高挑的天井梁上，那里被明焰不断燃烧的灰烟熏得焦黑，反而脚边地板却磨亮得光可鉴人。她感到一种奇异的困惑直袭而来，因此蹙紧了眉心，在这之前，她觉得曾经经历过同样情景。

不该是这样的。

关上殿门，狭也谨慎地一步步踏出，但疑惑未减，她不禁觉得愈走下去愈无法厘清自己以及周围的一切，仿佛是踏在云端一般。火炬照着她的身影，忽前忽后飞晃着，像在对她呢喃倾诉，倘若聆听那些诉说，她真害怕就此迷失现在的自我。

振作点儿！你来这里是为什么？难道不是为了救鸟彦吗？

就在狭也斥责自己的同时，她看见前方有一座明亮辉煌的祭坛，坛上供着蓊郁成丛的杨桐枝和装饰如莹雪的白币帛，桧木祭坛本身亮如明昼，屏息伫立的狭也这次终于回想起所有事情来。

这是梦境中的祭坛，是我与那位巫女相会的地方。

一股寂静的恐怖，从狭也脚边直蹿上来，她如患疟疾般全身哆嗦个不停。正因为如此寂静，才会将人逼到近乎恐惧发狂的地步，她能掌握的理性霎时消失无踪，就在顷刻间，狭也变回六岁的小女孩，僵硬的躯体拒绝再有任何行动。在她眼前的情景宛如梦境，那个最大的噩梦，那股最深的恐惧——白衣黑发的巫女正背对她端坐着，这一次，才是永远都无法再清醒的梦魇……

3

狭也一瞬间失去知觉，水瓶从力量消失的臂弯滑落，土制的瓶身轻易摔得粉碎，她的膝盖到脚下尽被水花溅湿，水的冰凉让她恢复了神智，她一惊之下将脚避开水，察觉到这并不是一场梦，自己其实正处在现实中。她看着泼洒的水，接着仰起脸，与回头望向她的巫女四目交接。她冷静思考着：

看啊，她有影子，只是普通人嘛，为什么我要害怕呢？

的确如此，露出惊讶表情看着狭也的这名巫女，是个与她年龄相仿的少女，丝毫没有足以威胁他人之处。巫女宛如狭也梦中所见，身穿纯白衣裳，同样留着乌亮长发，表情除了浮现无邪的惊讶外，并没有其他情感反应，就连对陌生人也全然不存戒心。

不过，她的确就是狭也梦中所见的那位秀色美女，身形较狭也略微高挑，气质端正、略显清瘦的面容中蕴含着世间罕有的幽雅净美。她的眼眸是清澈而暗默的，含着一抹悲哀到无法言喻的忧伤，而且这名少女的双手双脚都被麻绳捆绑起来，原来她是被囚之身。狭也以难以置信的目光，循着绑住少女双脚的绳子直望到殿柱上的绳结。这么看来，老妇们所指的人物原来不是鸟彦……

白衣少女对自己窘迫的模样丝毫不以为意，她频频打量狭也，终于开口说：

"最近，实在逐渐分不清梦境和现实有什么差别了。我觉得以前好像在哪儿遇过你，究竟是在哪里呢？"

狭也不禁"啊"的一声叫道："就是这个声音，是这个声音没错。"

这正是她忘不了的声音，就在夜间池里，让她吓得魂不附体的鲤鱼精讲话的声音。

"是你装成鲤鱼在对我说话对吧？害我差点儿溺水。"

"是啊，就是我。"少女的脸上浮现终于了解的笑容，"原来是在镜池里相遇的。那夜我在做鲤鱼梦时，你也在那里游泳呢。"

狭也觉得实在太不可思议了。她跪坐到少女身畔，紧盯着少女的脸庞。

"你到底是谁？"狭也语气激动地问。

"我是稚羽矢。"少女答道，"是高光辉大御神的第三个孩子，也是辉族一族的最小孩子。"

狭也眨了眨眼，她不知道辉神神子除了照日王及月代王以外，原来还有一位。不过回想起来，照日王曾经隐约提过。只不过宫廷深处还藏着一位神子，还不让任何人知道，实在太出人意料，而且，少女还被绑了起来——

"为什么你会被绑成这样？"

"这个吗？"对于狭也感到奇怪的疑问，稚羽矢一派神色自如地回答："这是皇姊为我好才拴成这样的，因为我会做梦。当我做梦时，必须将身体绑在原地才行。"

"你说的梦，是指鲤鱼的梦吗？"

"无论是鲤鱼还是别的动物，我什么都会变，鸟儿啦、虫子啦，还会变野兽。我是辉族里最没出息的一个，所以皇姊绝不准许我到外面去，我只好改玩这种游戏。"

稚羽矢的语气中并无不满或怨恨，只让人感到一种心死的落寞。

原来如此。狭也边聆听边暗想。这人的声音和月代王有点儿相似，所以初次听到时才会觉得那么亲切。

她同样也能理解稚羽矢为何生得如此秀丽绝伦，只是没有她兄姊所具备的那种坚毅不屈的武将器宇，而是看似稚嫩无助。

"不过，皇姊对我做梦的事还是不太高兴，也许我给她添麻烦了，实在不能怪她。我自己也一头雾水，从女官们非常怕我的样子来看，我做梦时的神态大概非常疯狂。"稚羽矢倾着头说，"或许从一开始我就神智失常了，我也不太敢确定到底情况如何。"

稚羽矢是如此轻描淡写、不带丝毫自怜地述说自己的处境，反而让狭也同情起来。

"我看你很正常啊。"狭也格外体贴地说，"如果别被绳子绑成这样，还能到外面去的话，看起来就更正常了。"

稚羽矢睁大了眼，"你在说梦话，会说出这种话的你到底是谁？"

"我叫狭也，是你皇兄的女官。"狭也调侃自己般说出名字。

"狭也……"稚羽矢在口中试念着，接着道，"狭也，你跟皇姊很像。"

狭也哭笑不得地看着对方,"你是从哪一点看我才这么说的?"

稚羽矢天真答道:"因为你不是老婆婆嘛。"

狭也又变得有气无力,"我懂了,看来就算是你,也有许多事不太清楚呢。"

"或许是吧,不过,我除了自己以外还知道很多事。"

狭也犹豫着是否该在这里和她商量那件事。这人或许真是辉神神子,可是狭也并不觉得她像敌人,而且她还带点儿天真的傻气……

"其实啊,"狭也决定说出来,反正两边都是铤而走险,"我是来找一个被抓去当献祭替身的童仆,他应该就在这里的某处才对。你知不知道他呢?那男孩是我的同伴,就是一起在镜池游泳的那个小孩喔,能不能告诉我他在哪里?"

"替身不在这里,是在西门。"稚羽矢立刻答道,"他在西门的川原上,那里造了一间叫作'忌屋'的铁笼小屋,替身就关在那里面。今天早上我变成小鸟飞到河岸边时,还看得一清二楚,你的童仆就关在那里。"

"竟然在西门——"狭也正想发出尖叫,马上又捂住嘴。她想说事情不该如此,但她发觉谁也没说过鸟彦关在神殿,都是自己胡乱猜测的。

等她镇静下来思考前因后果时才惊觉,不洁的替身当然是带往执行祓式的川原,岂有送他进神殿之理?狭也暗骂自己蠢到不行,但尽管咬牙切齿、悔不当初,却也为时已晚,西门位在宫殿的另一端,而那座宫殿与她千辛万苦潜进来的这座神殿方位恰恰相反。

一切都白费了，我怎么会这么不中用！

失魂落魄的狭也抱住头，稚羽矢不可思议地凝视她。

"为什么夜这么深了，你还要和童仆见面？"

"因为我是暗族人。"已经自暴自弃的狭也答道，"那男孩鸟彦也和我一样喔，所以他绝不能被杀。非把他救出来不可，可恨我却白痴到猜错跑来这里。"

"你是尊奉暗御津波大御神的氏族？"稚羽矢流畅说出女神名讳，狭也凛然一惊，凝视着对方，她完全没料到少女竟然在这里称呼女神的尊称，就连在羽柴乡时，人们都将称呼暗神名讳视为大忌。

"你添了一条可以用来消灾解厄的罪状了。"

狭也这么一说，稚羽矢颇觉有趣道："替我消灾解厄？如果真这么做，皇姊可能会晕倒。"

狭也不禁扑哧一笑。"照日王会晕倒？若有此事，不管会发生什么我都想瞧瞧。"

接着她站起身，不想浪费时间继续说话，即使接下来的行动可能徒劳无功，她仍不想就此白白耗去一夜。

"我想去西门看看。"狭也对稚羽矢说，"就算希望渺茫，我也要想尽各种办法去试试。以前有位暗族的王说我很无情，从现在的情况来看，我终于了解他说得千真万确。"

"我不能助你一臂之力，实在很遗憾。"稚羽矢语调十分平静，却不带矫饰地道，"我只具有如何做梦的智慧，如果是老鼠走的路径，我倒清楚哪一条是可以最快通往西门的。"

狭也莞尔一笑，"谢谢，我若能变成老鼠爬墙钻地就好了，那就大可神不知鬼不觉地将鸟彦救出来。"

不料，稚羽矢却大发惊人之语，"你从来没试过吗？"

"没有。"

"那么试试看，或许真的可以成功。"

正欲离去的狭也不禁回过头，"我和你不同，光凭想象也无法变身的。"

"真的吗？"稚羽矢问道，让狭也内心起了动摇，"那天夜里你不是一半变成鱼了吗？因此我才觉得奇怪，开口问你，而你连我变成鱼的说话声都听得见，女官们通常是无法做到的。"

"可是——"狭也回想起来不觉脸红，含糊地说，"可是这根本就不可能嘛，我又不知道该如何变身。"

"说不定我能教你。"

狭也注视着稚羽矢表情平静的脸庞，在望着对方面容时，她渐渐觉得这个提议不再那么荒谬滑稽了。至少，比起立刻离开神殿、直接穿过整个辉宫的想法，这还不算太异想天开。狭也被说得心动了，于是坐定下来。

"那么教我吧，我什么都想试试看。"

狭也紧盯着稚羽矢叫来的一只灰色年轻老鼠，这只老鼠在明亮的地板上，不知自己为何会停在此处，感到相当惊慌失措。

"牢牢在心里记住这只老鼠的身形，别让灵魂跟丢了路。"稚羽矢说，"然后闭上眼睛离开自己，留下你的身体，去抓住老鼠。回来比离开容易多了，所以不要有后顾之忧，你的身体由我来看守。好了，这需要一鼓作气，慢吞吞的话灵魂是无法出窍的。"

狭也闭上眼睛，想象自身仿佛就在那道木阶前，觉得自己正沿着没有扶手的细窄险道行走，然而，她感觉有人在支持、鼓励着自己，或许那人就是稚羽矢。然后，狭也瞬间了解自己该做什么了。

啊，我懂了。这么一来，我明白了。

其实就是探寻出狭也那无时无刻不想飞逸远离的灵魂所在，然后为它打开自由之窗。于是，满怀欣喜的狭也趁势飞向了虚空，接着就在稚羽矢稍加协助下，一骨碌地栽进老鼠体内。

起初这是一种难以言喻的神奇感，让狭也觉得快要承受不住，原本应该看得见的东西，现在却从视野消失。这是理所当然的，因为以老鼠的眼界来看，稚羽矢的脸孔简直遥不可及。倒是鼻子上的感应变敏锐了，她感觉到有两具小山似的巨大生物就在老鼠身边，她非得到处跑来跑去，才能让自己镇定下来。

"是啊，你果然成功了，我就想你一定能做到的。"

狭也听见稚羽矢从上方由衷欣慰地说，于是她恢复了自制力，想起时间紧迫，她遵照稚羽矢详细说明的路径，穿过墙边洞穴溜到神殿的地板底下，再朝往西的道路疾奔而去。

途中屡次遇到老鼠的同伴，它们一看到狭也就连连后退，战战兢兢让出道来。即使借用老鼠的身体，狭也毕竟是狭也，鼠辈们似乎敏感地将她归为异类，甚至或许觉得这只同伴已经中邪。不过，十万火急的狭也对此正求之不得，她使尽老鼠能跑的脚力全速狂奔，偶尔为能嗅出方向而停顿下来，此外完全不曾停歇。

不久，水量丰沛的气息开始透露目的地所在，栅栏外激流着大水波涛，原来是一条河川。中濑川蜿蜒通过西门门侧，再曲折流向南方。灵敏的鼠鼻，连河流中的水速都如亲眼所见般察觉无遗。就快到西门了，狭也一边庆幸着老鼠的体力依然充沛有劲，一边穿过栅栏钻进河堤的茂密草丛里。在野牵牛花蔓攀的堤防下就是川原，举行祓式的西门场地附近有一处由绳结环绕的地点，那里多处燃烧着篝火，此外，还有多如蚁潮的侍卫。

老鼠的视力极差，瞧不清景象究竟如何，狭也因此急得直想跳脚，不过围在篝火圈正中央的好像就是忌屋。她大胆趋前靠近，川原上的乱石阴影，替鼠灰色的毛皮做了极佳的掩护。她迅速窜过侍卫脚边，他们浑然未觉。

这就是忌屋？

狭也举头眺望，胡须探动个不停。那是一间由树皮和茅草盖得密不透风的小屋，外观和羽柴村孕妇生产时搭盖的产房略微相似，可是，屋子充满刺鼻的金属臭味，充分说明茅草下有坚冷的铁架材。

忌屋四周插着一圈细棒，一条细线环绕过每根棒子，在线上还挂着好几个小东西，就像在秋天水田中用来赶麻雀的驱鸟器，狭也毫不在乎地从那些玩意儿底下一钻而过。没想到，就在没触碰到任何东西的情况下，那些小玩意儿还是发出了声响，原来在线上挂的竟是照日王裤袴脚结上系的金色小铃铛。轻轻晃动的铃铛，发出细微却嘹亮的声音，一听到声响，就有一位男性发出声音喊道：

"各位小心了，这里有可疑人物出现。"

狭也心跳险些停止，她猛地飞跳起来，没命乱冲，躲进离自己最近的隐蔽处。接着，她发觉那似乎是坐在梯凳上的人所穿的长衣摆，旁边则有粗糙的疑似老人的脚踝。

"可是，神官大人，这里并没有闲杂人等靠近。"

"老夫说的不可能有错。"正好替狭也做掩护的男性说，"给我仔细在这附近搜。老夫以辉神之名发誓,有人正藏匿在某处,所有的隐蔽地点都给我掀开来瞧,绝不能让人冲犯到袚式。"

谢天谢地。

狭也心上一块石头顿时落了地,因为老者虽然充满疑虑地到处指挥侍卫,自己却牢牢坐定完全不动。堂堂神官也没料到侵入者正躲在自己的衣摆下。就在他执拗地揪紧眉头,恶狠狠瞪着西门时,狭也已从后方一溜烟冲出,沿着忌屋墙壁一路窜爬而上。

刚拨开茅草潜到屋内,鼠脚就碰到铁框,这屋子真是一间不折不扣的牢笼,献祭用的替身就是这样被关在里面活活烧死,光想到这副情景,狭也就感到浑身寒毛直竖。屋里虽然漆黑一片,但她知道有一个蹲伏的身影。

"鸟彦!鸟彦!"狭也大声呼唤,叫声不是出于鼠嘴,而是来自别处的一种呼唤。鸟彦立刻会意过来,抬起低垂的头,东张西望想要寻找着什么。

"狭也吗?"鸟彦以极轻微的声音悄悄说,"你在哪里?"

"我在这里,你还好吗?"狭也的声音因忧虑而震颤,从鼠鼻传来的,是一股鸟彦伤重的气息。

"我的脚骨折了,因为他们怕我逃走。"

"真是太残忍了。"义愤填膺的狭也颤抖着小小的身躯。

"在这么严密的监视下,你是怎么进来的?我真没想到你有这份能耐。"

"别问那么多啦。"狭也不想多费唇舌,便说,"我们来想想法子如何从这里逃出去吧,绝不能白白让你被人火祭。"

鸟彦沉默不语,这一来狭也开始担心是否连脑筋灵光的他也一筹莫展。

不料，鸟彦开口道："我真搞不懂女人在想什么，如果你有本事过来这里，还不如帮我拿回大蛇剑省事些。"

"你竟然不领情？"

为什么这小子会如此狂妄自大呢？

"本来就是嘛，到大祓式举行前，这里的监视片刻也不会松懈，连两位辉神神子和宫里众人都对此地格外留神注意，如果想逃出去，简直就是与全宫中的人为敌。这样绝对行不通的，我绝不能走。"鸟彦以就事论事的态度说，"与其这样，倒不如由你带着剑逃走吧，代替无法做到的我……"

狭也努力保持声音平静，说："剑放着不会死，但放着你不管就会被杀喔。"

"我不会死的。"鸟彦轻松答道，"只不过是再回到暗御津波大御神面前一次。我还会在某处转生，会再与你相逢的。"

"那要到什么时候？别说傻话了。"气到想哭的狭也说，"怎么可能再相逢？就算见面了，我也不是长成这样，早就将你忘得一干二净，我又不会长生不死。"

鸟彦惊奇地说："你好怪啊，狭也，如果你这么想，那就根本不能应战了。"

"我又不是狭由良公主，你不是也不知道谁是狭由良吗？既然我不认识这个人，那她根本就是别人嘛，这样你还不明白吗？"

"水少女真怪，是个怪胎。"

"我就是这么想，所以才会向往不死的辉族。"

狭也原想说出一句重话，但好不容易按捺性子没说出来，"现在不是吵架的时候，你应该要记住我所做的事并没有错。"

鸟彦伸手想探向狭也发出声音的地方，然而他什么也没摸到，只碰到铁栏杆罢了,"狭也,你到底在哪里?"鸟彦没把握地问。狭也一时觉得他又回复成一个受伤的孩子,虽然很想握住他的手,只可惜这里并没有自己的躯体。

"我在这里,但是我的身体是别种动物,现在我正附在老鼠的身上喔。"

"老鼠?"鸟彦再次将手指伸过来,狭也只让他摸了一下身上的毛皮。

"明白了吗?"

"为什么你会变身?"

"是在镜池里变成鲤鱼的那个人教我的。那人住在神殿里,名叫稚羽矢,她说她是辉神最小的神子,而且是个被绳子拴住幽禁起来的奇特人物。"

"神殿!辉神神子!"鸟彦震惊莫名地大口喘气,"你说什么?那么,你已经去过神殿了?"

"是啊,我的身体就在那里。"

"快回去,现在立刻就走!"气急败坏的鸟彦说,"那家伙绝对是看守剑的巫女,她祭祀的正是大蛇剑。我才想为何有人能祭祀神剑,原来因为她是辉族人啊。你现在就在可以轻易拿到大蛇剑的地方,真是让我惊讶得要命。"

"可是我要先救你。"

"狭也,如果要与全宫中的人为敌还能获胜的话,就只有靠大蛇剑的力量了。"鸟彦压低声音说,然后又在说完后略显出怯意,"若能使用大蛇剑——光想到这点就觉得恐怖死了——不止这个铁笼,或许连辉神神子都抵挡不住它。"

狭也第一次感觉到鸟彦显露恐惧,她对那把剑究竟是何种神物，感到讶异不已。

"我明白了。如果拿到大蛇剑就能救你一命的话——"

"你现在已不知不觉身处险境了喔。"乌彦语气沉重地说，"我不知道那个叫稚羽矢的是什么样的人物，不过可别对那人掉以轻心。她与狭也是势不两立的守剑巫女，而且一把剑不该交由两位巫女守护。"

"她看起来很和善，并不知道我是水少女。"狭也略显不安地说。

"如果这样，就在照日王察觉前快点儿将剑抢过来。若是你的话，绝对可以在不惊醒剑眼的情况下顺利将它带出来。"

"我试试看，你等一等喔。"

"小心稚羽矢，别被那人给骗了。"

背后传来乌彦的忠告。狭也一路直冲出来。她在奔跑时，察觉到自己对稚羽矢说的话完全言听计从，或许真的太单纯了，对方是辉神神子，而自己竟在她面前表明是暗族人，甚至还毫不设防地就将躯体留在危险的神殿里——

天真的人应该是我吧。

侍卫们在川原附近来回巡逻搜索着，只不过他们找的并非老鼠这类小东西，狭也因此安然无事。她潜进安全的宫殿屋宇内，沿着屋梁不断飞奔，穿过照日王殿时，望见女王王座仍旧空无一人，照日王是否还留在月代王殿或者身在他处就不得而知了。至于神殿前的两位老妇，仍在诵祷着，不知在木门暗处的第三位女官是否已苏醒过来，狭也还是必须顾虑到她们目前的动向才行。她沿着神殿下架高殿底的木桩一路攀爬直上，在钻过一块嵌板的破洞后，终于抵达原先的殿内。

我的身体！

诚如稚羽矢所说，还魂实在容易多了。就像已等待得心焦、千呼万唤渴求似的，狭也被自己的躯体吸了回来，以迅速到令人眼花缭乱的速度恢复神智。她张开眼睛，手脚感觉也随之苏活起来，紧接着，她为自己的难堪窘状惊乱到几乎晕厥过去。

狭也背抵着地板，手脚狂乱挥舞着，使劲儿想从被人压住的威胁中挣脱出来。从上方压住、想控制她身体自由的不是别人，正是稚羽矢。大概是两人扭成一团之故，稚羽矢的秀发凌乱得无法形容，狭也虽感觉浑身血液冻结，不过总算找到合适位置，将稚羽矢猛力一把推开。

"这到底是怎么回事？"狭也颤声喊道。

忽然间，对方脸上浮现松一口气的表情，气力尽失的稚羽矢坐倒在地，说道："你能回过神来，真是太好了。"

"这究竟是怎么回事？"

稚羽矢举起手臂，擦擦额上的汗珠，"你迷迷糊糊的，吓得只想往外冲。"

"你说谎！"

"我没说谎。"

"你骗人！骗人！"愤怒的狭也大嚷着，心神混乱的她一时之间无法克制自己，血气上冲，她感到那股火烫热潮的同时，一边一步步往后退。

"大骗子！你、你——"猛然屏住气息的狭也，好不容易吐出一句，"你是男的！"

稚羽矢看起来相当平静自若，丝毫不介意自己披头散发的模样，他十分认真地说："我记得我从没说过自己是女的。"

"你不是打扮成女人模样吗？这身装扮你要如何解释？"

稚羽矢低头看看白衣袖和长裙摆。"这是为了当守剑的巫女，皇姊才叫我穿上的。"

"鸟彦叫我别信任你，果然没错。"狭也瞪着这张光想到是少年就令她火冒三丈的绝美容颜，不禁窘迫得满脸通红，说："你——你刚才想对我做什么？"

"什么也没有——"

"你不是有摸到我？"

"那只是因为你很狂乱，我想制止而已。"

他看起来不像别有用心，而且反而对狭也的盛怒大感困惑。从他那副茫然失措的模样来看，似乎缺乏了些处世应对的机灵。

"我终于第一次了解到做梦时行为很疯狂的意思了，如果灵魂不在此处，躯体是不会听命行事的。"

狭也想起稚羽矢双手双脚都被绑住的情景，于是稍微抚平情绪。

"我得到教训了，"她抱怨道，"我再也不想变成任何东西。变成不是自己的动物到处乱跑，想起来就让人发抖。"

狭也望着稚羽矢心想，难道这人一点儿都不爱惜自己的身体吗？根本不在乎自己被迫穿上女装，或是被绳子拴住只能借着做梦出游，他到底心里在想什么？更何况先不论那身打扮是如何让人不忍卒睹，倘若他能振作起来，应该也是个可与月代王相比的人物。

"你是辉族中最不长进的一个，对暗族人来说我也是。"

狭也坦白道出心中所想，接着自己反觉可笑地耸耸肩。心平气和后，她变得从容起来，心想，还好稚羽矢仍被绳子拴住，从自己的立场试想，情况还是相当有利的。

"这里有大蛇剑吧。"与其说狭也在询问，倒不如说是以郑重的语气确认。

"有的。"

"可不可以让我看看呢？"

稚羽矢眨了眨眼，注视着她。"那么，你也是为了取剑而来的？皇姊说暗族的每个人都觊觎那把剑。"他的失望之情溢于言表。

"是啊，为了救出鸟彦，必须有大蛇剑才行。"

"我听说没有任何人能驱使大蛇剑。"

"我好像能驱使它喔。"狭也不敢确定地说，"我是水少女——因此好像有这个能力。"

"水少女？"稚羽矢的眼瞳闪露着讶色说，神情总带点儿恍惚的他第一次显露出感情生动的反应，"——你真的是那拥有正当资格的守剑少女？"

"据说是如此。"狭也谦虚答道。

"这么说来，难怪刚才你不小心泼洒了镇剑的净水，它却没有发出吼叫声。"

"吼叫？"

"它会鸣吼、咆哮，那把剑一直想获得重生。"

狭也目瞪口呆，"那究竟是什么样的剑呢？"

"谁知道，我也不清楚大蛇剑原本的底细如何。"稚羽矢一本正经说着，用被缚的双手指着祭坛，"不过，你若想看剑的沉睡模样也可以，你有观看它的权利。那把剑就放在祭坛上的柜匣里。"

狭也仰望着被照亮如白昼的祭坛，移步靠近，登上三段台阶后，眼前是一方黝黑如黑檀的长方形石柜。虽然柜身打磨得光洁无瑕，色泽却黑沉得反映不出任何物影。她胆战心惊地朝柜里窥看，只见上方并未设有柜盖，里面满盛着澄澈的水，柜底横卧着无鞘的犀净剑身。火炬的烈光透达水底，让以漆黑为衬底的大蛇剑发出些微的反光，逼得人目眩神驰。剑身是狭也至今见过最长、最青黑的形式，柄首呈圆环状，握柄处镶嵌着一块暗红宝石。

这是蛇——毒蛇。狭也如此想着。这把剑让她联想到潜伏在溽湿草丛中，绝不能掉以轻心的一种动物。剑虽具备如此妖惑之美，却感受不到一丝亲近之意，因此她回身望向稚羽矢。

"如果我拿走这把剑，你要怎么办呢？"她略带揶揄地问。

"皇姊大概会对我很失望吧。"稚羽矢思索一下说。

"那么，你会阻止我吗？"

"如果能阻止的话——我想会的。"稚羽矢不太有把握地嗫嚅着，"虽然长到现在我从来都没与人争执过。"

"真的连一次也没有？"狭也走下台阶，目不转睛地望着他，"辉神神子背负的命运，难道不是从一降临到地上就持续争战？你若真是辉神之子，应该比我在这世上活得更久才对。"

"我身为父神之子，却被皇姊引以为耻，她常说我若不是神子就好了，又说我虽然系出辉神之后，却是个沾染死亡习气的没用家伙，连乱做梦也算不好的习气之一。"

"唉……"狭也深吸口气，接着心怀畏惧般轻声问，"你会期待死亡吗？"

"我不知道。"

稚羽矢摇着头，无论任何事，他似乎都不曾具有十足的把握。

"不过我在独处时，会思索父神为了追逐女神而到黄泉国的事，想着父神既然如此渴望在女神身旁——为什么还要憎恨彼此呢？然后，我便会恍惚神游出去，因此皇姊才不让我到外面。"稚羽矢轻轻叹气说，"身为辉神神子却如此没用，这点我也很清楚。"

"为什么？"狭也紧追着他的眼眸，"为什么你会说自己没用呢？为什么不尝试照自己的想法去行动？你跟鸟彦一样，情愿被牢牢幽闭在此，是你自己心甘情愿折断羽翼的。"

稚羽矢不知所措地绷着脸，"那是因为皇姊说的话总是对的，她还说如果放我出去一定会闯祸。"

"我也被人说过是祸种，不过，那又代表什么呢？不是照日王的意愿如何，而是你自己的意志在哪里！你虽然可以做梦去外面，但其实更想靠自己的脚在地上走走看吧？而且也想亲眼确认留存在远古丰苇原上的女神遗迹，不是吗？"

稚羽矢面临狭也一连串的追问，只是一个劲儿猛眨眼，垂落在脸上的一团纠结乱发，更显出他的彷徨无助。狭也于是微笑起来，这抹笑容是以前在羽柴山上对玩伴们露出的表情。她语气温和地说：

"你的情况我能理解，我们完全相反，却又如此相似，我们都向往能超越自己氏族框限我们的事物，你的皇兄就是因此带着想成为辉族一员的我来到此地的。如果你期望到黑暗世界的话，我觉得你也可以前往，就算像我这样到头来失败了也无妨。"

狭也指着祭坛，"请将那把不祥的剑给我。我打算拿着它去击毁关住鸟彦的铁笼，也将把我自己困住的牢笼——我的这个愚蠢又充满妄想的牢笼——一并击毁，然后回到暗族。"

听到狭也声音中流露出一股如清流般的坚韧，稚羽矢感叹地低语："不愧是水少女。"

他不曾拥有足以拦住这股清流的毅力，激越汹涌的清新之水，在狭也的神情及目光中显露无遗，她将手放在稚羽矢的臂上，说：

"拿着剑，我们一起出去吧。你的牢笼，还有绑住你的枷锁，我都想以这把剑一并解开。"

4

"月亮升上山巅了。"照日王忽然开口，"玩得也该够了，放我起来。"

月代王默然不语退开身子，女王无情地站起身，步出帐幔，立在廊缘的柱子旁，仰望着遥远夜空彼端悬挂的一弯指甲边缘般的细月。似乎没有光芒的淡月微明，将凝立的女王背影瞬间洗练成冷若冰霜。

"我很担心西门的戒备，猎物应该不会逃走吧。"

月代王叹息说："我知道地上只要有光亮，你就会代替父神尽到职责——可是除此之外，一切对你来说难道只是游戏？"

"不行吗？"照日王回过头。月代王又问：

"那么，到了父神降临再显神威之日的黎明，你会做什么？"

照日王霎时像被攻破心防，但她仍不假思索地回道："我会一直做同样的事，时时刻刻崇敬、遵从父神。若能有幸在身边拜见他长久不曾瞻仰的面容，那才是我真正的心愿。"

优雅躺卧的月代王于是翻过身来，抬头仰视女王，"你还真是盲目追崇父神。皇姊，你和神殿的巫女真像。"

"你的牢骚我可听腻了。"

"我有时真同情我们那个最小的神子兄弟。"

照日王睨着撩起秀发的皇弟，嗓音尖锐起来，"不要一时兴起随便提他！你敢说你能了解那个异常弟弟的心吗？"

"不，我不了解。"月代王一口否定，"如果能够了解，我多少会心安一点儿。稚羽矢与我们姊弟所见不同，过的生活也完全相异。你认为父神为何会创造出这么一位与众不同的神子？"

"他只是个做坏的不良品罢了。"女王愠怒地回答，"我绝对无法想象父神会差遣那个既没用、又会找麻烦的儿子去效劳。"

月代王十指交叉，陷入深思说："我以前也常想这件事，却怎么也猜不透父神之意。不过最近我觉得，说不定辉神的旨意与我们想的恰好相反，稚羽矢或许正是父神深藏不露的企图。"

"你这话是什么意思？"照日王稍带戒心，注视着弟弟。

"你和我是由父神的双眼所生，身为辉神之眼，应该为看清这地上世界而存在于此。然而，我听说稚羽矢是由贯通气息的父神之鼻所生，或许他比我们更接近父神的内在，他是从化为叹息的父神真情中所生。"

照日王发出一阵短促的笑声，"就凭那孩子？就凭那个没受过良好调教，除了会做梦没有半点儿能耐的小子？我们可怜的弟弟是有哪一点显出了父神的真情？"

月代王略微迟疑，停顿了半晌，"……那孩子敬仰女神，他正迷惘探索我们一族绝不可能到达地点的入口。"

照日王瞬间如雄鹿一跃而起，剑拔弩张地逼近月代王。

"就算是你，也不容许再提此事。"激动到浑身打战的女王叫道，"听你的口气，好像父神——高光辉大御神至今仍期盼去探望暗神一样。"

月代王的眼神显得幽静，"如果当真如此，你我该怎么办？"

"不可能，你少胡言乱语。"照日王抗拒地挥挥手，斩钉截铁地说道,"稚羽矢会亲近黑暗,只是为了让他获得制伏大蛇剑之力才有必须这样,可那孩子能做到的只是守护剑罢了。父神真正的用意,是希望那把讨厌的剑就像一无所长的稚羽矢般毫无用武之地。高光辉大御神的意旨,应该没有任何隐晦才对。稚羽矢之所以会寻梦神游,是因为他的身体跟剑镇守在一起所付出的代价。让他爱怎么做梦就怎么做梦吧,那孩子看守剑,我们守护他,这样不是很好吗?大蛇剑拥有强大的力量,因此必须有人担任守护者。为何你会忧心丧志,说出一堆荒唐话?"

"是啊……荒唐话。"月代王喃喃说,"总之,稚羽矢被封印的命运是不会改变的。"

将手放在月代王肩上的女王,蹙眉审视着皇弟的脸孔,"就在这胜利在望的时刻,你真的很不寻常喔。"

月代王察觉到女王的疑虑,于是泛起淡然微笑。"现在我才是恢复原状,也就是恢复成皇姊讨厌的反复无常。"

原本一脸担心的表情旋即消失,照日王别过头去。

"有水少女这些人进宫,你才会变成这样。"女王高声怒道,"宫里空气混浊,你才会神智昏乱。那种家伙用不着劳师动众地靠祓式清除,只要一刀劈了就能收拾干净。"

照日王一拍膝站起身,将解下的剑插在腰际。

"我去西门瞧瞧情形如何。"

"狭也没去那里喔。"

"你敢这么肯定?"

"那么,我也去吧。"月代王翩然起身。

就在此时,一种像从黑夜深处冒上来的巨大气泡所发出的鸣吼声,愈来愈高亢、激昂,让静静沉睡的宫殿为之震撼,也划破了一切宁静。那既像是发自庞大生物的吼声,又像远从地端传来的雷鸣,乍听之下,就连草木和宫柱都仿佛弹跳起来。传入耳膜的虽是低沉声调,却足以让大地之间深感畏怖、空气之中满溢不安。

两位神子蓦然僵住,然后面面相觑。

"大蛇剑发出吼叫了。"照日王悄声说,"臭老婆子,难不成敢偷懒没去搬镇剑用的净水?"

"稚羽矢到底在做什么?"月代王问,"他镇守神殿,应该不会让剑吼成这样。"

接着,照日王脸上浮现至今绝无一人见过的表情。

"难不成那孩子……"

狭也战战兢兢以双手扶剑,愣愣地注视它。侍卫发现她和稚羽矢,正打算冲上来逮捕两人,她大声疾呼别靠近,剑就在此时开始发出呻吟。惊天动地的剑声伴着脉动,是一种骚乱人心的不快共鸣。不用说,侍卫们立刻吓得落荒而逃。

"为什么突然会这样?"狭也一边拼命克制自己亟欲抛下剑的念头,一边困惑地问。

"静下心来,狭也。"稚羽矢在她身旁忧心地说,"心里慌乱的话,就被剑打败了。"

狭也心想,要让自己镇定实在非常困难。现在两人周遭已是一片喧嚣,只听见侍卫怒嚷着召集士兵,再过不久,辉宫的卫兵们必定会在此聚集,想带着稚羽矢趁暗脱逃,根本是难如登天。

"既然如此,我们往西门跑吧,再躲藏也没用。"

狭也破釜沉舟地说,催促稚羽矢快跑。由于墙垣和殿舍分隔的宫中小路错综复杂，无法一眼望穿道路尽头，因此听到集合号令的士兵们好几次迎面从狭也前方蹦出来。不过，士兵们都害怕得向后退，没办法阻止他们俩逃离。大蛇剑的鸣吼不仅让宫殿为之震动，剑身竟也开始缓缓发出光辉。

剑柄上镶的宝石犹如没有眼睑的眼睛呈现赤浊，它炯炯睨着来者，双刃的锋处散发出青白色火花。整把剑微微发着青光，从捧剑的狭也胸前照射上来，让她看来如同迷乱发疯的女子，即使再有胆量的人，看到这景象也会吓得魂不附体。

不曾稍停的狭也和稚羽矢冲进人群，在两人后方的小路上人声鼎沸，惊醒的殿舍中更是灯火通明。

再几步就到了。狭也祈盼着。

再一点儿路程就到达西门了，但就在两人数步之外，辉宫的人已紧追而来。假如有只在夜晚眼睛依然雪亮的飞鸟从空中俯瞰，必然会以为从宫内四方角落蜂拥而至的狭也等人，是从宫中被一举扫往西门去的。

灯火通明的西门已近在眼前，上气不接下气的狭也和稚羽矢却不得不站定了脚步。就在西门对柱之间，两位神子正双臂抱胸等待他们，而且就在神子们的周围，有一群从士兵中精挑细选的武夫拉弓候命着。

"狭也。"月代王的叫唤响彻四方，声音中隐含的责难之意，深深击迫着狭也，"别失去理智，你应该不像会做这种事的少女。"

顷刻间，大蛇剑的吼叫戛然而止，仿佛掀起帷帐般四周一片宁寂，狭也惊讶得呆立原地。她的臂弯上感觉到长剑的重量，因此徐徐垂下剑尖，剑长几乎触地。如今那剑上泛出的光辉正淡淡消去，与此同时，狭也那股近乎狂乱的激动也正缓缓平静下来。

"真没想到你会以如此狂烈的方式来这里呀,小姑娘。"照日王双手叉腰道,她虽压抑着语调,但仍可感受到怒火正炽,"你企图将辉宫搞得天翻地覆?到底你是在哪学到这种绝活的啊?"

"请将鸟彦还给我,这是我唯一的心愿。"狭也涩声说,"我并不打算伤害任何人,但是,请让我们走。"

月代王难以置信道:"走?要去哪里?你以为背叛我就能回家乡吗?如果你认为羽柴乡的乡民会兴高采烈地前来迎接,那就大错特错了。不过,你该不会考虑回到暗族吧?再怎么说,你应该想远离暗影支配的那块黑暗的出生地吧。"

"是的。"狭也轻声说,"可是,那里才是我的归属地。"

"看着我!"神子严厉命令。

狭也咬唇仰视着月代王,虽然王的表情僵硬,但仍让人觉得带着一抹悲凄之情。而且,神子至今依然洋溢着狭也所仰慕的一切,正凛然立在那里。

"我应该已竭尽所能给予你所有我能赋予的东西,也发过誓会珍惜你,然而,你为何还心有不足,忍心如此背弃?你总是这么弃我而去,究竟你在注视什么,而我却无从知晓呢?"

狭也险些泫然欲泣,因为月代王的肺腑之言,让她感到分外伤痛难舍。

"我不是背弃您,我仰慕您——今后也必然如此,可是——"狭也摇摇头,怀着无可奈何的悲切凝望着神子,"或许您不明白,我独自注视的事物,必然是灵魂——生命的所在,暗族人是绝无法忘记它的。因此,请您原谅,我无法留在这儿。"

剑再度发出轻声鸣吼。

"请容许我通过那里。"

照日王开口道："你想走就请便，不过，我不准大蛇剑和稚羽矢走出这道门。"

稚羽矢面对女王的目光，略微后退一步。

"你为什么要打破那么深的禁忌？"照日王的声音连岩石听了也为之震颤，"为了不让你现身人前，我花了多少心血才完成那些禁忌，却这样被你毁了。为什么你要离开神殿来到这里？"

退避在远方拥挤不堪的人潮，的确都被稚羽矢的翩翩形貌吸引，无论是谁，都能领会他的超群非凡。那袭宛似天鹅降舞的衣裳，仿如夜河的长发，面带犹疑不安的稚羽矢，看起来丰姿不似少年，倒像是乍落凡间而惶惶不安的天女。

"皇姊。"稚羽矢低喃着。

"这是皇姊的命令。从女孩那里夺回剑，然后回神殿。"照日王命令他，"我不知道你受到什么教唆，但你不可能离开此地过活。如果少了我们的守护，你连梦都做不成喔。"

"不能听她的话！从今以后你必须靠自己的脚步来走才行。"狭也在旁斩钉截铁地说。

大蛇剑再度开始发出光芒，火花无声迸灿，就在不安定的状态中，赤石险恶地苏醒过来。

稚羽矢默然不语了半晌，然后注视着照日王，将双手高举伸出。

"皇姊，封住我的绳索解开了。我只想求个解脱，它就轻而易举地松开了。然后——我才发觉一件事，到现在为止，我连一个期盼都不曾有过。"

"你不要期盼才是对的。"照日王咄咄逼人道，"你一直以来并不知道自己有多危险，就算知道了，你也只会诅咒自己，只会无奈而痛不欲生。我不愿让你受这种苦。所以留在神殿，对你来说才是最幸福的。"

"骗人!"叫声不是发自稚羽矢,而是狭也。她愤怒得浑身发抖,"我太清楚了,你们只懂得利用血亲或其他任何人,除此之外根本一无所知。"

顷刻间,剑光像一道激流狂涌,完全无视惊慌失措的狭也,它摇身变为粗大的光柱直冲向天。瞬间空中涌起涡云,与剑气相呼应,云朵在惊愕的人们顶上劈裂般划成两半,从裂口处迸发出恶毒的刺眼橘光。随着惊天动地的轰隆声,只见光芒直驱而下,就在微暖的疾风一扫而过的同时,眼前的殿宇升起火柱猛烧起来。人潮在仓皇和恐惧的惨叫声中溃散,如同小蜘蛛四散逃逸,还有人高喊着"取水来、取水来"。

狭也在遭到远胜恐惧的莫大冲击下,整个人仿佛麻木般凝视着舞窜的火焰。然后,她意识到不能再拿着剑了,因为她的力量已濒临极限。

"稚羽矢。"虚弱的狭也悄声说,"拜托,由你来拿剑。我无法镇伏它,我没有力量了。"

稚羽矢吓了一跳,望着狭也,"怎么会——"

"拜托你。"狭也恳求着,她不想多说,因为视线一片模糊,眼角开始冒花。"我快昏倒了,快趁我还清醒前拿着它。"

稚羽矢连忙扶住她,将手握在她拿剑柄的手上。照日王将目光从火场移回,就在转头望见两人情形时,露出胜利的微笑。

"对,你这么做就对了。将那女孩带回神殿,等灭火以后,我要慢慢决定该如何处置她。"

稚羽矢望着精疲力竭的狭也,又望着大蛇剑。他只需用点儿力握紧,无力的狭也就会轻轻将手松落。微泛着辉光的大蛇剑,如今正在他手中温驯地停止吼叫，然而剑中藏着蠢蠢欲动的欲望，这种感觉仍从他的掌心直震上来。

"皇姊！"稚羽矢为免让火场的喧嚷盖过自己的声音，于是高声叫唤。

"怎么了？"

"我想护送她回暗族。"

一瞬间闪过讶色的照日王，脸上逐渐变成愕然屏息的神情，"你在胡说什么？打算亲自护送她？"

"是的。"

"这是你的意志吗？"

"嗯——是的。"

"不行！"照日王颤声叫道，"少给我做这种蠢事，你若当真如此就再也回不了头了，难道你还不明白？我们之间就必须手足相战，彼此憎恨下去了。你只要踏出这门一步，命运就会向你袭来，占卜中早已明示了一切。"

"我没有与皇姊皇兄为敌之意，可是，无论如何——你们都无法阻止我。"稚羽矢语气虽然和缓，手中的剑却愈来愈闪耀生辉起来，"水少女已让河流决堤了，因此，我想遵照父神的心愿去寻找女神。"

"月代君，快来！"照日王发出求救的悲鸣，"帮我阻止稚羽矢那家伙，大蛇剑苏醒了。"

正在指示侍卫灭火的月代王神色骤变，回过头，望见一手持着大蛇剑、一手扶着狭也的稚羽矢正准备通过西门。了解此刻追击也为时已晚，神子迅如枭鹰地搭上弓箭，瞄准他的胸口拉满弓——然而就在一瞬间，地面剧烈摇晃仿佛即将隆起。

轰然一声巨响，在发出炫目激光的同时，地面犹如山崩之势猛烈摇动，没有任何人能站稳脚步。宫殿在烈火猛燃下冲击塌毁，散落的火粉烧灼得人们连连哀号。天空尽蒙一片浊紫，仿佛这世上已异常变色。

月代王半匍匐到照日王身边，掩护她免遭飞散的木屑流火灼伤。两位神子伏卧在地许久，直到地震终于停止后，仰头遥望天际，只见高空中有条蜿蜒长蛇正在舞动。

巨蟒——看似狂喜又苦痛，如痴如醉、舞动不已的一条青白色大蛇。

蛇舞已近乎疯狂，就在青黑的云际中，它四处乱窜，足以令人惊骇至死。地面宫殿的屋宇倾塌殆尽，在冲天烈焰中，燃烧干柴的轰响掩盖过不知所措的逃难人声。黑如浓墨的烟直冲天际，形成一股旋涡不断扩大。

"火的诅咒被解开了。"照日王口中喃喃自语，"无论对光辉还是黑暗，那东西都想复仇吧？"

照日王茫然望着身侧的西门熊熊燃烧，然后望向同样在燃烧的忌屋。

月代王使力紧抓着照日王的肩膀，"我们也逃往河边吧，这里已危在旦夕了。"

5

水声响起，是发自大河的低喧。慢慢睁开双眼，此刻已是黎明，头上天际透着浅浅晕白。狭也从岸边柔软的草地上起身，她如噩梦惊醒，一点都想不起梦境到底如何。即使不再感到恐惧，她却像是个走失的小孩，有一股不安紧紧攫住她的身体。这地方究竟是哪里？不过，当她望见稚羽矢正坐在自己身旁，就稍微松了口气，她不禁微微一笑。周围的空气澄透宁静，清晨的鸟啭清新。

"啊，你平安无事呢。"

"嗯，你也一样。"

稚羽矢答道。他的衣裳给焦烟黏满脏污，还烧了几个破洞，鼻头变得乌黑，但他却浑然未觉。稚羽矢不再是天女模样了，在看到他一头秀美乌发纠结成一团茶色干丝时，虽与自己无关，狭也却还是为他惋惜不已，然后她也发现自己身上的衣裳边缘烧焦了几个地方。

"发生了什么事？"狭也问，"剑呢？"

"辉宫焚毁了，北方天空还冒着烟雾，可能现在还在继续燃烧吧。大蛇剑在这里，它已大闹够了，所以正在沉睡中。"稚羽矢指着草地上的大蛇剑，发黑的剑在晨曦微光中沉默地横卧着。

"宫殿离这里好远。"狭也仰望北方的天空，惊讶道。

"这么说来，我们竟然从辉宫逃到这么远的地方。你是怎么办到的？"

狭也觉得匪夷所思，歪着头。

"还有——鸟彦在哪里？"

稚羽矢脸上露出为难的表情，迟迟无法回答。就在狭也面露不安皱紧眉头时，忽然感觉近处有个身影。她讶然回头，只见出现在河堤后方的是一个身材矮小、顶着大头的老妇，棉絮般的白发在头上蓬松飘飞着。

"岩夫人。"狭也完全没料到是她，因此大声呼唤。

"就是那群人救我们坐上木筏，然后才一直顺流而下来到这里。"稚羽矢说明了原委。

狭也不等老妇短小的腿走到此处，就奔过去与她相见。狭也刚屈膝蹲下，就迫不及待问道："岩夫人，鸟彦呢？鸟彦怎么了？"

老妇的大眼里泛起无比温和的神色，她轻轻抚着狭也的脸颊，"那个勇敢的孩子，一直勇敢地坚持到最后呢。鸟彦说希望老身能告诉你要等他回来，千万别悲伤。"

"这么说……"狭也无声呢喃着，"他就那样在那里面……"

"我们所有人和那位少年都全力以赴了，可是，巨蟒在天上飞蹿时，大家还是无能为力。唉，别伤叹了，那孩子只不过暂时回到女神身边休息罢了。"

"您怎能要我不伤心！"狭也叫道，将累积的郁闷一股脑儿倾泻出来，"您以为我为了什么才取剑出来，又为了什么才与月代王分道扬镳？这么做全都是为了那孩子——明明就是为了能再见到他活泼有劲的样子。"

狭也"哇"的一声哭倒在草地上，无论再怎么捶胸顿足，也更改不了这个事实。鸟彦一味逞强，到头来还不是活生生被关在铁笼里烧死。倘若自己能更机智、更果断一点儿，或许还能救他一命，都是因为她白忙一场无济于事，才让一个生命无端逝去。

天空已大放光明，即使朝阳遍洒晴辉，夜露开始渐消，狭也的眼泪仍旧流个不停。稚羽矢轻轻过来探望，他不明白狭也为何哭泣不已，因此忧心忡忡。

"你……哪里不舒服吗？"他提心吊胆地问。

"你没失去任何东西，不会了解这种心情。"狭也在啜泣暂停时说道，"但我却失去一个人，我再也不能和鸟彦见面了，这世上再也找不到他了。"

这时稚羽矢感觉到空中有个黑影接近，于是抬头张望，只见青空中出现了斑点大的黑色羽翼。

"是乌鸦。从刚才就有两只在盘旋。"

"一定是乌兄和乌弟。"抬头仰望的狭也泪水又夺眶而出。"它们还在找鸟彦呢。"

"狭也。"乌鸦亲切叫唤着，从高空收起羽翼降下，接着在草地上止住势子，两脚来回蹦跳一会儿后，立刻来到狭也身边，歪着乌黑发亮的鸟头。

"啊，累死了。我在找你喔，真没想到你会来这么远的地方。"

狭也被乌鸦流利说话的模样吓傻了，她泪水顿时全收，只顾盯着鸟儿猛瞧。

"是我啦。"乌鸦咚地跳到她的膝上，说，"你没听到我托人传话吗？明明说过叫你不用急着悲伤。"

"鸟彦！"狭也叫道，接着再也说不出一个字。当她望着如小鬼般黑眼闪烁的乌鸦时，还来不及表示该高兴还是悲伤，就先筋疲力尽了。

"我认真考虑过到底该去女神那里，还是再做其他打算。不过若没我在，女神不会哭，可是狭也恐怕要哭的，所以我就不走了。就算变成乌鸦也好，我决定就留在你这儿了。虽然乌兄有点儿可怜，但它应该会明白我的苦心。"

狭也不知该如何反应才好，于是看向稚羽矢。"是你帮忙的？"

稚羽矢点点头，"不过，他再也不能回到自己的身体，因为已化成灰烬了。"

"不要紧啦。"鸟彦以乌鸦声音活力充沛地说，"知道吗？乌鸦的寿命跟人类差不多长喔。"

第四章　乱

　　赴海水沉尸，征岳草埋魂；
忠君效命任无悔，莫作长闲志死休。

——《续日本记》

1

　　岩夫人和科户王,还有两名男随从等暗族一行人,偕同狭也、稚羽矢和鸟彦一路逃离,随后舍弃木筏潜入山中。他们沿着山脊前进,在山岭上度过一夜,又继续走到翌日午后,就在走下斜坡时,眼前展现出一片景色,那正是众人即将前往的地方。茂密的米槠林和松林在山麓野地的前端突然消失,与天相隔处是比蔚空还青蓝的明水,一弯如带,闪烁着铺展开来。

　　"那是海吗？"狭也问停在肩上的鸟彦。虽然她从没见过海,但还是能猜得到。

　　"对,是海。我们要从峡湾去坐船喔。"鸟彦答道。

　　不久,他们再度穿入森林,不见海影,然而逐渐增强的风势反将拍岩的浪涛声轰隆隆传来这里。狭也总觉得心绪难安,于是凝神倾听着犹如大海怒啸的呻吟声。这种声音与大蛇剑的鸣吼多少有些相似,只不过唤起海涛怒啸的并非火焰,而是雨。就在暮日偏西的同时,云层也开始愈加厚重,到了傍晚时分,终于落起雨滴来。风雨看起来不会轻易停歇,倒卷逆袭般猛打在旅人的脸上。

　　科户王对岩夫人说："真是天公不作美,可能不能坐船出航了。我们得在海滨等待暴风雨过境才行。"

"不要紧,既然没有什么好担心的追兵,就在峡湾的村子借宿吧。"

"避一下敌人耳目不是比较安全吗?这种风雨如果连着好几天——"

"没关系的,这只是一场小暴风雨,规模不算什么,明天就会停了。"心里充满笃定的老妇答道,"走到这里已花了一天一夜,今晚在比较好睡的地方休息也不错啊。"

狭也对岩夫人的回答很想表示赞同,因为她还没从宫中异变的冲击中恢复过来,又行色匆匆一路走来,她脑里至今仍一片混乱,面对一切都觉得失真,连疼痛的脚、湿答答的黏重衣物,都像一场以沉滞的苦痛为主调而展开的无垠噩梦。狭也需要的是时间和休息,好让自己能清醒,恢复精神。

过了一会儿,就在天色全暗之际,一行人抵达海边。在几乎无法提灯的风雨中沿着海湾蹒跚行走,终于看见几间屋舍相连的民居,他们觉得没有比看到从民居门口倾泻出的黄色油灯火光更让人感到温暖怀念的了。男随从与民居的主人交涉后,男士们都分配在仓库歇息,老婆婆和狭也则睡在主房。此时的狭也终于松了口气,几乎想要哭出来。

这间属于渔民之家的泥房有压低的屋檐,屋子往沙地中深掘,一进屋内就闻到一股刺鼻的鱼腥味。缠绕着海藻屑的渔网被拖进房中,主人似乎正在修补网眼。在地上坑炉的出烟口周围,挂着成排剖好的鱼身。可能是盐气侵蚀的关系,原木梁柱腐朽得相当严重,小屋每遇强风骤刮就轧轧作响,好在并没有倒塌之虞。渔民虽然生活俭朴,却有好几个脸儿红通通的小孩,这一家人充满活力,他们端出放有切块小鱼干的热汤,殷勤招待客人。然而狭也在身子犹湿半干的状态下就阖上了眼,连喝到嘴里的汤味都感觉不出来。她早早离开谈笑圈子,横躺在角落里,听着仅隔一片薄板的屋壁外,正狂响着淹没人声的咆哮,那轰然巨啸宛如在大声唤问着什么似的。

你是谁、在哪里、为什么、几时了……

到底在问谁呢?

狭也不经意地想着,在聆听无休无止的声声唤问中,坠入了梦乡。

早晨一张开眼,渔夫一家人已吃过饭外出了,大家在黎明前就起身,连幼儿也不见踪影,小屋一下子变得空空荡荡。坑炉边只留下岩夫人,动着小手似乎在做什么活儿。狭也从床上爬起来,朝敞开的门口向外窥望,只见暴风雨像做戏般早已消失,天空是一片澄朗。渔民一家人横排成列,正在遥拜即将升起的旭日。狭也望着他们的背影,忽然感到胸中一阵凄然酸楚。

岩夫人悠然唤着狭也:"锅里有给你吃的粥喔,趁还没凉快去吃吧。"

"——好的。"

像是撇开一切悲痛般,狭也背对门口,打开吊在坑炉挂钩上的大锅盖,她最怀念的就是这种早饭了。拿起碗回到座位上,她注视着岩夫人手中在做的事。老婆婆仔细削着一根细长木条,接着又开始绕起细藤蔓。

"您在做什么呢?"狭也问道,岩夫人若无其事地说:

"在做鞘,就是剑鞘啊。光带着剑一直走也不是办法。"

"是呀。"狭也含糊回应着,向身旁用布层层卷裹的长剑轻瞥了一眼。一想到这把剑，她就心情沮丧起来。这是人人都心生畏惧的大蛇剑——即使岩夫人和科户王也不例外。狭也对这把剑敬而远之的程度，绝不下于任何人，但没有办法因为别人说大蛇剑本该由巫女看管，所有她不得已用布裹住剑，将它扛上肩，在走山路时也不知勾到矮树丛多少次，实在没别的比这惹人厌的东西更碍手碍脚了。

我究竟是造了什么孽才沦落成守剑的巫女？难道就这样捧着它过一辈子？以后我到底该怎么办？

原想问问岩夫人的意见，但狭也不知何故又退缩了。就在疑问绕在舌边打转时，她忽然意识到有人来到门口，于是回头一看，原来是个陌生的小伙子。就在她诧异地抬头看着对方时，认出逆光中的那张脸，她一瞬间愣住了，接着发出惊呼：

"稚羽矢？我刚才差点儿认不出是你。"

大概是科户王一手打点的吧，稚羽矢身穿渔民父子所穿的褪色蓝染上衣和一件露出小腿的裤袴。烧焦的头发已修剪整齐，梳整成清爽的双髻。虽然皮肤稍嫌白皙，但乍看之下与一般少年相差无几。狭也光为这点儿小事就乐不可支，哈哈大笑起来，她为科户王愿意关照落魄少年的门面，感到十分开心。

以前曾与科户王有一面之缘，狭也总觉得有点儿怕他。在那肤色深黑、线条尖锐刻画出的精悍五官中，带着一股不留情面、严厉冷酷的气势。他愿意前来营救，反而让狭也觉得他打从心底不会原谅自己弃同伴于不顾、一味追随辉神的行为。正因如此，她还没向他们说明自己和稚羽矢一起出宫的原委，而稚羽矢本身似乎也不想提此事。

狭也不知暗族人对稚羽矢观感如何，他们并没有拒绝他随行，也没有热情欢迎他而问东问西，只是任凭他待在那里而视若无睹。虽然狭也连自己都自顾不暇，但对这件事心底还是稍微牵挂。不过，她也明白科户王等人已将稚羽矢当作自己一行人的伙伴，因此她稍带挖苦地对他说：

"很好啊，你穿这样很配。"

然而，稚羽矢却一副毫不在乎的模样，他对自己要如何引人注意可以说漠不关心，仅带着热切的表情说着完全不相干的事：

"小孩们说海滨的沙滩上有鲨鱼，都跑去看了。"

狭也惊讶地眨眨眼，"鲨鱼？那是什么？"

"不晓得，好像是随暴风雨来的，现在被打上海滩。"

狭也被稚羽矢的天真兴奋所感染，回头朝向岩夫人，"我可以去看看吗？"

"那只是鲨鱼。"岩夫人说，"去看没关系，不过海上浪涛汹涌，小心别被浪给卷走。"

两人快活地跃出门，来到低浅海岸阶地下方，那里有片狭窄的沙滩，一直蜿蜒延伸到岬端，波浪挑衅地翻涌靠近，直冲而上的浪涛发出轰响碎裂，四散白水泡的残浪沉落为茶绿色，远离岸边的海面却是醒目的湛蓝，拔尖的浪头高耸直扑陆地而来。

狭也长这么大第一次来到海边，她极目远望，觉得与幻想中的青漠大海印象完全不同，她亲身接触到的海域，是一种令人不能大意的生物，让她感觉实在无法背对它还能轻松自在。猛烈的风势中含带的气味她也闻不惯，那带有一股腥呛的气味，不过这种味道却会使人觉得打从出生前就已认识。空中翱翔着大小海鸟，随风传送的鸣叫中带着几许哀调。

轻轻走到岸边，潮味更加刺鼻，因为被夜里暴风雨打上岸的东西纷纷横躺在沙滩上，四处散布着色泽鲜艳的海草、流木、小鱼、海蜇和海星之类——有一半是狭也不认识的。妇女和小孩们手中提着笼子，正忙着收集这些东西。狭也不禁停步，也想捡捡看，可是稚羽矢心无旁骛地直往前走，她只好作罢。

"你不觉得海很新奇吗？"狭也问，稚羽矢认真地说：

"这是我第一次亲眼看到……"

狭也明白他的意思，因此便不再多问。

不一会儿，眼前出现好几个男孩聚在一起七嘴八舌，他们的脚浸在涌来的海浪中，围绕着被斜打上岸的一只黝黑的庞然大物。靠近那个物体一看，原来是一条足足有成人身高两倍的大鲨鱼。横倒的鲨鱼胸鳍朝天直立，模样就像插在小山上的竖旗，腹部呈现死人皮肤般可憎的颜色，从让人不寒而栗的下颚及咧开的大嘴中，暴露一排尖长凌乱的鱼齿，与体型相比实在过小的鱼眼显得黯淡无神，牢牢瞪视着长空。

狭也乍看之下不禁苦着脸，这东西再怎么看都像来自异界的怪物，不该在光天化日下露出原形。她感觉自己心中作呕，但那究竟是出自嫌恶还是怜悯却不得而知。

然而，稚羽矢以充满感佩的语调喃喃说："好漂亮的鱼。"

狭也以败给他的目光望着他道："你说它漂亮？"

"它很有型，又很强壮，你看那身体线条，就能知道它在海浪下游得多快……"

就在稚羽矢指着那鲨鱼胸鳍附近时，鲨鱼鳍突然微动一下，接着侧腹一阵起伏，厚实的尾鳍虚弱地拍打起沙滩。猛然吓到的小孩们发出惊喊，赶紧逃之夭夭。

"它还活着。"

"叫你们的爹来吧。"

狭也虽没发出惊叫,却扣紧稚羽矢的手臂。"它还有气息,好危险,我们往后退一点儿。"

可是稚羽矢就像脚下生根般一动也不动,他的眼睛连眨都没眨,紧紧盯着鲨鱼。察觉有异的狭也想摇晃他,但那身体僵硬到分毫都动弹不得。

"稚羽矢!"狭也凑在他耳边叫着,可是他却恍若未闻。原来少年听见了别的声音。

"老夫向孤立无援的年轻神明聊表激励之辞。老夫是海神,住在青海原的大海常波底下,这条鲨鱼是代本神向你致意的使者。"

"您是各方神明中的其中一位吗?"稚羽矢问道。

"可以这么说,也不能这么说,因为老夫已身在不属辉神或暗神支配的化外之地了。在某种意义上,老夫是在离你最近的地方。"

稍微思索片刻后,稚羽矢开口道:"您大概认错人了,我是——"

但海神不以为意,又继续说:

"就是因为老夫在海滩旁看到你,才会有激励之举。正因为无法协助你从坎坷的命运中解脱出来,才只能从旁观者的立场来静观其变。你只有两条路可走,而这两条路都很残酷。究竟是手刃父神,还是为父所杀——你在做抉择时想必是难上加难哪。"

稚羽矢大惊失色,侧着头想不出个所以然。

"你我既然萍水相逢,而且这片与地相连的领土是归老夫所管,因此丰苇原中唯一孤立无援的神明啊,老夫会留意你的去向。正因老夫也是孑然一身,所以才对孤苦的你致意以示勉励,但愿你能无怨无悔迎向命运,全力以赴。"

"请等一下!"稚羽矢叫道,"请告诉我——"

然而老翁的声音渐行渐远,取而代之的是狭也那几乎要震破耳膜的音量,正在叫嚷自己的名字。稚羽矢眨了眨眼,眼前出现她那张不安到脸色发青、只剩一对大眼的面孔。

"咦,怎么了?"

"我说我们后退啦!"狭也气势汹汹地说。

稚羽矢不由得倒退几步,接着道:"就在前一刻,那只鲨鱼死了。"

狭也越过他的肩膀望向动也不动的鲨鱼,然后又狐疑地注视着稚羽欠。

"你怎么会知道呢?难不成你又想变成那只怪物吗?如果那样,看我以后还理不理你。"

稚羽矢摇摇头,"我没有变喔。这只鲨鱼是海神的使者。"

狭也像小孩般张大了嘴,"你怎么会知道?"

稚羽矢看看气绝的大鱼,轻蹙起眉头含糊应道:"我听见海神的声音。不过——我想那位神明是弄错了对象才和我说话的,他一定是认错人了。"他困惑地回头望着狭也,小声说,"海神似乎将我错认成巨蟒了。"

就在狭也不知为何感到背脊发寒、无言以对之际,小孩们带着两个渔民从海滨的另一头走来。看到体型如此硕大的鲨鱼,他们也不禁傻眼,不过在知道鱼死后,就将手搭在鱼身上,说:

"这是海神的使者,必须设祭坛郑重祭祀一番才行。"

"哎呀!"狭也惊讶地看着渔夫们晒得黝黑的脸孔,"你们也祭祀各方神明吗?"

"当然啰，我们靠捕鱼为生的人若遭海神作祟，那简直活不下去。"

"可是，今天早上你们不是在祭拜辉神的神光吗？"狭也如此一说，渔夫就露出曝在潮风下的那种无忧表情，笑了起来。

"我们当然不会忘记神光的恩惠。是这样的呀，小姑娘，生活中多怀感谢、多求保佑才是最要紧的。我们谋生很艰苦，就算祭祀了这世上所有可敬的神明，还是会有许多人丧命。"

"那些人真幸运。"与渔民们道别后，狭也叹息说，"暗族人难道就不能像他们一样没有争伐地活下去吗？我……其实一想到以后的事就害怕。"

拨开海风拂乱在脸上的发丝，眼神黯然的狭也望着稚羽矢。

"虽然莫名其妙被卷入这场战争，可是我讨厌要与辉神作战。但，却又无可奈何——不，我不知道，我也不清楚自己到底是不是真的迫于无奈。你有想过去暗族那里要干什么吗？"

"没有。"稚羽矢想也不想就回答。

"你也是我的担心之一。"

狭也再次发出叹息。稚羽矢的想法真的很令人费解，但这点她已慢慢习惯。狭也烦恼的是身为辉族人的稚羽矢为何甘愿混在暗族人里，她实在猜不透这小子究竟有什么打算，就连暗族人会不会接纳他也不得而知。其实狭也甚至连暗族人会如何对待自己都摸不清了，虽说是同族，但狭也一直以来对与辉族为敌之人的事，几乎都一无所知。

"你在担心我吗？"稚羽矢似乎感到惊讶，反问她道，"你在担心我什么？"

"我就是担心你这点啦。"狭也火气稍大，回了他一句。

就在日头渐高、潮水远退之际，鸟彦乘风展着黑翼来找狭也等人。狭也正和稚羽矢置身在海滨的小孩群中帮忙挖贝壳，由于大乌鸦锁定目标飞下来停在她的肩上，让周围小孩个个看得目瞪口呆。狭也连忙离开那里，背过身子避免让人听到他们谈话。

鸟彦道："下午听说会出航，老婆婆叫你们别丢开剑跑太远喔。"

"我知道了。"狭也不太乐意地说。

"我先走一步，用飞的比较快，所以开都王叫我先去通知一声，说你们即将抵达。"

狭也忽然胆怯起来，于是注视着乌鸦，"咦，你不一起走吗？"

"没办法，翅膀长都长了，要好好利用才行啊。"

"我们到底要走去哪里？还要渡海——"

"不会，已经不远了。坐船的话，绕过峡端，从岸边进入开都王的根据地比较容易。这里前方的山势很险峻，因此无法沿陆路前往。开都王的据点位于隐蔽的山谷里，就叫鹭乃庄。"鸟彦才说完，就拱肩用鸟喙梳理翅膀下的长羽毛，接着又自鸣得意地说："当然，如果有双翅膀就更牢靠了。那位开都大叔，恐怕会吓一跳吧。"

狭也将原本要脱口而出的话又硬生生吞了回去。鸟彦似乎对变身乐在其中，绝不会为此悲叹，至少在狭也面前，他让人觉得即使他开口说了什么也绝不会语带哀叹。

"……要小心喔。"狭也只好这么说。

"再会了。"目送他神采奕奕飞向天空的姿态，狭也心想，自己若有鸟彦一半的果敢就好了。

2

就在骄阳最耀眼的时分，一行人分坐两艘船，划向在白昼中波光潋滟到令人目眩的汪洋大海。两艘船掌舵的随从十分熟练地摇着桨。狭也和岩夫人同乘一艘船，她手遮阳光眺望着水波相隔的另一艘小船。小船上科户王面对船身颠簸依旧毫不动容，摆出勇猛威严的架势，与翩然纤弱的稚羽矢完全成了对比，狭也因此胡思乱想起来，觉得眼前的情景活像人口贩子带着买来的少女在赶路。

小船晃动相当厉害，不过并没有翻覆的危险，在乘风破浪前进中，水面留下了船航过的波痕。迂回绕过了峡端，断崖再度渐渐低伏，连崖上苍郁的黑暗森林也一览无遗。一行人越过好几处激起翻白碎浪的岩地，小心翼翼靠近岸边，这时断崖突然出现凹陷，隐藏在后面的峡湾展现眼前。狭也一边望着岩棚上成排的海鸟巢，一边踏入此地，里侧的海湾霎时变得平静无波，在烈日照射下，海滨和森林皆透着静谧，蕴藏着一种神秘气息。

然而，会有这种想法，或许是因为她一想到在等待自己的族人，就紧张不已的心情所致。整处峡湾宁静到没有一丝声息，让人警觉得眼中发亮。然而并没有出现偷袭，他们走上渺无人烟的海滩，边忍受着酷热边开始沿河川逆流而上。谁都没有开口，只听见蝉鸣聒噪。不久，地势变成山谷，到处布满岩石的道路更加险峻起来。

稚羽矢猛然抬头往上一瞧，狭也跟着仰头，看见在前方树木稀疏的岩壁上有个小人影。那人影挥挥手后立刻消失不见了。狭也心想，那意思大概是要他们攀爬到那里，她因此突然感到精疲力竭起来。无风的下午，即使走到树荫下也暑气难耐，她满身是汗，完全没有攀登岩壁的力气。然而，这些顾虑是多余了，因为再走没几步，一群体格魁梧的大汉就出来迎接他们了。

"在下恭候各位多时，请恕未能尽早远迎。"一位像是队长模样的蓄胡汉子，恭恭敬敬低下头来。大汉约有二十多人，头上全都扎着黑头巾，晒黑的袒露胸膛上穿戴着短甲般坚硬的皮质护衣。眼前的他们虽然恭谨有礼，狭也却直觉这是一群粗鲁的莽汉。科户王以倨傲的态度接受他们的致敬。

"辛苦你们了，抬轿来吧。"

立刻有四个男丁抬来两顶由长柄支撑、没有华盖的轿子。狭也正好奇地观望时，科户王催促她说："快坐上去吧。"

"是要我坐吗？"狭也惊讶地反问，没想到可以不用顾及科户王，只有自己乘坐。她左顾右盼着，为难地道："我……走路好了，毕竟我还没有那么累。"

轿上的岩夫人说："别礼让了，坐上来吧，你是我们氏族的公主呢。"

狭也没有办法只好坐上轿子，可是因为她太在意别人为自己抬轿，结果全身紧绷，感觉比走路还更累人。

不多时，就在一行人的前方，展开一片以岩壁为衬托屏障的洼地，草地青翠清爽，还可望见耕作中的旱田。随着队伍前进，崖下成排的房舍前聚集着民众，正高声欢呼着。这让狭也想起初次进入辉宫的那天，在小雨中井然列队迎接的人群，不过在这里的是一群更欢腾的民众，还有小孩和狗儿来回蹦跳着。

"看啊，终于回来了。"

"守剑的公主归来了。"

"那位就是尊贵的大蛇剑公主。"

狭也听到众人纷纷说着"快让道、快让道"，她庆幸能借到这顶有薄绢垂边的遮阳笠帽，可以尽量将面孔深藏在笠帽暗处。他们推崇备至的称赞语气，比任何迎接方式都更让她惶恐不已。她诧异着鸟彦到底用了什么方法事先通知大家的同时，只能极力隐忍这种心情上难以调适的不舒服。

就在鹫乃庄的最深处，可以看见开都王的馆邸。门前是这片山谷中最宽阔的广场，馆邸后方接连着垂直峭立的山崖。王邸是建成离地架高的形式，宛如立在岩壁上的棚架，呈现出横向扩展的格局，不过看起来规模并不壮观。狭也知道，在真幻邦的国都，即使朝臣的馆邸都建造得比此处更气派恢宏。但后来她才发现自己判断有误，原来开都王邸最核心的部分竟然建在岩壁里。

独眼的开都王来到门口迎接众人，他脸露笑意，那是一种岩石受风雪横扫过的坚韧笑容。他一只手拄着生有木瘤的拐杖，而鸟彦仿佛装饰般停在杖头。

"欢迎你来。"开都王的声音十分和悦，其实不像脸孔那么吓人，他以深厚温和的语调对她说："如今我更能深深了解你是个坚强的女孩。"

狭也带着有点儿闹别扭的心情，暗想假如自己当场放声大哭，不知大家会做何感想，然而她到底还是顺从良知，默默地低下了头。

"再过不久，伊吹王也会从远方来会合，如此一来，我们又会再度齐聚一堂。你就先在这个馆邸歇息吧。"

沉着稳健的开都王招待一行人进入馆邸内。他那只若无其事却凡事绝不漏看的单眼，正锐利盯住稚羽矢。开都王等岩夫人从身旁经过时，以他人听不见的声音轻声问：

"那人该不会是——"

"就是那人哪。"老婆婆仰头说。

就连开都王的脸上也难掩震惊之色，他不禁凝视着稚羽矢的背影，"就是他？真没想到是这么生嫩的小子……"

"是啊，他是个孩子，还没长大。"不断眨动睫毛稀疏的大眼睑，岩夫人悄声说，"正因如此，他才在我们手上。"

狭也来到的房间格局细长，一侧靠着岩壁，感觉像设在棚架上，不过凉爽舒适得令人意外。狭也多少因旅途劳累，忍不住打起盹来，过了半晌才发现身边有个正襟危坐的年轻女孩。她是个圆脸而表情开朗的姑娘，虽然梳着盘发，但发结看来像是刚开始学习盘起似的，许多扎不惯的发丝纷纷松落下来。

"我叫奈津女，是来照顾您的。有什么需要的话，还请尽量吩咐。"她口齿清晰地说。年龄看来和狭也差不了多少岁，但能感觉到她的稳重和自信。

"啊！我太高兴了。"狭也跳起来叫道，"真高兴来照顾我的不是个老婆婆，你可以陪我聊天吗？"

微露惊讶的奈津女睁大眼睛，随即笑了起来，答道："好的，如果不嫌弃的话，非常乐意为您效劳。"

"你结婚了吗?"不知这里是否和自己家乡情形一样,已婚者会把发结盘起来,狭也一边担心自己莽撞一边期待着答案。

"是的,就在这个春天。"奈津女答道,脸孔染起一抹纯情的红晕。

"真好。你丈夫是什么样的人呢?"

红着脸的奈津女咻咻笑起来,"公主真是的,过阵子会告诉您的。我丈夫也在这座馆邸当差。"

奈津女生来就是个勤快的人,总是手脚利落地打理事情,还处处贴心照料狭也,让她在人生地不熟的地方依然过得无拘无束。对奈津女而言,做这些事情可是既快活又乐在其中,因此旁人看了也觉得心情舒畅。狭也难得遇见这样一位可以交心的人,因此乐得黏着她,好几天都不离开馆邸一步。狭也听说稚羽矢也同样有侍女照料,过得也不错。然而,像这种大门不出、对新地方及新民众完全视而不见的行为,姑且不提稚羽矢,对狭也而言,实在不像她的个性。

即使本身没有察觉,但至今为止经历了一连串事件的过程中,她毕竟还是受到不小伤害,那些伤痛让她变得胆怯,鹫乃庄的众人对她投以尊敬到无法理解的目光,也同样令她困惑、畏缩。

不过尽管如此,狭也毕竟是个年轻而拥有健全恢复能力的女孩,好几天下来,她原有的那份好奇心渐渐活络起来,一直待在窄小房里实在无聊得受不了,就在她寻思能用什么借口外出时,备好晚膳的奈津女回到房间,忽然提到:"那位贵客好像在找什么呢。"

"哪位贵客？"

奈津女似乎有点脸红，"该怎么称呼呢？就是那位长得很好看的——"

"啊，你是说稚羽矢。"狭也感到不可思议，望着奈津女慌张的模样，"稚羽矢怎么了？"

"我在主屋旁边看到那个人，他看起来好像在找什么东西，所以我把他叫住，但他好像没听见就走开了。"

"这就怪了。"

狭也想不出个所以然，不过她觉得让稚羽矢单独走来走去并不恰当，于是站起身说："去看看也好，带我去你见到稚羽矢的地方吧。"

在奈津女的领路下，两人穿过伙房来到广场，那里并没有看到稚羽矢。于是又稍微走了几步，绕到外围栅栏的附近，就在成排的侍卫监舍前，她们发现了正被数名士兵团团围住的稚羽矢。

果然不出所料。

狭也和奈津女急忙跑过去，士兵发现是她们，就将紧抓稚羽矢胳臂的手放开，恭恭敬敬地向狭也低头行礼。

"啊！公主，您竟然还来这种骚乱的地方。"

狭也多少能预期他们的反应，但在见到士兵们突然态度转变成谦恭的模样，还是让她惊讶得无所适从。就在不久前自己还是个乡里小民，她觉得自己不该受到这份礼遇，可是她也不能接受了别人的敬意，却反怪人家的不是。

"请问他惹了什么麻烦吗？"狭也边走近稚羽矢边问。

"这个人完全目中无人，一心只想接近武器库，所以我们才会叫住他，但他对我们的询问连答都不肯答。"一名士兵答道。

"哎，"狭也仰看神情恍惚的稚羽矢，"你到武器库来做什么啊？"

稚羽矢将在远方游移的视线拉回，好不容易定在狭也脸上，说道："不是这样的，我在想有没有可以通往山崖上的路。"

一听此话，士兵们又再度表情僵硬起来，"你到山崖上有什么企图？只有哨兵才准许站在那里。"

狭也慌忙替他辩解："这理由没什么大不了的，他只是不习惯这个地方而已。"

"我们知道他是和公主一起来的贵宾，不过有这种可疑举动，我们也绝不能坐视不管，事情总怕有个万一。"士兵中一个看似士官且态度认真的男性说。

"你们要怎么处置稚羽矢？"

"我们会将形迹可疑的人关进牢里，过一阵子再盘问他。"

狭也惊愕地屏住气息，"我可以担保他绝不是什么可疑人物，开都王那里我也会去禀告，所以能不能请你们饶过他？"

士官感到很为难，最后终于说："您的请求在下十分明白，然而这是我们职责所在，如果怠慢，就是失信于开都王，还请公主见谅。"

狭也咬唇想道，事情果真麻烦了。不过就在这时，他们身后响起一个声音。

"守剑的公主既然这么说了，就放了他如何？"

回过头，只见科户王正站在另一边眺望此处。科户王的体型瘦削，明明体格没有其他人高大魁梧，但只要立在那里，就有一股远远凌驾眼前这些士兵的威迫感。他也是受鹭乃庄款待的宾客之一，感觉像是没什么事，恰巧信步经过这里。

士官的语气稍挫，说道："真是对您冒昧之至，科户王，但他根本听不进我们的制止，如果这样放走他，会坏了本要塞的铁律。"

　　"不要为这点儿小事刁难那个人，听说他只是脑筋有点儿异常罢了，本王也和公主一起保证，请把他给放了。"

　　"……事情是这样吗？"士官仔细打量稚羽矢，表情变得十分同情，"如果这样那就网开一面，下不为例了。"

　　"当然不会有下次。"狭也匆匆接口，然后催促稚羽矢快走，他于是顺从地跟上来。在回馆邸的途中，狭也觉得心里很不自在，斜瞥着走在身旁的科户王，犹豫是否该说声道谢。虽然狭也感谢对方出言支持自己，不过科户王的说辞实在让人不敢苟同。

　　科户王也板着脸横眼瞧她，然后语气冷淡地说：

　　"我可不能让稚羽矢泄露底细，大多数的暗族人都还没有接纳辉神神子的心理准备，他很可能自身难保。如果他想再这样任意出走，干脆去蹲牢房或许还省事得多。"

　　狭也本想出言反驳，科户王却迅速抽身背向馆邸离去，她只好气呼呼地向稚羽矢发泄心中的不满：

　　"你被人家讲成那样也无所谓吗？那个人说你是傻瓜耶。"

　　"是吗？我没注意。"稚羽矢答得心不在焉，让她觉得哭笑不得，只好闭口不提。

　　"……你登上断崖打算做什么？"狭也重新调适心情后再问，稚羽矢忽然像换了个人似的表情生动起来，对她说：

　　"今天早上有什么东西在那里，虽然离我很远没能产生心灵感应，可是确实有某种东西来过。是我从来不知道的动物，就像鲨鱼那样。"

看他态度一百八十度大转变，狭也终于了解，对稚羽矢而言，刚才与士兵的纠纷是多么微不足道。

这么说来……

狭也忽然察觉，在来这个隐谷的路上及来到此地之后，稚羽矢变得异常沉默寡言，除了狭也以外，从没见过他与别人开口交谈，这让她重新升起一股对往后日子的不安。

稚羽矢真的听不见士兵的声音——而不是充耳不闻？

当夜，开都王唤请狭也前去，并将科户王所讲的同样意思又对她叙述了一遍。说来说去，开都王的表达方式都更和缓且字斟句酌，只是他仍想知道稚羽矢为何兴起想登山崖的念头。

"我也不太清楚，他说有什么动物在崖上，好像是他喜欢的某种东西。"狭也左思右想后答道，"他总是恍恍惚惚的，但对奇异的事物很敏感，所以我想也许真的有什么东西。稚羽矢的感觉似乎与一般人不同，在海边时他也说过听见海神的声音。"

开都王很感兴趣地倾听狭也说的话。"是吗？但是这座山上应该没有神明，除了哨兵以外连一个人都没有，有的话，也只是鹿或羚羊而已。"

"说不定就是那些动物。"狭也不太有把握地说，"因为稚羽矢关心的总是与人无关，而是动物……"

"嗯。"独眼王者一个人颔首思考着，又突然像是想到了一件快活的事，对狭也说道："那么明天我也一起登山崖吧，我才正好想到别怠惰筋骨，打算去猎鹿。他有射过箭吗？不——大概没有吧，当然没有。总之由我带路吧，可以的话，你不妨也一起来。"

3

次日一早，狭也系好裤袴的袴结，兴高采烈出门去了。她刚半开玩笑地向奈津女说随行打猎的话想要一件裤袴，奈津女就真的去准备了。

在羽柴是不允许女孩穿这种服装的，而在辉宫里更是只要开口一提恐怕就会受罚。然而，狭也其实心里想过，就算一次也好，真想试试照日王那种舍弃裙裳、英姿焕发阔步而行的模样。奈津女准备的是一件有草染镶边的纯白上衣和下袴，脚结的红绳上缀着小玉饰。狭也表示谢意，奈津女就说：

"没什么，只要是暗族的女性，打仗时就必须穿着男装，不让须眉地勇敢作战才行，所以我们大家都有一套因应不时之需的装束。"

"奈津女，你也打仗吗？"狭也惊讶地反问。在她听来，奈津女的说法就像小鹿装上獠牙，与她那温婉的形象很不搭调。

"如果敌人攻来的话，我也必须守护该守住的一切。"奈津女答道，接着又语气略微严肃地附带一句，"辉神神子的军队是连女孩都不会手下留情的。"

来到邸外，鸟彦立刻从枝梢翩然飞下，停在狭也的臂弯上。

"啊，裤袴装扮喔。"

"是呀，很英武吧。"

"跟稚羽矢半斤八两嘛。"鸟彦答道，"说到那家伙的手臂，瘦巴巴的不输给狭也，连他拿的弓都要哭哩。你看！"

只见稚羽矢虽然全身猎装，弓箭佩挂也一应俱全地站在那里，但再怎么看都觉得他不过是借人行头做做样子罢了。他身旁的开都王郑重其事地全副武装，皮护肘上栖着一只老鹰。就在狭也带着鸟彦走近时，开都王微蹙着眉回过头来，"鸟彦啊？原来你也想跟来呀。你在场的话，我的斑尾就安不下心，这样可不行。"

脚绑细绳的老鹰发出高亢的鸣叫，霎时将羽翅忽展忽收，看似要飞扑向乌鸦，但实情恰恰相反，这只老鹰其实怕极了鸟彦，倒是稚羽矢正频频观察着那只老鹰。

毫不在意的鸟彦向开都王回道："有什么关系？今天打算抓的是比老鹰食物还大许多的猎物吧，您明明出动了一大群赶猎兽的人。"

"真服了你，算了，你来可以，但别靠我太近，否则斑尾会扯断绳子逃走的。"

"谁会靠您太近？我要和狭也在一起。"鸟彦上下摆着头，对狭也说，"让我来教你怎么射箭。我呀，以前可是有点儿名气的短弓射手喔。"

一行人于是出门打猎，穿越鹫乃庄选择山路。鸟彦悄悄告诉狭也，馆邸内的岩壁上其实有一条直接通往崖上的捷径。

"这是秘密喔，开都王是个精细聪明的人，他会私底下把一切都做好安排。"鸟彦小声说，"你看，就连那只老鹰也是。打猎根本用不着它，还特地带它来，就是为了吸引稚羽矢，开都王是打算借鸟儿来化解彼此之间的隔阂。"

经鸟彦这么一提，狭也注意到，稚羽矢当真完全被老鹰吸引住，他离开狭也等人，径自跟随开都王先行离去。狭也耸耸肩道："也好，希望他们至少能和睦相处。"

山中的树叶愈厚愈沉，常春藤和灌木丛茂密生长，遮挡视野变得混淆不清。此时并非狩猎的好季节，开都王一行人却不以为意，他们接连越过树碍草阻而继续前进，狭也因此放弃勉强与他们同行前往猎场的打算，就在森林尽头停下来，决定跟鸟彦学习射箭。她对着树靶拉弓射箭，半玩半学直到日正当空，倒也消磨了一些时间。

偶尔有赶猎兽的人吹笛哨的鸣声，还有太鼓的音韵，穿过林间隐约传来，在黎明前出发的赶猎兽的人逐渐缩小范围，将猎物赶向射手伺机守候的河岸地。无意间听到声响的狭也凝神倾听动静，与此同时，她觉得比起射向等待已久猎物时所感觉的兴奋，她更强烈感受到一种野兽想逃脱死亡逼近的声响和无处可逃的战栗。脚健如飞、耳聪万里的动物们，生命既然赐予你们这份天赋——那就逃吧……逃吧……逃吧……

"你怎么了？"

狭也被鸟彦一问，才回过神来。

"没，没什么。"

"狭也怎么看都当不了神射手呢。首先，注意力就不够集中。"就在鸟彦毫不客气地指出缺点时，狭也极目所见的地方有个形体微晃了一下，原来有个明亮的赤褐色身影倏然通过林木的彼方。

"快准备！弓啊！弓！"不禁鼓动翅膀的鸟彦忘我大喊着，但狭也完全不想要射它，透过灌木丛看到的是一只令人叹为观止的美丽雄鹿，尊贵高昂的鹿首上，堂堂耸立着七岔八岔的犄角，喉头处的毛色如银，背上色泽浓深，十足说明这只鹿是经过无数岁月历练而生存下来的老手。

雄鹿的漆黑眼瞳仿佛投着询问目光，稍瞥狭也一眼后，就从容不迫消失了身影。它的态度展露让人为之陶醉的气息，目送它离去一会儿后，狭也对鸟彦说：

"那只鹿简直像这片土地的神明，如果有人这么说，我可能真会相信。"

此时，狭也还不知道接下来打猎的那一行人会弄出多么惊天动地的骚动。

就在暑热渐盛中，鸟彦猜想打猎的那一行人也该越过山头了，就飞去探个究竟，却又慌慌张张扑翅回来。

"狭也，稚羽矢好像逃走了，大家不追猎物，都去追他了。"

"你说什么？"气急败坏的狭也高声说，"真不敢相信，为什么稚羽矢要逃走？"

"反正开都王叫你快去，赶快！"

狭也立刻起身，急忙跟着鸟彦前往猎场。

开都王的所在之处，是从位于猎场的河岸再往上攀行一大段距离的森林中。一看到气喘吁吁的狭也，还不待她开口问起，开都王就立刻先说：

"我也不知道是怎么回事，忽然间，他抛下弓箭一溜烟跑走了。我从没见过跑那么快的人，有这么多人在追他，却还是没办法抓到他。"

"那是什么时候的事？"狭也问，"稚羽矢一直在您身旁待到何时？我是指他在那只叫斑尾的老鹰身旁待了多久？"

"现在驯鹰师带着斑尾去追稚羽矢了，可是他连老鹰也视而不见。跑走的原因是我们看到一只鹿，那是一只超过八岁、形象相当罕见的大鹿，因为遭赶猎兽的人追捕而跳出来，在射它之前，稚羽矢就猛冲出去了。"

"去追鹿吗？"

"不，他背向着鹿。"

狭也偏着头寻思，"怎么回事呢？"

"你也不明白吗？"

"并不是所有关于稚羽矢的事我全都明白。"

"可是，他简直像生了飞毛腿，完全不像人——"开都王发出呻吟，"真是被他的外表骗惨了。"

狭也稍微担心起来，于是请求道："在查明真相以前，请您别责怪他。我想一定是什么单纯的原因，因为他有时会童心未泯。"

开都王虽然点头，却仍旧眉头深锁，"这我知道，不过，他始终不肯束手就擒，或许只好以对付猎物的方式张网逮捕他，但我会尽量不让他受伤害。"

隔了一会儿，试着去围堵稚羽矢的开都王部下来传报，说不知何时少年已穿过围堵消失无踪，搜索因此变得更长久耗时。狭也挂念起一件事，不过还无法确定自己的猜测是否正确，因此决定在见到稚羽矢以前先保持沉默。日头缓缓西偏，开都王终于对狭也说：

"黄昏后的山路很危险，你带着随从先回馆邸吧。不用担心，我们一定会带他回去的。"

鸟彦则抛下一句"趁鸟眼还明亮，我也加入搜索"，就飞走了。狭也虽然心中十分牵挂，可是无法违逆开都王的命令。

早知如此，我就不该放弃打猎，一直待在他们身边就好了。

狭也觉得真是自作自受，后悔自己刻意没有即时与开都王等人会合，她默默走下急陡的坡道，在看到鹭乃庄时，发现远方聚集着一群人。

"怎么回事？"她询问随从，可是他也不清楚情况。稍微走近一看，随从就松口气答道：

"原来是伊吹王驾临了，在下必须前去传达开都王无法迎接的原因才行。"

这时狭也从聚集的人群中认出一个身形特别庞大的巨汉，即使一般大人在他身旁，也有如受父亲照料的小孩。狭也跟随从穿过人墙，来到伊吹王面前，巨汉一下子就认出狭也。如熊脸般蓄着浓髭的面容瞬间显得神采奕奕，一咧嘴露出豪爽的笑容。

"喔，是水少女——狭也吗？你看起来气色很好，真是谢天谢地。"

然而，狭也脑海中并没有在想该如何答礼，她的眼睛牢牢盯住的不是伊吹王，而是被伊吹王揪住手臂，不停挣扎扭动的这号人物。先前由于被人们背影挡到，因此她没瞧见此人。这个满身刮伤的家伙急躁地想挣脱手臂，但伊吹王偏偏任打任踢不受动摇，不过当伊吹王眼见对方准备咬他时，实在感到不胜其烦，就将那人轻轻一抛扛到肩上。

狭也一边对他的蛮力过人感到佩服，一边惊喜地叫道："稚羽矢——"

男随从也惊讶问道："请问您在哪里捉到他的呢？"

伊吹王不停眨眼，以空下的另一只手摩挲着脸。

"没什么。其实我想该带个见面礼什么的，就绕到旁边那座森林里，但猎物一只也没来，反而是这家伙飞蹦出来，我总不能放他挂在荆棘丛里不管。不过我很惊讶，他竟然就是开都王在找的人。"

伊吹王瞥了一眼肩上拳打脚踢的小子，又说："但，他这副德行还真可怜哪。"

"总之——请先让他站着好了。"

狭也打量着眼前总算站在地面的稚羽矢，他当真是挂在荆棘丛里，模样实在惨不忍睹。发髻扯得蓬乱、衣服破个稀烂，脸上手脚上都刮得伤痕累累正渗着血。然而比这更糟的，就是从他乱发中望向自己的眼神，让狭也为之错愕屏息。他的眼中不再映有狭也甚至任何人，只是一双怯懦无比的眼瞳，暴露出内心藏宿的恐惧、绝望及无知。

"公主，在下这就回山里向王禀报已经发现稚羽矢。"

随从说着转身正要离去，狭也叫道："不对，这不是稚羽矢！"

"您说什么——"

狭也打断随从的话，再次说道："这不是稚羽矢，在这里的是那只鹿，是附在他身上的鹿。"

伊吹王再度眨着眼，眨眼的话可以让他头脑更灵转。"我还是不了解你说的意思。"

"就是说稚羽矢又灵魂出窍附到鹿身上了。他连会落到这种下场都没考虑清楚，就在打猎途中临时起意。"

倘若想附身别种动物，就会有这种结果随之发生。狭也忆起稚羽矢压住自己挣扎身体的情景，那么，当时狭也体内存在的正是老鼠——如此一想，她到现在还觉得体内怪怪的很不舒服。狭也一伸出手，稚羽矢就倏然后退，低头摆起攻击姿势，那正是想用看不见的鹿角顶她的模样。

"别怕，是我喔。"狭也低声轻哄他，"还记得吗？我没有射你，不是吗？我发誓不会伤害你，反而是想帮助你。静下心来，我一定会尽快帮你恢复原状。"

狭也反复平静地诉说几遍后，狂乱焦躁的稚羽矢逐渐缓和气息，力气也减弱下来，怯生生地窥视着她的脸孔。当狭也再次轻轻伸出手，他就像兽类的动作般先用鼻子嗅着，然后才顺从地向前行走。

"好乖好乖。"狭也疼惜地摸摸他缠着小树枝的头发。就在此时，她猛然想起一件事，立刻回头对随从说："请赶快告诉开都王，就说我希望能抓住一只长着分岔八角的雄鹿。绝不能射死它，因为那才是真正的稚羽矢。对了，不过带他的身体过去可能更快……"

狭也忽然焦急起来，她现在瞬间萌生一个念头，开都王的部下很有可能在浑然不知的情况下，已经一箭射杀优哉游哉靠近人的雄鹿。因为，这很像是一派悠闲的稚羽矢极有可能做出的举动。

"必须快点儿去才行！请告诉我到崖上的捷径，如果不立刻前往阻止，可能就会来不及。"

"可是……"随从犹豫地支吾着。

狭也环视周围的人，发觉他们都还无法认清事态。

好在伊吹王说："就遵照守剑公主所说的去做吧。就算我们无法理解，其中也必定有什么原委。"

随从迟疑地望了伊吹王一眼，听到这番话就立刻遵旨行事。他带领狭也等人朝向王邸旁边出发，那里在馆邸遮挡下藏有一处不为人知的山洞，那座天然洞穴经人工整饬过，通往洞内凿宽的深处有一道岩石削成的石阶。

手持火炬的随从向大家招手示意道："就是这里。"

虽然狭也并不觉得难走，但让胆怯的稚羽矢走上石阶实在是件苦差事，生怕他突然暴蹿起来，因此她紧跟在身边连劝带哄，任由他一阶一阶慢慢往上爬。同行的伊吹王必须低头拱身才能通过，可尽管如此，仍有好几次撞到头的声响回荡在窄洞里。

忍耐一段路之后，他们总算感到一丝微风，夜空重现，只见星光闪烁。外界天色已全暗，监哨的士兵以语气尖锐地查问来者何人，随从迅速说出暗号，于是哨兵不再盘查。

"你们有没有看到一只雄鹿？它有一对很漂亮的角。"狭也面向篝火眯眼问着，哨兵们回答没有见到。不过稚羽矢看来十分镇定，频频将脸转到面对风向。

"我们稍微等一下吧，如果他不是傻子，最后应该会来这里。"

狭也话音未落，篝火明映的林木间有了一点儿动静。惊得众人瞪大眼睛，发现在火光映射下出现闪烁乍亮的黑瞳，还有化成黑影的一对高耸犄角正在晃动。

"稚羽矢！"狭也原想平静出声，却忍不住尖声高叫，"快回来，你也真是的。"

雄鹿忽然飞跳起来，然而从它的举动看来有点儿不灵活，狭也发现它的后腿插着一支断箭，因此感到十分心疼。

这时，稚羽矢忽然开口说："呼——好累。"

狭也陡然一惊，就在她刚回头时，鹿纵身一跃跳入灌木丛中。

她连忙叫道："等一下，疗伤——还没疗伤。"

但是鹿再也没回来，就这样消失在黑暗中。

"你知道你给大家惹来多大麻烦？"

回到馆邸的狭也对稚羽矢雨点般数落着。一旦安下心来，她突然忍不住大动肝火。

"一大伙人聚在山里东奔西跑到处找你,连我也一样。还有,鹫乃庄的人都认为你发狂了,你也该替那只可怜的鹿想想看嘛。"

稚羽矢像置身事外般注视着狭也,半晌说道:"狭也和皇姊一样,也会生气啊。"

"是谁都会生气!"狭也冲口回道,"为什么你要如此随便对待自己的身体?就是因为这样,你才不爱惜那只鹿。当你附在鹿身上时,竟让它受了那么重的伤,难道你连一点痛苦都没有吗?"

稚羽矢轮流打量着两臂上的刮伤。"嗯,我会想办法的。"

"你没办法为那只鹿做什么的,或许它会因为受伤而丢了性命。"生气的狭也含泪说道。

她不忍想起信赖自己、还将身子靠近自己的那只鹿的眼神,狭也想起当时被鹿附身的稚羽矢,比现在真正的他可爱太多了。

"我知道了,下次想做梦时会好好考虑的。如果那样也不行的话,就等狭也说可以我再行动。"

"我希望你再也不要做梦了。"狭也说,"这里已经不是神殿,没有任何拴住你、将你藏起来的东西,你不该随意把自己寄托在动物身上出去玩,这种行径实在太可耻了,对自己要负起更多责任来才对。被箭射中时,你应该很清楚自己遭到了多大的危险,难道不是这样吗?"

"嗯。"稚羽矢点点头,只是不像有将话听进去的样子。"我还是生平第一次想变成那么大的动物,它那么高大健壮,所以力量很难驾驭呢。在遇到危险时,我必须控制它的脚力,可是跑起来的感觉真好,实在太棒了。蹄子一蹬岩石,紧接着一瞬间就知道远方哪里有立脚处——不是靠视觉,而是蹄上的感觉。全心全力疾奔时,整个世界都随着变化,大地变淡、风息变浓,全都仿佛流水般……"

狭也才想到难得他说了这么一大串话，就见稚羽矢边说边躺下身，在灯芯草铺垫上一倒头便睡着了。进入梦乡的速度之快，简直比卸下门锁还容易，狭也对他的神技连发脾气都没力，只能定定望着他的睡颜。

那是一张幼儿般的睡容，没有任何烦忧，紧紧闭拢的睫毛落下长影，嘴唇微绽开着，完全是一副天真无邪的模样。

"公主。"身后传来奈津女的轻轻叫唤。

狭也发觉自己的语气也变得轻柔，"嗯，你能不能帮他疗伤呢？轻轻地，别惊醒他。"

"我也是这么想，所以准备好药草和热水。"奈津女利落地配好药方，将布浸在盛装热水的盆里，开始清洗伤口上的血渍和污泥。然而才隔不久，她却低声惊叫起来。

"哎呀，这——到底怎么回事呀。"

狭也注视着眼前的一幕，也怀疑自己是否眼花。就在奈津女洗去血渍的地方，出现了光滑完美的肌肤，连伤口痊愈后的桃色新痕都不曾留下，仿佛打从开始就没受过任何损伤。

夜色更深，狭也的房间里出现一位不太面熟的少女行礼说：

"开都王等诸位在里间安排宴会，请公主和稚羽矢也一同出席。"

狭也想起这个少女确实在岩夫人房间服务，于是问她："稚羽矢已经休息了，能不能不出席呢？"

"已经为您两位准备好席位，还请务必出席。"尽管少女语调客气，说得却十分坚决。因此狭也便去摇醒稚羽矢，拎着起身后还呵欠连连的少年，跟随带路的少女一同前往。

所谓的"里间"，并不是指馆邸外侧，而是指岩壁中挖凿的房间，或许这座王邸内还设置了几间同类型的隐藏式房间。狭也深深感觉这真是一座奇特的馆邸，究竟是将洞穴掘宽，还是从山壁挖开——无论哪种方式都工程浩大。洞穿的廊壁上没有任何凿痕，而防止塌陷的支柱及复杂交架的天井梁柱架构上，也没有草率搭建的痕迹。点着淡黄色兽油的油灯，明亮的岩屋中沁人心凉，或许冬日会变得暖和。与建造得不够万全的王邸相较，此处更显气派。

走了不久，可以看见尽头处的绢帐中朦胧透出光芒，原来已到岩夫人的房间了。开凿的岩壁上悬挂毛皮和绢制的覆盖物，地面铺着厚质织布，狭也觉得房内的陈设气氛虽凝重，但空间宽敞到不会让人喘不过气来。房内飘着淡淡的宜人香气，中央立着十分醒目的大蜡烛，物影在四方摇曳，或许还在蜡烛里添放了薰香。

众人各自坐在灯芯草编织的席位上，房间内侧坐着岩夫人，右方是开都王和科户王，左方则是伊吹王和鸟彦，众人围绕成圈。狭也看见摆出做作神情的鸟彦，以乌鸦之身独占一席，觉得十分有趣，心情也稍微轻松了些。席前有两个空位，两人于是入席将环绕的席位补满。众人面前酒肴罗列，除了伊吹王以外谁都没有动筷。狭也和稚羽矢入席后，坐在岩壁内侧的岩夫人开了口。她的声音细微，却清晰可闻，让狭也开始察觉实在没有任何房间比这间更可严守机密了。

"大蛇剑及守剑的巫女两者都回到我族手中，今天我们终于能再度集结原有力量，现在正是我们扭转数十年来劣势的大好时机，一切与我们有关的预兆都是吉兆。诸王，好好尽力吧，女神的意念与你们同在。"

在座诸王恭恭敬敬行了一礼。狭也心中讶异，这个可以被人只手抱起的老婆婆，竟拥有如此高的地位，而自己至今却丝毫未发觉。岩夫人沙哑而奇特的嗓音与平日无异，但忽然让人觉得宛如暗神正亲临宣示一般。

岩夫人停了半晌，继续说："在此倒是有一件事必须告诉各位。长久以来，不知经过多少岁月，暗族与辉神神子一派就征战不断，然而，目前出现了意料之外的局势，那就是我们发现了只有在预言中才出现的那位能驱使大蛇剑的人物。这是否算是吉兆，我也无从判断，因为这是超越断定吉凶的预兆，也是破天荒的事情。水少女自古以来就是我族人氏，她镇守大蛇剑，让剑里的邪恶继续沉睡；不过据说同样能够驱使大蛇剑、将剑操控在手中的人也只有一个，这个称为风少年的人物首次逃离了辉宫，现在就在我们眼前。"

满脸惊愕的众人面面相觑，将视线全投向了稚羽矢。

4

诸王无声无息地盯着稚羽矢，接着渐渐面露疑惑的神色，就连狭也的反应也一样，因为实在没有比稚羽矢能驱使大蛇剑这件事更令人难以想象了。稚羽矢此时非常想打瞌睡，因此即使在众目睽睽下依然比平常看来更加神情涣散，似乎对岩夫人所说的充耳不闻，只是呆呆望着某处。

开都王清清嗓子，说："他是风少年呃……老夫人，这可是千真万确的吗？"

"稚羽矢是将剑转化为巨蟒的人物，而且他给辉宫一举重击这件事，你们应该也很清楚。既然要让巨蟒现出原形，岂有无人丧命之理？"

"他是辉神神子，绝不可能会死。"科户王冷冷插嘴。

"不，巨蟒拥有连辉族都足以消灭的力量，这可从照日王或月代王为何不碰这把剑来推想就可得知。"

伊吹王仔细端详着稚羽矢，他的表情上明显写着他依旧相信这少年是精神失常。

鸟彦说："要稚羽矢挥剑，等于是叫我去挥剑嘛。"他将两翼张开，"换句话说根本是免谈。"

科户王以不容置疑的语气对岩夫人道："就算他当真是风少年，辉神神子的身份也不会改变，既然是神子就会替辉神效忠，我们不能养虎为患。"

"不只是这样喔。"垂下老皱眼睑的岩夫人将眼半张，"或许照日王从很久以前就预卜到稚羽矢的命运，才在不为人知的情况下将他长期禁闭。一旦让他觉醒，对辉族来说绝对会造成莫大危害。神子们即使取得了大蛇剑，还不是无意还他自由？岂止不让他挥剑，还派他担任水守剑巫的职责，好让剑继续沉睡下去。照日王之所以能顺利镇住剑邪的原因，不在于控制大蛇剑本身，而是制伏了可以唤醒剑的稚羽矢。"

露出严肃表情的开都王陷入深思，断断续续又问道："……不过，到底会发生什么事？也就是说如果稚羽矢加入我们，而且还能操控大蛇剑的话？"

"不知道，可能会有极大危险随之而来。"岩夫人合起细瘦的双手，"然而，这只是一种预感罢了。我觉得风少年出现在我们面前的这个预兆，就是象征长期的争战到了该做个了断的时候。虽然无法设想局势会如何转变，不过应该要把握良机才对，不是吗？"岩夫人幽幽地叹口气，看着开都王，"开都君，你说是不是呢？"

独眼王者发出一声叹息，接着沉默不语。

突然，伊吹王的破嗓声响起道："如果这个瘦巴巴的小子非要挥剑的话，就让我来教他技巧好了。虽然不敢说有何帮助，可是还没锻炼就先认定他没能力，这也未免太蠢了。"

在一连串沉闷的对话中，众人听到了这天外飞来的提议，都觉得精神一振。

于是，岩夫人脸上的皱纹化成和缓的笑纹，说："这的确是个好法子，伊吹君。即使稚羽矢拥有驱使大蛇剑的力量，也受制于他的生嫩而无法驾驭自如。他没受过剑术修炼，这点与在座的水少女十分相像呢。"

突然被点到名字的狭也连忙头一缩，岩夫人从正面直直地望着她。"狭也，你身为掌管大蛇剑的公主，也是长期以来镇守剑的水少女后裔，你会同意将这把剑交给风少年吧？"

狭也想起那把收在岩夫人所给的刀鞘中，目前还放在屋内的镶嵌赤石的长剑。尽管她如何费心，仍旧没有一点身为巫女该有的执着于剑的热情，那把剑是个阴险、麻烦、令人厌恶的重担，如果有谁愿意替她一肩挑起，那么人生最爽快的事也莫过于此。

"好——"狭也话说一半就此打住，她忆起从辉宫拼命远逃的过程中，就在自己濒临昏厥之际，壮丽的国都已惨遭黑烟笼罩。如果将剑硬交给稚羽矢，果真就能一了百了吗……

沉默不语半响后，狭也说："如果稚羽矢有担当的话，我会乐意答应的。"

"这样就行了。"岩夫人深深点头,"稚羽矢还在沉睡中,还没从照日王的咒缚里苏醒过来,他需要你的帮助。独处的岁月实在太过长久,因此他还不了解与人相处之道——在他眼里能以平常心看待的,如今也只有你一人啊。"

狭也小声喃喃道:"我觉得他也没有以平常心在看我。"

"反过来讲,能了解他的人目前也只有你一人,你在稚羽矢身边帮助他吧。两人一起做判断,同时学习各种事物,因为,你也还不算能充分掌握自己的力量呢。"

再次摇醒开始打盹的稚羽矢,离席告退后的狭也走向自己的房间,左思右想都觉得自己被岩夫人的能言善道哄得团团转,这点先不提,今后她又要承担比过去更麻烦的包袱了。

每日暑热如常,蝉声却开始有了变化。虽然是炎炎夏日,脖颈上却偶然拂过一丝凉风,于是抬头一望,只见红蜻蜓已在轻飞,早晚的露水也告知着秋天的信息,季节开始变换了。狭也和哨兵较熟悉之后,可以常到崖上,她知道山上的小荻花姹紫嫣红,也让她想起远在这片隐居山里东方天外的家乡。羽柴的田里已是稻穗浸染金黄的时节,担忧收割是否早于台风来临的忙碌季节也已到来,若是动员全家大小的收割工作结束,就能等待迎接一整年中最热闹的乡里庆典。

然而,这里的情形则完全不同。随着季节转变,民众一样开始活络,只不过人们首先收集开采的却是石头和制弓箭用的木材。开都王邸设有冶铁场,狭也还是第一次亲眼看见"踩风箱"的技术。从深山里搬来的沉黑铁矿送进炉里烧成赤红,再从风箱送风加热,石头在变成极度高温时发出光辉，如蛇蜿蜒溶流而出，紧接着凝结硬固，又再次趁热将熟铁锤薄，浇水淬炼，这时猛冒的水蒸气热度，让狭也等人惊骇得不敢靠近半步。

夏日艳阳晒在男人们的肩背上，只见他们浑身使劲儿上下挥动铁锤，大汗淋漓地在铁砧上锤打，那副模样好比猛鬼附身。他们费尽劳苦，到头来获得的只是充满杀伤力的箭镞和矛枪尖，与狭也边唱歌边收成的金色秋天实穗，走的是截然不同的路数——这是迈向死亡的收成品。纵然如此，那股狰狞汹涌、悲壮凄绝的气势，反而给人一股莫名的振奋，连刺耳的锤响也让全庄的听者感到热血澎湃。

战争开始了。

即使优哉如狭也，也多少能感知此事。人们着手筹备的大量武器，不可能只是为了打山鸟或猎鹿所用而已。士兵们较平时更加斗志昂扬，变得常爱开玩笑，狭也觉得很有趣，但内心到底还是惴惴难安，多少像是等待台风来袭的心境。

岩屋中的老妇房内，每晚召开诸王及众参谋间的军事会议，而侦察兵则不分昼夜地向开都王回报军情。

"若朝北出发，两天即可抵达浅仓的牧场。那是一座直接进献军马到辉宫的牧场，我军先下手为强夺取那里吧。"

某夜，就在各方提议结束前，开都王当众宣布此事。

"我们要抢攻牧场？"

正当大家都略感意外时，独眼王继续说："善用地利及脚力是我们最擅长的奇袭战术，不过这次作战最关键的在于能否慎重预测战局，因此我们必须骑马才行。再过不久，我军与辉军即将在平地正面对决。"

"难不成要我们与辉神神子的大军平等地开战吗？"年迈的将领惊讶问道。

"没错，此后我们将趁势而为。老夫人，您说是吗？"

对于开都王郑重其事的询问，岩夫人面无表情地颔首。

"岩夫人已预知这是辉族与暗族最后决战的战役，我族是否能推翻辉族统治，从辉神神子手中救出丰苇原，或许这是最好且最后的机会。"

在座的众人听到这番话，顿时鸦雀无声。然而，随即又在四处响起窣窣低语。

"是啊，大蛇剑在我方手里，说不定就能打倒辉神神子。"

伊吹王悠然地搔着鼻子，带着疑惑地嘀咕："牧场？不知那里是否有能让我骑乘的巨马。"

紧邻开都王右侧就座的科户王忍不住发表意见，声量却小到像是自言自语，"开都王，你顾虑的是稚羽矢吧。因为那人恐怕没办法跟我们跋山涉水去作战。"

开都王微笑看着他，"我是顾虑到狭也。不过算了，他也一样。"

"公主也同行参战吗？"表情霎时僵住的科户王问道。

不料，开都王却说："还有别的法子吗？我们没有其他牵制稚羽矢的手段可用。"

阳光普照，在栅栏围绕的庭园里，一大清早就听见伊吹王不断发出吼喝。他挥舞着木刀，身形却轻巧敏捷，实在难与庞然巨体联想在一起。

"喂，攻过来试试看。我的胸膛是这里，腹部是这里，有这么多破绽，为何你不攻击？"

意兴阑珊的稚羽矢一招招攻来，又逐一被伊吹王反击回去，眼前巍然耸立的大肚子几乎占满少年的整个视野，但要触到一下还真不容易。

"有那么慢吞吞的攻击法吗？笨蛋！"

头上险些被敲中的稚羽矢赶紧闪身避开，伊吹王就算有意下手轻一点儿，但若被敲中一记的话，绝不会只冒颗肿包就了事。

"可是，这棒子很重。"

"还好意思说木刀重，你还算男子汉吗？"

前来观看两人过招的鸟彦停在狭也肩上，说："他根本在当游戏玩。"

"没办法，他不懂练这些玩意儿要做什么。"狭也答道。

稚羽矢练剑有气无力，就算狭也来练也比他强多了。尽管受到呵斥，甚至身上被敲出青一块紫一块，稚羽矢也从没认真反击过。狭也并不衷心希望他能学会剑术，可是想到他要靠这种三脚猫功夫上战场，心情就不觉烦闷起来。于是她私下也独自挥着木刀，以备不时之需。

"伊吹王，你练得很起劲嘛。"从阴凉的树荫下有人发出声音，只见身穿湛蓝色衣服、衣襟敞开的科户王，正将消瘦的身体倚在树干上。

以手背抹汗的伊吹王说："哦，是你？论到剑术的技巧非凡，你正是我族中首屈一指的名剑客，要不要在这里显显身手，教教这吊儿郎当的小子几招独门绝技？"

科户王出现的地点距狭也所站之处很近，因此她可以很清楚看见他将目光缓缓移到稚羽矢身上。科户王就在浑然不知有人注视的情况下，将自己一直处心积虑深藏不露的内心想法，一瞬间流露在表情里。那是一种充满怨毒的憎恨及恶意的阴霾——狭也不禁心中冒出个疑问，顿时产生一种很强烈的想法，那就是绝不能将木刀交给此人。然而，科户王只泛起冷冷的笑意，摇了摇头。

"我可没任何技巧来教导不知死为何物的家伙，因为他这种人完全与'拼命'无缘。"

"对啊——原来如此。"伊吹王吃惊地望着稚羽矢，他在此刻才初次留意到这点。

科户王又以不饶人的语气再补上一句，"干脆让他受个两三次致命伤如何？说不定这样他会跟我们更亲近一点儿呢。"

就在科户王打算离开树荫离去的途中，他向狭也瞥了一眼，愤慨的狭也忍不住开口："为什么你竟能说出这么过分的话？"

科户王的脸上微露惊异的神色。可能因为事出不意，他看起来相当脆弱易伤。这时，狭也首次发现科户王并没有想象来得老成，只因为他老爱板着脸，才让人觉得他看似已经到了开都王的年纪，其实他或许还不到三十岁。

略显犹豫后，科户王低声说："我在你这个年纪时，双亲就遭照日王军队毒手死在我面前，全村惨遭血洗。从负伤逃脱的那天起，我就发誓有朝一日要让辉神神子血债血偿。如果能将神子们大卸八块处死的话，我真求之不得，只可惜那些家伙都是不死之身，因此，我祈祷辉族受到报应的日子能够来临，无论如何都要继续战斗下去。那个优哉的家伙就算手上不曾沾血，毕竟同样也是辉族人，要我不恨他简直是做梦。"

背转过身，科户王轻轻丢下一句，"我的身世应该与你相同。"

狭也紧缩起身子,目送着他离去的背影。

身世相同——曾经发生这样的事吗?

狭也思忖他的话一直深深刺在自己内心的原因,难道是因为曾经经历同样遭遇的缘故?

稚羽矢依然故我,懒散随兴地继续练剑。某日,狭也终于按捺不住了,对前来探视的开都王说:"让稚羽矢去打仗只会白费力气,他根本连想都没想过什么是攻击或受伤,这样不行的。"

"可是他表现相当好,不是吗?"独眼王者微笑抚着下颌,眺望着练习中的一对师徒,"伊吹王的耐性极佳,任谁都甘拜下风。"

"您说他哪里表现好了?"狭也噘起嘴。

"想让我证明给你看吗?"开都王迅速拉开惯用的弓弦,从背后抽出一支箭搭在弓上,"你且瞧着,可别出声喔。"

就在稚羽矢从伊吹王身边跳开的瞬间,箭咻的一声飞去。狭也屏气凝神的刹那,只见稚羽矢飞鸟般轻轻一掠身,箭即从身旁擦过,接着他才露出惊讶表情望向此处。

"这样多危险!"狭也忍不住大声说。

开都王于是摇摇头,"不,稚羽矢避开了。或许他在无数次动物体验的经历中,学习到了它们的直觉。所以你看,虽然他练剑时很笨拙,奇怪的是竟能从伊吹王的剑下逃脱。真拿他没辙,不过我想让你也瞧瞧稚羽矢在变成鹿时的敏捷表现。"

比刚才表情更加严肃的开都王微笑说:"那小伙子一直隐藏着不为人知的潜能,就像大蛇剑一样。"

然而,血气上冲的狭也完全没将他的话听进去,她为开都王毫无顾忌的偷袭行为感到十分光火。

"假如在那里的是您儿子,就算知道他一定可以避开,您还会这样连想都不想就一箭射出吗?"

望着狭也说话声音颤抖的模样,开都王似乎颇为惊讶。

"你说他会有被杀死的危险?可是,他——"

"您是想说他不会死吧?我就知道。在看到您时,我就很清楚您只将稚羽矢当作顺利得手的作战工具。您也和科户王完全一样,不,或许更糟也说不定。"

不忍再待下去的狭也当场背转过身跑走。为何会如此愤恨开都王的做法,她自己也不清楚,只觉得发泄怒气后反而更觉悲哀。

乌彦振翅紧追在狭也身后而来。

"全庄里的人都吓傻了,从来没人敢当着开都王的面教训王一番呢。"

狭也并不答话,她拿起倚在栅栏上自用的木刀,注视半响,突然用力将它抛到地上。"真讨厌,没来这种地方就好了。"

连忙躲到栅栏上的乌彦从上面担忧地窥视她,"火气好大,狭也,你怎么啦?"

"我才不想打什么仗!都是我害稚羽矢卷进这场纷争,真是差劲透了。"

"那家伙是自己想来的吧?"

"是我害他来的。"

"不是喔。"乌彦闪烁着黑眼瞳说,"是大蛇剑害的,我们全被它当猴耍了。"

5

　　进军之日，狭也眼见奈津女一身短甲，完全是士兵的模样，因此感到十分吃惊。奈津女将高盘的发结也解下来，仿效男子在耳上紧紧扎着双髻。

　　"公主，我并不考虑将服侍您的任务交给男侍从来打理，因为女性有女性才能了解的事。"

　　"我加入这场战争是情非得已，可是没有必要连累你也出征。这样太不合情理了，拜托你别这么做。"

　　狭也极力想阻止，而且她也知道奈津女有孕在身，实在无法想象要奈津女身赴沙场。

　　"留在庄里吧，守护你该守住的一切，这不是你曾说过的吗？"

　　奈津女虽面露微笑，却是让人知道她痛下决心就绝对坚持到底的笑容。

　　"不要紧的，让我去吧。虽然怀胎三月，但还是能一样干活。这点儿动静就承受不起的软弱娃儿，才不是我孩子呢。"

　　即使如此，狭也还是迟迟不肯答应，奈津女只好害羞地说："公主，我想去也是为了自己，这样我就能和丈夫在一起，因为他是开都王的近卫。"

　　狭也重新问她一遍，才知道奈津女的夫婿是名叫正木的年轻人，是一名狭也曾在崖上偶然遇见的友善士兵。

　　"我们两人常提到公主的事情喔。"

　　"好贼喔，都没跟我说，我没想到那人会有妻子呢。"见到狭也露出失望之情，奈津女就孩子气地高兴起来。

狭也在梳头后，学着奈津女的样子将长发扎成双髻，接着穿上红裤袴，以挂有银铃的细绳将袴摆结紧。这件茜草赤染的裤袴是专为狭也准备的，暗族中能穿此色装束的也只有狭也一人——这正是所谓独一无二获准身为巫女的象征。最后在额际系上表示洁净的细白头巾。打点完所有装束，狭也将收在鞘里的大蛇剑取在手中，离开房间去向留在庄里的岩夫人辞行。

岩屋中的老婆婆独自坐在铺垫上，凝然不动如在冥想，这样来看，让人格外觉得房间宽敞。岩夫人意识到狭也前来，于是抬眼凝视着她的白衣赤袴装束，缓缓说道：

"你将身赴战场，然而千万别忘记，狂暴的神灵还无法归顺于你哪。你可有随身携带那块镇魂玉石？"

"镇魂玉石？啊，您指的是狭由良公主的勾玉？"狭也从后颈拨动皮绳，将绳上湛蓝色的勾玉取出来给老妇看，"我都是这样一直挂在胸前。"

"这块勾玉不是狭由良的，而是你的东西。"岩夫人说，"千万不能让它离身喔，这块玉是水少女的一部分，也就是你的一部分。你从没面临过那种场面，就算不了解它的功用也无可厚非，但勾玉是在镇剑神技上绝对必要之物。水少女正因为身为巫女，才具备了镇剑神技，之所以能让大蛇剑沉睡，也在于你拥有这项绝技。然而，你不仅能对付大蛇剑，即使是对任何神明，你也拥有镇魂、召唤祥和神灵的力量。"

狭也睁圆了眼眸，"——真是这样吗？"

"不过，前提是你本身必须不受外界动摇才行。"岩夫人像在泼她冷水，接着又说："战争就是在挑动、颠覆地上的狂暴神灵，要达到身陷其乱而能不动如山的境界，确实困难至极。这种困难，今后你还会历经许多次。"

狭也暗暗埋怨起来，毕竟原本她对自己的能力就没自信，何况参战也是迫于无奈，如果真能留在鹫乃庄，她当然会欣然留下，蒙着棉被睡个大觉。于是，她忍不住说：

"岩夫人，为什么非打仗不可呢？我到现在还不明白原因，为什么连稚羽矢也必须参战呢？"话才出口，狭也就察觉自己失言，然而还是不吐不快，便小声继续说："我明白事到如今说这些是无济于事的。可是，稚羽矢——那人并不知道该拒绝卷入纷争，所以是被迫参战。我对这种强人所难的事——感到非常厌恶。"

岩夫人抬眼望着她，如黑沼幽沉的大眼里，无论如何仔细审视也绝不可能透望邃底。然而，狭也觉得她一瞬间浮现了同情之色。

老妇缓缓说："我也是暗族人，所以什么都不便说，为了氏族利益，就算化成鬼也在所不惜。不过……"重新略做思考后，岩夫人又补充说明，"这正是一股巨大的洪流啊。从现在起，你也将有一天领悟到什么是身不由己，若不愿随波逐流，那么连洪流的尽头也无法看清。"

狭也于是沉默下来，老婆婆此刻的一席话深深印刻在她心里，她郑重地辞行，老妇点着裹满白发的头。

"身为独一无二的巫女，你实在太年轻了，这才是我于心不忍的原因，不过即使如此，老身也不能代替你的任务。好好去吧——这份年轻必然存在某种意义呀。"

离开岩屋来到大厅后，狭也发现身穿黑甲胄的开都王领着同样全副武装的稚羽矢。当她一眼望见稚羽矢时，突然萌生了怯意。难以想象的是——狭也恍惚看到初遇时的月代王正站在彼方。她静下心仔细看，只见稚羽矢身上穿戴的是与华美无缘的铁盔，还有一件打上粗钉的黑漆甲胄，而他本人全无半点少年的雀跃之情，只摆出一副厌倦神色。尽管如此，方才他带给狭也的最初印象仍挥之不去，让她陷入一阵奇妙的情绪中。

开都王语气沉重地开口说："狭也，将大蛇剑交给他。"

狭也突然对稚羽矢感到畏怯，于是在迟疑不决间挪步前行，她一面顾左右而言他，一面又故作轻松地说："甲胄很重，辛苦你了喔。"

"嗯。"稚羽矢毫不逞强地点点头，然而在接过剑时，却说："不过，还好这把剑不重。"

狭也感觉身旁的开都王面露讶色，因为大蛇剑是一柄足有两尺的宽幅长剑，于是她发出叹息，暗想着：

到头来，让稚羽矢卷进战争的人竟然是我。再怎么悔不当初，该怪的人都是我才对。

馆邸门前已有数百名士兵在整队集合，头戴整齐划一的黑盔，手持鲜艳旋涡图样的彩色盾牌，每人都持有新的弓箭和矛枪。开都王一出邸门，士兵们就发出欢呼，鸣弓击盾迎接统帅。留在庄内的人们也从远处围观，并鼓掌致意。狭也本想从开都王身后轻轻离开，没想到士兵们也同样热烈迎接她，让她为此惊愕得呆若木鸡。

姑且不论自己是否喜欢目前的身份，她发现自己必须有所自觉，那就是她身为暗族巫女并身着赤红，一旦被奉为女神，就必须为全体士卒而存在，正如将领的身躯并不只属于将领自己一样；反过来全体士兵也会为狭也抛头颅洒热血。事态骤变至此，让她感到困惑得无以复加，狭也觉得自己还没做好十分之一的心理准备，对未来只感到忧心忡忡。

日落后，在开都王的指挥下，军队分乘小船划向黑暗的大海。

其他诸王及将领们则离开军队而分散前往各地，目的是在他们各自的据点举兵援战。暗族展开的大规模战斗行动，正式揭开了序幕。

三日后，开都王与传报兵直指牧场要地，已进军潜行在山背途中。

"狭也，"就在越过山巅时，稚羽矢发出感叹道，"有马呢。它们正成群奔驰着。"

狭也什么也没看见。略高的小丘几处相连，在暮色的天空下唯有泛扬着秋天气息的草原静静开展在眼前。

"是啊，清一色全是骏马。"开都王连马都没亲眼见到，却说，"你想不想要一匹？"

"想要。"稚羽矢率直答道。

"这里是辉宫的管辖地，警戒十分森严，若在平时我们根本无法抵御。不过，如今这个营地受到辉宫重建的影响而力不从心，兵力也削弱许多，从现在起我们兵分两路去袭击兵营，了解吗？"

狭也拉住稚羽矢的衣袖，"记着，不能做梦喔，现在可是紧要关头呢。"

稚羽矢点点头，"宫里有许多马，但我从没尝试过，因为我不能让受过训练的马匹心智变乱。"

一脸紧张神色的开都王询问稚羽矢："你似乎有能力召唤野兽，那么你可以驯服马群吗？"

"我没办法一次召唤好几匹马。"

"马群里应该有首领，如果驯服它，整群就会跟着来。"

"如果这样我还办得到。"

"那就好。"开都王毫不迟疑地继续说,"不过,攻破神社是首要之务。就在趁隙袭击兵营、大挫敌方锐气时,另一批军队将绕过树林去攻讨神社。神社神镜的存在,就是形同辉神神子存在,因此最重要的是必须先击碎神镜,这样一来,这片土地才会真正回到我们手里。"

开都王这次却望着狭也,"镇魂之技就拜托你了。"

神色惊慌的狭也不禁含糊说:"我……我该、该怎么做才好呢?"

"你只要全心祈祷就好,就像完全制伏大蛇剑时的表现即可。我不打算让你们加入战争,你会受到勇士们的保护,因此请不要轻举妄动,可不能离开稚羽矢身边喔。"

在开都王紧锣密鼓地指挥下,精诚团结化为一致的军队分别行动,分散藏匿在隐蔽处。狭也在一群勇士中发现正木的脸孔,这才让她初次稍微松了一口气。即使在这种情况下,他的年轻气盛、毫无畏惧的面容仍与平日无异。不过尽管有护卫保护,狭也仍是浑身汗毛直竖、冷战打个不停,或许是她的狼狈模样让正木瞧见,因此他走过来小声说:

"让公主担心了,但这是一场稳操胜券的战斗,您只要能保持心情安定就好。"

就在火箭齐发、茅草屋顶猛烈燃起的同时,响起了一片呐喊声,袭击开始了!沸沸扬扬的喊嚷、金属碰击的尖锐声响,有如沉雾般从地面弥漫上来。狭也等人跟随在前往神社队伍的最后,因此必须即刻开始移动,而高举刀剑蜂拥冲进兵营的开都王众人,早已不见踪影。狭也不停看着稚羽矢携带的大蛇剑,剑柄上的宝石看似赤红,不知是因战祸烽火的映照,还是赤石本身在闪烁发光。

忽然，稚羽矢轻声笑起来。他极少发笑，而且又在这种搏命时刻，狭也被这种怪举吓到，抬头看他，"有什么好笑？"

"我从没见过那样的马，它简直浑然不知什么是恐惧。"

火光明灭中，脸颊泛着微红的稚羽矢大异于平时，看似活力充沛。

他朝着蹙眉的狭也说："它是马群的首领，还是一匹好马，我也想早点儿让狭也看看呢。马身黝黑发亮，而且额上还有唯一的星记——它就像一颗明星。"

刹那间，狭也觉得自己似乎也看见以明灿孤星为额记的疾奔黑马，那是一匹在放牧场上昂首阔步的高贵雄驹。然而，狭也立即将幻影拭灭。

"你还真优哉，竟然在大家以死相拼的时刻想这些事。"

就在她含怒嗔他时，眼前的树林后方窜起火舌，尖耸的树影浮现出浓黑，神社被攻陷了！

就在头晕目眩中，狭也拼命压抑体内如惊弓之鸟般骤升的惶乱惊怯。圣洁至上的神社、神镜的圣域终于遭到践踏的痛楚，对她而言也是血淋淋的经历。刹那间，狭也意识到照日王的恐怖眼神，她感觉蹲踞在树荫下的自己和身旁的稚羽矢正被女王洞视得一清二楚。

"狭也，你怎么了？剑吼起来了。"或许狭也的心情动摇传至剑身，稚羽矢开始察觉情况有异，如此问道。

"就在刚才，神镜毁了。"狭也梦呓般脱口而出，"有什么——有什么东西来了。"

虽然完全无法猜出那究竟是何方异物，狭也却清楚意识到它的存在。那像是会从黑暗中突然跃出来威胁人的东西，目前还无形无体，正一点一滴凝聚成形。仿佛成群的蜂团集结如云，冷却的油脂凝冻成块——就在此物完全成形之前，绝对要赶快逃走才行，这种想法频频催促着狭也。

"快逃，快离开这里。"

护卫的士兵们表情困惑地望着狭也。"现在移动很危险，而且还有流箭攻击。不要紧的，请再忍耐一阵子就好了。"

就算是士兵们奉劝她保持镇静，仍无法安抚她的恐慌。

"不行啊，快逃！一定会发生不得了的事。"

然而，狭也自己也鼓不起逃跑的勇气，只能呆立原处紧盯着四面八方。这样做并非想借此看清一切来减轻恐惧，而是她无法忍受有诡异事物可能从背后袭击过来。那东西仿佛正掰裂着杉木，即将要出现眼前——就在此刻，被压断的树枝发出巨响，同时宛如觉怪[①]的怪物现身了。周围的男护卫们"啊"的一声，倒抽一口凉气。

那是一只仿如小山的巨兽，拉长的躯体像是狂猛的大熊，只要前足高举，兽头就可触到杉木顶。它的足爪是比熊爪还长的月牙尖勾，肥厚裸露的尾巴像蜥蜴般垂在后方，尾鳞在夜光中闪闪发亮。不可思议的是鬃毛围绕的脸近似人面，又如猿脸般扁塌，丑恶到令人不敢正面瞧上一眼。怪兽边拨开树枝，边踏着巨脚笔直朝他们过来。

抬头看着它的狭也只能屏息傻住。她望着这头世上绝无仅有的异兽，觉得在它面前连乞求一命都变得毫无意义。

不知究竟盯着怪兽呆立了多久，正木总算回过神来，叫道：

[①] 山怪的一种，身形如猿猴，全身覆毛，会人语，因此能读人心而迷惑入山者。

"别怕它，以王之名，要好好保护公主！"

听到此话，士兵们莫不惊醒，执箭提枪准备应战。然而，狭也完全了解那是多么脆弱的抵抗。

"跑！快跑！"

不知是谁这么喊，一句毅然的催促声格外清晰。狭也只当耳边风，但忽然有人抓住她的手腕，硬拉着要她走。就在狭也想对这莽撞举动生气叫嚷时，差点儿就迎面撞上一匹光泽亮丽的黑马腹部。原来在她眼前是一匹昂首吐气、抖动鬃毛的威武雄驹。

就在分不清状况如何的情形下，狭也被稚羽矢拉上没有马鞍的马背，紧接着就在感受到臀下马儿强劲有力的肌肉律动中，两人已飞快驰骋过黑暗的草原。无法在风中喘息、只能将脸埋在马鬃里的狭也，不禁胡思乱想着，觉得这匹马不是明星而是流星。

怪兽从他们后方疾追而来，他们能一直坐在没有马鞍的马背上，还没从全速奔驰的马上掉下来，多亏是这怪物紧追不舍的缘故。不知它的目标是狭也还是稚羽矢，总之巨兽只冲他们两人而来，感觉充满肆意加害的恶念。揪紧马鬃的狭也心里幻想是自己在拔腿狂奔，逃吧——逃吧——逃吧——为了活下去——

然而，怪兽的步伐十分敏捷，巨体如在空中飞舞般弹跳着，无论在何处都能轻易踏碎岩石和森林的大脚完全如履平地。眼看它愈来愈逼近，就在马的脚力渐渐减弱下来时，它竟然从容不迫将长爪伸向他们身后。

黑马冷不防发出尖锐的嘶鸣，狭也感觉自己和稚羽矢、骏马，像是迸开的果实朝三方飞弹出去。就在马翻转时，被抛到空中的狭也冲向草地斜面，连翻了好几个滚。当她终于能抬头仰看时，只见离自己不远处的几步之外，稚羽矢也同样正在起身。同时，那头怪兽亦近在咫尺。那沉黑如噩梦般的姿态,像要完全覆盖在他们头上。

拔剑吧。

虽然这个念头并不清晰,但狭也霎时满心如此期盼。

被杀之前,先杀了它。

不知何故,稚羽矢以迅雷不及掩耳的速度,将闪亮的大蛇剑从鞘中一举拔出,紧接着瞄准小山般耸立的兽影,疾如飞矢地一扑而上。狭也眼睁睁望着刀刃逐渐延伸,扭曲变粗,赫然变成巨蟒的模样。在黝黑的异兽面前,蛇眼看来烧烙成赤红,接着以锐利的蛇身化为一阵闪光,直接将兽身的头肩劈个粉碎,怪兽突然失去原形,化成黏糊糊一团消融在黑暗中。蟒蛇再度闪耀伸蹿起来,仿佛欲朝向第二个目标般直冲稚羽矢而来。

狭也不禁闭上眼,又惊惧地睁开一看,只见夜色再度恢复黑暗,稚羽矢独自以不甚利落的姿势将剑收回剑鞘。狭也发觉自己像被泼了水似的浑身大汗、颤抖不已,如今她才知道自己受到多么严重的惊吓。

她跪着膝行到稚羽矢身边,不料他却低声说:"最好别靠近我。"

此刻,狭也才留意到稚羽矢从肩膀到背上鲜血淋漓的伤势,即使在星空下,那道宛如被镰刀剜伤的爪痕仍清晰可见。望着狭也僵硬的脸孔,稚羽矢又说:

"别担心,会立刻开始蜕生的,愈严重的伤势会愈早开始变化。"

"蜕生——是指蜕变复原吗?"

"没错。创伤会消失,所以还是别碰比较好。"稚羽矢若无其事说道。

　　不过狭也是初次接触到辉族的不死特质，所以即使没有为此恐惧，却仍十分迷惑。辉神神子们就是这样回溯时间之流，永葆青春无伤的身体，因此，这一切都与流向女神的衰灭之路背道而驰、沉滞不前。

　　拼命追赶来的正木等人终于发现两人，气喘吁吁地直奔过来。

　　他先向狭也询问是否受伤，狭也摇头说："我没关系，只是稍微摔伤而已……"

　　接着狭也突然忍不住哭泣起来，而稚羽矢还无法靠自己力量步行，表情苍白的他躺在紧急架起的担架上，并没让任何人为自己疗伤。陪伴在担架旁的狭也默默走着，同时发现微跛着脚的黑马像是担心主人的灵犬般，战战兢兢尾随在一行人后面。然而，在它确实望见人群进入森林暗处的野地阵营后，就如一阵风般消失了影踪。

　　"稍微平静下来了吧？"开都王在邻座问道，狭也点点头。

　　面前燃起明亮的篝火，但仍然微微觉得肩膀上升起寒意，她不得已喝下不习惯的药酒，腹中如火灼烧，似乎还带点儿头昏脑涨。

　　"不知稚羽矢的情况怎么样了。"

　　"或许——我想或许没有大碍了，现在他完全陷入梦乡。"

　　"我丝毫没料到事情竟会演变成这种情况。"开都王喃喃自语。

　　"那到底是什么东西呢？我第一次看到这么恐怖的怪物。"

　　狭也的声音里还透着紧张和恐惧。开都王隔了半晌才答道："我也不敢肯定，我想你们看到的或许是地神吧。"

她惊讶地睁圆眼眸,"地神?您说那只怪物也是各方神明中的一位吗?"

"我们应该做的,就是将迷失的大小神明迎接回来。辉神神子们拘捕土地神明,并以神镜封住加以镇伏,再建造并祭祀封印的神社。然而若毁坏神镜、解除封印,法力高强的神明就可复原,我们常用这个方法来解救地神,不过恢复自由的神明对大家产生害意,这次还真是头一遭。"

开都王缄默下来,两人默默注视着火焰,不久狭也支支吾吾道:

"是因为稚羽矢……属于辉族?"

"只有这个理由可以解释。"开都王涩声说,"而且更糟的是,稚羽矢将我们不惜牺牲解救出来的神明用大蛇剑斩死了,他比自己的兄姊更彻底地葬送了它。"

改变坐姿的狭也重新面向开都王。"他只能这么做,遭遇那种袭击,怎么可能不保护自己呢?"

不顾狭也的凌人气势,开都王低声说:"老夫人不知会做出什么预测,事情似乎不如预料中的顺利。我也无法想象该用什么方法,才能引导风少年加入我们的族群。"

第五章　影

　　旅人随远行，野宿吾子单衣卧，频忧霜落襟；唯盼展羽覆侵寒，天渡群鹤托慈心。

——《万叶集》

1

稚羽矢在受伤的翌日整整睡了一天，隔天痊愈后反而比先前更有活力，立刻骑在佩好马鞍的明星背上四处奔驰去了。从开都王军队占领浅仓的牧场那天起，稚羽矢和明星就像情侣般形影不离。明星的性情暴躁，除了稚羽矢以外从不接纳任何人，而稚羽矢也绝不再对其他马匹感兴趣。这对在群体中十分抢眼的组合，完全不想打入集团内，径自形成了独自的世界。夜里彼此互靠而眠，旭日刚升的早晨才睁眼，又自顾着驰骋去了。

季节急遽转凉下来，纵使白天仍旧一身是汗，到了彩霞如火的暮晚，夜间的清冷也随即到来。金色的浮云及茜红通染的夕空，从山巅上朝着树林轻声细语，频唤着"来访我这天色秋意"，于是树林也遥相呼应，开始着手竞演。夜幕低垂后，草丛中无数虫蜩振翅，发出的鸣声轻细哀切，唱着夏远冬近的韵音。歌声中寄托着虫儿的心绪，"光明后有黑暗，生来必有逝去"，值得一再玩味聆听。

为了让浅仓的根据地不受动摇，暗族的军队暂时继续驻留该处。士兵们可以稍微喘息，不过奈津女却为打点军中伙食忙得团团转。很想插手帮忙的狭也虽被奈津女婉拒，仍然跟着她忙里忙外，其实这样一来狭也心情反而比较轻松，因为她很希望什么都别想只要动手做事就好。

环顾四周，只见收割在即的田圃被践踏得一片狼藉，储备过冬的存粮谷仓也在一夜烽火下徒留余烬。含悲的妇女们在为丈夫送终，肩上挑起所剩无几的家产，携同着孩子蹒跚地走出来。开都王虽然有意公平对待占领地的居民，然而几百名士兵吃光了他们的粮仓却是不争的事实。

许久不曾有的闲暇午后，奈津女说道：

"请您有时也该保持公主身份，别像个婢女跟东跟西的才是。"

"我知道啦，你要去和正木见面，对吧？"狭也回道，"快去吧，我会乖乖坐着不动，在这里一直待到天黑。"

"您真会说笑。"奈津女轻轻抖肩笑着，想掩饰窘态，又以姊姊般的态度说："公主真的很替周围的人着想，可是，就算您摆出更雍容华贵的气魄其实也无所谓喔，譬如——就像那位贵客一样，因为我不过是个婢女罢了。"

狭也对自己被人拿来与稚羽矢做比较，感到十分惊讶，"为什么？我才不要学他一样被大家议论呢。"

奈津女扑哧一笑，"我只是打个比方。他总是如此超然，完全没将我们放在眼里。"

"那叫迟钝啦。"

"不过，他长得真的很好看。"奈津女微带憧憬般说，"最近还更——光彩生辉呢。"

忧心的狭也抬眼看她,不过奈津女的话里似乎没有影射他之意,也并没有暗指稚羽矢是辉神神子。她应该还不知情才对。

受伤以来,稚羽矢确实有些改变,他的表情比先前更加生动,而且还笑口常开,不过他与大家相异这点依然不变,带着一股让人难以亲近的气息,对他束手无策的人不只是开都王而已。

"我要跟正木讲你刚才说的喔。"狭也打趣着她说,奈津女倒是一副无所谓的样子。

"我家那口子才不会吃醋,因为那位贵客的确是不同凡响。"

奈津女走后,狭也手支着额,靠在牧场尽头的栅栏上。眼前轻风徐拂的草原平稳起伏延展开来,远处茂生的芒草已经抽穗,银波徐曳,一览无遗。她望见才刚讨论的稚羽矢正在那里驰骋黑马横过草原,如画似的人马一体完美奔驰,丝毫没有任何困难,彻底融合为一。狭也心想,能有这么浑然一体的结合,或许必然出自人马时而灵魂交换的缘故,不过这并没有造成任何一方受伤,因此她就当作视而不见。

忽然间,她发出了叹息。

我为什么在这里做这种事?

自己的血族——回到原来同胞的地方,狭也完全没想到还会不断有同样的疑问。然而,回过神来审视战火正炽中的自己,不由得思绪翻腾起来。她虽然像是顺理成章地跟随族人出战,但狭也完全没感受到这场战争具有任何意义。在怀着满腔使命感、为战争赌上一切的人群中,她只暗自困惑不已,至今仍充满疑虑。在辉宫西门前与月代王相见时,她明明理直气壮地说回归氏族才是正道,如今却连这份笃定也动摇起来。

我与王作战为敌,那么冷酷无情地加害了王,还将稚羽矢——

辉神神子招来暗族。

狭也常常忆起在羽柴乡时，总被母亲责怪爱去爬树和溜断崖，责备她往往不经考虑就贸然行动。

我的确——太莽撞了。

她听见马蹄声响，惊讶地抬头一看，不知何时明星已来到了自己身边。雄驹黑亮的侧腹上汗光闪烁，速度不减直朝这里疾奔，狭也不禁退到栅栏后方。稚羽矢勒住缰绳，轻易制伏奔跳的烈马，从马背纵身飞跃而下。

然后，他隔着栅栏对狭也说："那边的草原现在开满了金琵琶草，你喜欢花吗？"

狭也并不回答，只是小声说："你每天都在想些什么啊？"

然而稚羽矢不以为意，继续说："还是你比较喜欢山丘顶上的通草？已经果实累累了，明天小鸟大概就会去吃吧。"

狭也答道："我什么都喜欢呀，喜爱的东西不止一件。"

"那么就赶快去吧。"他一本正经地说，让狭也感到十分惊讶。

"赶快去？"

"你不去吗？"

狭也以难以置信的神情望着稚羽矢，又望向身边的黑马，不久才悄声说："我没办法骑明星。听说很多想骑它的人不是挨咬，就是摔断了脖子。"

"你明明骑过一次了。"

这么说，确实如此。

"不要紧的，明星很喜欢狭也，它不会作弄你的。"

然而，狭也不太敢相信这匹马会很温驯，她觉得自己的想法很可能会让马儿有所感应,因此犹豫着不敢尝试,毕竟灵敏的动物不可能不察觉到人的胆怯。然而,令她意外的是,性情乖烈的雄驹竟然奉承般舔她的手,狭也于是也真诚接纳了它。

宛如孤星的黑马载着两人在原野上轻轻奔跑,不同于先前生死关头的搏命狂奔,这次是充满活力而舒畅的轻驰。这种漫无目标的驰骋,让狭也的发丝在风中飘扬凌乱,发髻也散开,然后她情不自禁笑了起来。草原沐浴在日光下,散发出干草香,清澄的蔚空中鸷鹰缓缓飞翔,他们在小丘边摘着熟透呈黑紫色迸开的通草果实,又步向生长金琵琶草的原野。

那是一片广阔无际的群生植物,规模之大完全超乎狭也想象。洼地埋在柔和的薄紫中,当风儿拂过、脆弱易伤的细茎一齐摇曳时,美得令人徒生惆怅。而狭也心知她连一朵也不忍摘下,因为摘落的花草将不再留下原生之美。

立在花中的狭也默默凝望原野,稚羽矢亦抚着明星的鬃毛缄默不语,唯有朵朵云彩静飘而去。

半晌,狭也才说:"为什么人不能像树呀草呀的一样过活呢?时节一到,花不会为其他而绽放,树果也不会与谁相争而自然结实,我们原本也可以这样活下去的。"

稚羽矢像是初次了解她的想法,说道:"你讨厌战争?"

狭也惊讶地回头,"你喜欢吗?"

稚羽矢稍微一想,"不能说喜不喜欢——"

如果答说不知道,他想狭也大概会生气吧,于是接着又说:"但是若没来这里,就不能遇到明星了。"

稚羽矢将手放在黑马肩上,用惺惺相惜的眼神望着爱驹。只见明星低下头,不顾蓟草的锐刺正摘扯着花。

"为了得到明星，就算杀人放火也在所不惜？"面对狭也如此质问，稚羽矢隔了半晌才回道：

"如果达成一个目标，就必须丧失某种东西，无论是谁必定都是这样。我得到了明星，代价是不能再做其他的梦了。"

充满讶异表情的狭也凝视着他，"这么说你已经不做梦了？"

稚羽矢轻轻点头，面容略显沉重。他初次露出这种表情，看起来像忍受着极为惨痛的割舍。

"我不会再做梦了，因为我再也不会忘记该做自己主人这件事。当我无法逃脱受伤的痛苦时，深深有了这种体会。"

狭也突然对稚羽矢感到万分歉疚，那夜，狭也与众王在得知稚羽矢可以蜕生后，并没有对他寄予太多同情。众人没想过，纵使是不死之身，在受伤时感到的痛楚仍与常人无异。稚羽矢分明遭受重创，若是常人可能早就一命呜呼，可是却没有任何人眷顾他，只让他独自忍受痛苦的煎熬。

狭也悄声问："来我们这里，你后悔吗？"

她感受到稚羽矢终于能体会到失去东西的感觉，如果打个比方，就像是他曾穿过的那袭纯白衣裳，当狭也将它拖曳在地时，衣裳在顷刻间沾染尘污，再也无法重新穿上。

不料，稚羽矢却惊讶地望着她，"为什么后悔？这里有明星，还有你在。"

狭也因此感到相当安心，不过，她还是觉得马儿的名字排在自己前面，实在有点儿不是滋味。

开都王在判断可以充分确保据点安全后，又继续展开攻击，军队往南移师，占领东西道路要冲的神尾山岭——这是与都城相通的各处乡里向真幻邦纳贡时的必经之地,这个时间也是为进贡新尝祭①的祭神贡品,必须尽早翻山越岭前往都城的时节。这些贡品尽数遭暗军抢掠一空,同时为了拖延辉族得知危机的时间,又将附近的神社破坏得一间不剩,目的是必须砸毁神镜以绝后患。

在此期间,狭也担心得几乎为此少活了几年,幸好稚羽矢同在,狂怒的神明并没有突然现身。狭也的镇魂神技是否有效还很难说,不过她宁可相信是她祈祷得快疯了所以才会灵验。

不久,都城那边终于得知了暗军的位置所在,于是调派征讨军迎战,山岭附近一片混战状态,无人敢冒险通过此地。虽然呈现拉锯,但很明显暗军处于优势。暗军擅长速攻,以及乘地利之便的奇袭战术,山地让他们游刃有余,小游击队神出鬼没、攻防自如。

辉军将帅仗着人多势众不断增补新兵,但总是铩羽而归。狭也和奈津女在战情转剧时疏散远避到浅仓,寝食难安地度过一段日子,在得知暗军胜利后,才再度与其会合,和士兵们一起庆祝。这时她才了解到,人也能适应战争,就在生死仅隔一线的严酷处境中,刹那的喜悦足以让人亢奋激昂。

生死共患的伙伴们更加团结,形成一股平时难以想象的凝聚力。无论是衣衫破败、蓬头垢面,或是满身血污,返回阵营的任何一名士兵在狭也看来都再亲切也不过。

某一天,狭也等人接获捷报,称远赴西国边境的科户王军队已将等待照日王抵达救援的派遣军打得落花流水,目前正势如破竹地东进。科户王也立刻派遣传令兵回报,数日后他率领的军队便可与开都王军会合。

---

① 天皇向天神地祇供奉新谷,并亲自尝用谷物的祭典仪式。

"那人真是出手神速，不愧大家称他是锐目鹰隼。"开都王露出满意的微笑，"都城里恐怕大受震惊吧。不过，他们已经措手不及了，等到辉神神子准备反击时，我方早就能组成实力坚强的大军。"

科户王的壮举，让军中士气大为提振。就在狭也从远处眺望这些勾肩搭背、随口唱着雄壮劲歌的士兵之际，有一件令人讶异的事发生了，传令兵在向开都王报告完后来找自己，并说道：

"这是科户王吩咐在下交给公主的东西。"

传令的使者取出生有浓绿茂叶的小枝捆扎的一包东西，狭也伸手接过，闻到一阵强烈清润的香气，可以略微窥见里面有几个黄圆的果实，这是她耳闻过的"非时香果①"——橘子。打开包装，里面还出现了一串亮绿色管玉缀成的首饰。

"为什么送我这个？"狭也忍不住问道。使者露出困惑的神情：

"您这么问……在下也无从回答。"

狭也脸上泛起红潮，又马上对脸红感到相当羞恼。然而，她还是百思不解，科户王才跟自己交谈不过几次，而且每次都还谈得并不融洽。

毕恭毕敬的使者一本正经地说："科户王还询问了在下，想知道公主是否一切无恙。"

狭也莫名地感到手足无措起来，她怀着别扭的心情把包裹带回，直接将东西收进编箱里。她暗暗思忖：奇怪，我竟无法从心里高兴起来。为什么我会这么怕与他相处呢？

---

① 神话中清香永存的长生果。

几天后，科户王的军队就在约定处与开都王军会师了，他的行动是如此准确，让军队上下更加气势如虹。狭也看到许久不见的科户王，非但难堪没有化解，反而更让她觉得不自在。尽管认为这样自己的态度会很不自然，但她还是忍不住将目光从科户王投来的眼神中移开，即使如此她仍然难以承受。

在新的兵营整建完成后，开都王以机密会谈为由，只传请科户王和狭也一同出席。他们前往戒备森严的开都王居所，开都王命令士兵回避后，开始对科户王娓娓叙述稚羽矢与地神之间发生的一切。

"这件事不能妄加推断，而且或许还有可能再发生，但要如何控制稚羽矢才好，老实说我也十分头痛，如果是你，会有什么想法？"

"袖手旁观完全不像你的作为。辉神神子对上地神，怎么可能不闹出乱子？"科户王直言不讳。

"不过，可不能轻忽老夫人的预言。岩夫人说要找出愿意为我们驱使大蛇剑的人。"

"杀死神明的行径实在太荒谬了。就算先不管此事，像他那种人夹杂在族人里，不知哪天神明还会降怒我族。"

开都王抚着下颌，"这点我也顾虑到了，不过，至今稚羽矢对我们并没有造成威胁。"

"辉神神子会没有威胁？"科户王寒下脸，"那种东西是死不了的，光凭这点，他就足以否定生存在丰苇原的我族族人，那些家伙都该受诅咒才对。"

狭也再不能沉默下去，插嘴说："你就只因为他不会死，才故意责怪是吗？我们族人应该不会心胸狭窄到为了这区区小事看不顺眼，就无情排挤他人。"

科户王语气冷淡而郑重地说："公主好像误解我的意思了。辉神神子能够蜕生，你不知道这对我们是多么严重的威胁！辉族有意在丰苇原缔造不死之国，将绝不是对手的我族如杂草般全数铲除。"

狭也一时语塞，后悔自己太多话，开都王则谨慎地将谈话转回正题。

"如今我们必须做的，就是设法平息地神对稚羽矢的怒意，然后布局下一步棋。如果解决不了此事，我们就无法接近许多应该被解救的有力神明。"

科户王蹙紧眉头。"让神明息怒最有效且最确切的方法，就是杀人献祭——"

"不能将稚羽矢拿去献祭喔，他死不了的。"

"试试看嘛。"科户王话中略带戏谑，又立刻恢复严肃，继续说："就算不需做到这个地步，至少也该囚禁稚羽矢。不管是风少年还是什么的，其实换别种立场来看，他就是我们的人质……"

"嗯。"独眼王者沉吟着陷入思考，显然这种说法他并不是首次听到。

气愤的狭也叫道："不行！假如你们这么做，我们就会失去稚羽矢，难道你们还不明白吗？"

两王不约而同惊讶地注视她。

"你们认为稚羽矢是为何来此、为何留在这里？那是因为他一直被关在辉宫里，完全没有机会接触清风、大地和青草。我们难道也要向辉族看齐，只晓得苛待稚羽矢，只知道剥夺他的自由，而不将他视为族中的一分子？"

科户王低声说："我们首先要尊奉的是暗御津波大御神的神子，也就是各方神明。而众神是多么盼望有人来祭祀，如果分心去巴结辉神神子，它们可是会降下惩罚的。"

狭也扭过头，将发绺一拨，语气听来几乎快找他单挑了。"如果你说我镇魂能力不够，那我也认了。的确，该怪的人是我，因为我没能及时阻止大蛇剑。但，如果光因为这样就怪到稚羽矢头上，那根本是两回事嘛，干脆抓我去献祭岂不更方便？"

开都王充当起和事佬，"用不着太激动，狭也，身为巫女要更冷静点儿。"

在开都王的委婉规劝下，狭也略感难为情，然后开都王又继续说道：

"不过，狭也生气不是没有道理的。有关稚羽矢的事，暂时静观其变吧。他的确只有在刚开始惹过一次麻烦而已，镇魂的巫女也发挥了许多力量。"

虽然只是简短的谈话，却感到疲累异常的狭也，正准备返回自己居所时，忽然身后有人唤住她。原来是科户王，他正在一棵细瘦的赤松边两手交叉站着。狭也觉得难堪极了，因此停下来回过头，她想起她还没向他的赠礼表示感谢。

"前几天收到那么贵重的东西……"

"那没什么大不了的。"科户王不悦地打断她的话，但他的模样看来并未生气，浅黑的脸上只是带着一种陷入沉思的表情。"你为什么替那种人说话？"

狭也掩饰着惊讶，说："因为根本没有理由憎恨他呀。而且稚羽矢很可怜，在宫中从来没有感受过幸福。"

"幸福？我们说的幸与不幸都是自己在下定义，根本不可能去猜测辉族人的感受。你花太多心思在辉族了，这实在是有损无益。你仔细看清楚稚羽矢，他不是很缺乏常人该有的人情世故和能力吗？"

火气略升的狭也顶了他几句，"为什么你能说得这么肯定？稚羽矢的事情，我了解的比你更多。"

"什么是人情世故，你替他想想立刻就明白了。"科户王笃定地说，"不知死为何物，就不可能领略真正的恐惧、分离或悲伤，也无法理解什么是心灵相通、体恤和牵挂。我们就是因为有死亡，才会近时彼此相求，远则互表思慕，难道不是这样吗？"

狭也无从反驳这些道理，于是垂下眼眸。她觉得自己被对方狠狠教训了一番，感到十分狼狈，但也不想就这样轻易认同。她边低着头边小声喃喃说：

"——话虽如此，可是若一个人不回应对方的心意，难道就非得遭受极大的报复不可吗？我认为所谓的人情并不是这样。"

科户王微微一动，放下交叉的手臂，接着突然改变口吻说："为何你跟我一说话就吵架？不过，你刚说得确实没错。"

狭也仰起脸，科户王正凝视着她。

"我也很了解你所说的，而我并非那种不通人情的家伙。"

这下子反而让狭也不知如何是好了，她张口欲言，连自己都觉得声音气若游丝，"我说得太失礼……"

"不，没这回事。"科户王往另一个方向离去时，低声说，"戴着那串首饰吧，翡翠色一定和你很相配。"

狭也带着混乱的心情返回居所。奈津女询问发生了什么事，她仍旧不想向任何人提起。

2

在暗族的号召下，如今形成所向披靡之势的军队浩浩荡荡朝东边进攻。在征途中经过大小乡里，他们若不是以武力制伏，就是以怀柔方式拉拢，也有深知应该要见风转舵的豪族自觉将神镜毁坏。在辉光炫目的时代看不清的真相，终于在暗族掀起的旋风中被清晰唤起，豪族们多少察觉为憧憬不老不死、经年累月进奉贡物，自有的土地已经贫瘠，在逐年的歉收之下仍维持进贡，因此苦不堪言的豪族也大有人在。

暗族兵团有这些倒戈的豪族助阵下，声势更为浩大。一方面，在丰苇原中，暗军统帅开都王及雄才大略的科户王，两人的名声已是无人不知无人不晓。于真幻邦都城坐镇的辉神神子陆续派遣将领对抗，均已无法阻止，暗军有如遮蔽太阳的卷涌乌云，渐逼都城。另一方面，在东国不断挑起小规模叛乱的伊吹王等势力，如今也传报通知，将集结军队向西进攻。

闻讯后，开都王立刻转告众武将。

"迎接伊吹王后，我军的军事力量就能完备，足以击败辉神神子，目前辉军在东方的防御实力坚强，还没有出现任何破绽，是否能顺利与伊吹王军会师，正是我们目前极力争取的关键。如果能成功，那么胜利就非我军莫属，现在正是发挥实力的紧要关头。"

正是在开都王的号令下，双方展开了前所未见的激烈交战。暗军兵分五路，再各分八队，攻击巩固各地要冲的辉军。他们行军移动的过程错综复杂，重整会合的范围也过于庞大，因此战役持续了三天三夜，一时停火暂歇，接着又连续激战了三日。

狭也理所当然滞留在后方部队，她并不担心自己的安危，反而牵挂着稚羽矢。按照道理他应该正跟随着开都王的军队，然而在部队重重分组、个别出师的情况下，无法推测如今他在哪里作战。虽然之前稚羽矢也曾在战场失踪过，那时他总是带着若无其事的表情骑着明星返回阵营，不过从没有像这次与狭也分开的经验，因此她充满不安。

翌日下午，开都王及科户王两位将领即席并坐，终于等到攻破辉军最后一道防线的捷报传来。原本忧虑不安的后卫兵们一听到这个消息，脸上表情纷纷化担忧为兴高采烈，此时狭也那里也同样接到开都王来报，却引起她内心一股不祥的战栗。传报据说来自稚羽矢的前哨阵营，而且是在极度隐秘的情况下送达。

狭也不由分说，立刻骑上马与使者一同出发。就在横越枯草还冒烟的战场野地时，她看到了惨烈的景象，只见士兵们倒卧在地，抛下的枪尖和头盔遍地凌乱。照料伤者并缓缓回营的部队被急促的马蹄声惊动，因此纷纷回头张望。然而狭也仍然马不停蹄地朝前奔进，因为如果看到年少殒命的士兵或负伤的老兵，她必定会为此裹足不前。

使者指引的野地军营，就在山谷入口处一片生长杂木林的地方，这里仍维持备战状态，盾牌排列得井然有序。狭也望见就在盾牌以外的地方拴着数匹马，另有一匹被孤零零拴在树干上的马正是明星。

狭也吃了一惊，道："哎呀！你的——好搭档怎么了？"

明星一看到狭也就发出嘶鸣，看似十分无精打采，然而就在狭也不自主想接近它时，明星冷不防翻露长齿，冲着狭也的马咬过来，她只好连忙离开。

开都王亲自迎接狭也，并请她进入帐篷。她匆匆问安后，迫不及待问道：

"到底发生什么事？稚羽矢有什么——"

独眼王者似乎极度劳累，即使在黄昏中看来也面容憔悴。精疲力竭的开都王低声说："是两天前发生的事，就在变换交战地点的移师中，没想到他突然遭人从背后攻击。对方放箭后立刻逃逸无踪——那种战法还曾经是我方所擅长的呢——稚羽矢当场中箭，而且一箭穿心。"

狭也脸色铁青，旋即又恢复冷静。"那么他会变成什么样子？他不会死去吧？"

"当然不会，他已开始蜕生了，暂时看起来像没有生命的状态……"

开都王掀起帐篷的帐幕让狭也穿过，帐篷里相当昏暗，直待点燃盛油盘上的油灯，视觉方才恢复。摇曳的黄光照亮内侧，浮现了稚羽矢横卧的身影，正半隐在罗列整齐的甲胄之间。

"现在他好像正在沉睡，若非亲眼见过他让时光倒流的返生力量，我简直不敢相信会有这种事。"

稚羽矢表情安详地静静睡着，袒露的胸膛不断上下缓动，靠近左胸侧有些淡红的斑迹，但已没有伤痕。

"太好了，这样就不用担心了。"狭也不禁语气开朗地说。不过一看到开都王，她又立刻后悔起来，"有什么不对劲的事吗？"

开都王表情黯然说道："全部的人都看见稚羽矢——死了，如果他像不曾发生任何事般回到大家身边，那我必须要对众人有个交代才行，如此一来，谣言就会满天飞，全军都会知道他是辉神神子。"

狭也如大梦初醒，只能望着熟睡的稚羽矢。然而，他的睡脸像幼儿般纯真，看着看着让她的焦虑随之烟消云散。

"没办法了，因为这是个不争的事实。再如何隐瞒下去，纸终究包不住火。"

"没错，但……但是，我不敢保证我有能力袒护他。"开都王的声音里透露着不安，因此狭也小心翼翼地探视着他的面孔。从火光投射下刻画出深影的开都王脸上，能看出此人几夜都不曾合眼的迹象。

"您怎么了，是有什么烦恼呢？"

开都王低沉到近乎无声地说："这两天晚上，我看到一种摇动不安的影子，那黑影在我们附近巡绕，并没有采取袭击行动，恐怕是连日来尸横遍野的缘故吧，毕竟虽然愤怒的神明渴求献祭的鲜血，但这么多人死亡，无论再狂暴的神灵也会厌腻。只不过战争结束了，今夜并没有替身的血祭可用。"

狭也的背脊陡然升起一股寒意，她屏息轻声道："愤怒的神明终将现身吗？"

"让地神深感愤怒的原因，是稚羽矢具有蜕生的力量。辉神将死亡视为污秽，但对各方神明而言，蜕生才是邪秽，才是禁忌。你虽然镇伏了神灵，但像他这次明显发生蜕生的情况，会引发神明趁势袭击也不是没有道理……"

她轻轻一瞥放在稚羽矢身边的大蛇剑，那把剑和稚羽矢同样静静横卧着。

王继续说："我无法带他返回大后方，因此才请你来，想听听你的看法。我们不能为了守护稚羽矢而与神明为敌，这是无论拥有多大势力的强者都不可能尝试的事。能够全然无惧站在狂暴神灵面前的人就只有你，而你是唯一拥有镇伏狂暴神灵力量的人。"

此时，狭也才领悟到开都王也有害怕的事物，身经百战的猛将竟然也会心怀恐惧。然而，她自己也感到惊恐莫名。

"夜晚来临了，你不能继续逗留在这儿，那么你打算怎么办？是留下稚羽矢打退堂鼓，还是——你能平息神怒吗？"

狭也涩声问："如果抛下稚羽矢不管，会变成什么样？"

开都王伸手放在狭也肩上，无法答复她。这时就在帐幕外不远处，突然发出一声凄厉的悲嘶，长曳不止的凄鸣让人听了毛骨悚然。

"发生什么事了？"开都王大声询问，守卫兵高声回道：

"是马嘶，马在骚动害怕。"

再度传来一阵嘶鸣，狭也不禁掩住耳朵，感觉几乎快跟着一起尖叫起来。

"狭也，镇静点儿。你若心慌意乱，就会惊醒大蛇剑。"开都王严厉地说。

只见剑柄上的宝石又开始闪耀生辉，然而这次苏醒的不是大蛇剑，而是稚羽矢。他忽然睁开双眼，毫不费劲就一骨碌起身，接着像在清爽的早晨苏醒般，伸了伸懒腰。当他发现狭也和开都王正瞧着自己时，高举挥动的手臂不禁停下，他接着凝视了狭也半响，好像发现什么似的说：

"你在害怕啊。"

"你真迟钝，大事不妙了！"就在狭也没好气回答时，只见一名面色如土的卫兵满头大汗地飞奔而来。

"有一大群野狼出现，有几个百姓遭到袭击，这里很危险——"

"季节还没到，怎么会有狼群出没？"

开都王推开士兵走出帐篷，只见近卫兵已将原先排列整齐的盾牌拿在手中，组成一圈迎战队形。透过稀疏的树林望向幽暗的林木深处，可以看见无数杂沓出没的小身影正蠢蠢欲动。在火炬照耀下闪现红光的双眼多到无法计数，发自喉咙深处的胁迫低吼，足以让空气为之惊颤。它们靠近到树林边与士兵怒目相对，在火焰映照下伸出狰狞长舌和泛黄獠牙，眼中暴露出凶残冲动的火苗。

一只狼步步逼近，逮到时机飞扑上来。当它正朝一个士兵跃来时，被那名士兵挥剑砍中。一刀劈成两截的野兽发出尖锐的嚎叫，霎时滚落在地，狼群的低吼声愈发变本加厉。

开都王认出将剑上血污迅速拭尽的士兵侧脸，于是压低声音对他说：

"正木，是你？还有多少人受害？"

"三人，连拔剑都来不及就丧了命。"

开都王又以低沉阴郁的语气说："如果三个人就结束的话也就罢了，听着，不要再加害它们了，别做无谓的抵抗，赶快撤退吧。它们就是地神，你难道还不明白吗？"

正木一脸讶异地回过头，"就这样撤退吗？"

"没错，必须向它们表示我方不带任何敌意，要静静解除武装才行，本王不能让你们与地神为敌。"

开都王撩起帐幕，急忙向帐篷中的狭也转告此事。"我军准备撤退，是否要跟大家一起走，就看你自己的决定了。"

稚羽矢诧异地望着狭也："怎么回事？"

"去穿好衣服，我们准备离开这里。"狭也回道。

不用说，这次绝对要尽快溜之大吉才行，神明聚集了如此强烈的愤怒和恶意，她压根儿都没想过要和它们单打独斗。但是，丢下毫不知情的稚羽矢她也于心不忍。就在两人正要离开帐篷时，突然耳边响起那阵熟悉而沉缓的鸣吼声，让他们惊讶却步。大蛇剑又开始吼叫了，宝石发出炯炯鲜红的光辉。

　　"不能拔剑喔。"狭也慌忙说道。只见稚羽矢的手仿佛被人控制一般，敏捷地伸向剑柄。

　　"它想现身。"稚羽矢轻声说，"巨蟒醒了。外面到底有什么？竟然能任意唤醒它。"

　　"那是因为神明动怒了，但是你不能拔剑。"狭也声嘶力竭地说，"拜托你也一起祈祷让大蛇剑平息下来吧。"

　　"现在我若身体一动，就会想拔剑。"此时稚羽矢也神情紧张起来，喃喃说道，"巨蟒想控制我。"

　　"公主不见了。"正木说。
　　"她没事的，撤退吧，不能再耽误时间了。"开都王命令道。
　　"可是——"
　　"身为镇魂的巫女及水少女，守剑的公主有她自己的想法，不用替她担心。"开都王语气沉重地说，然而话中却没有十足的把握。

　　如今一切都太迟了，充满恶意的神明将两人所在的帐篷围得密不透风，正逐渐开始缩小包围圈。无数的猛兽散发的狂怒合而为一，犹如从空中投下一道巨大的深怨眼神怒视着两人。

"我根本没有镇伏各方神明的资格。"

被情势所迫的狭也心里暗想着。神明不止对稚羽矢，就连对她也同样表露怒火，这让她感到一股切身的刺痛。神明能洞悉狭也的真正心意，而且丝毫没有遗漏，他看透她至今依然羡慕着辉光、青春、永恒的生命，就像那位抗拒垂老的主殿司一样，其实都还颂扬着辉神神子……

沉着不动的稚羽矢屏气凝神，像在体会着某种感应，接着突然大惊失色地抬起头。

"怎么了？"

"明星呢？"他焦急地问，"明星在哪里？我感应不到它。"

狭也伸手掩唇，怯生生地注视他。形单影只的明星就拴在松树旁，连逃脱的机会也没有。

"它拴在阵营外的树上——"狭也尖声说着，还来不及阻止稚羽矢，他就一个箭步从帐篷飞奔而出，她拼命在后面追赶，叫道："等一下！"

"明星！"稚羽矢朝幽暗的树林高声呼唤，却没有马嘶声回应，只听见肉食兽类磨牙嘶吼的气息。

稚羽矢立定脚步，只见有如线团的物体从四面八方抛来，团团黑影倏然朝他不断扑上攻击。他下意识地退身躲避，感觉到牙印深深嵌入肩膀和膝盖，衣服也发出撕裂声。脚上挨了一口，他摇摇晃晃地将手握住剑柄。

"不可以！"看到迸发出灿光的大蛇剑，狭也尖声高喊，然而野兽同样朝她扑来。她像着魔般动弹不得，惊惧地注视着眼前剑光中浮现的景象，那是正咬向自己的血盆大口，还有口中溢满泡沫的尖牙。

就在狼纵身扑上，正欲吞噬狭也的紧要关头，突然飞来一支白箭，正中狼的侧腹。她猛然屏息回头，只见正木一边抛下弓，一边拔剑朝这边冲来。

"您还好吗？光靠眼光是无法击退野狼的。"

"你……"狭也气喘吁吁说道，"你不听王命了吗？"

"如果知道我丢下公主自行脱逃，内人绝对会休了我。"

"这样会触犯神明喔。"

"杀都杀了，几次还不都一样。"正木以敢作敢当的气魄答道，"好了，快逃吧，快！"

狭也再也无话可劝，于是随着他一起奔逃起来，心情却直落谷底。

那么善良的正木，可是又是多么愚蠢的正木，你明知绝不能回来这里的。

她知道，单凭人力是绝不可能招架这批猛兽的，想到正木将平白牺牲，她悲痛欲绝，这群残酷无情的神明是不会放过他的。

眼前尽是飞蹿的影子，狭也不知多少次被扑倒，也不知几次遭牙尖划过，还是爬起来继续往前冲，因为她知道这是唯一能为正木做的事。然而跑着跑着，她觉得快无法呼吸了，脑中意识蒙眬如粥，乱成一片，也不知究竟跑到哪里，连为何拼命奔逃也忘得一干二净。交错飞蹿的影子、影子、影子，不时从任一方发出闪光，她无法思考那光亮有何意义，只有飞蹿的影子。影子、影子——时而闪光一现——又是影子、影子、影子，全是影子。

狭也忽然从昏厥中惊醒，一抬头，不知何时黑暗已沉寂下来，此时是最清冷、完全由静谧支配四周的黎明前刻。然后她悚然一惊，发现稚羽矢就站在身畔，他的身形被手握的无鞘剑上发出之青白光芒照得朦胧恍惚。

"我终于知道剑的用法了。"稚羽矢看到狭也，仿佛继续聊着没讲完的话题，对她说，"这就是利牙，我只要成为利牙的主人就好，就像变身成一只狼。说到狼，我以前也变过。"

狭也全身打战，好不容易才挤出声音："它们怎么了？"

"已经消失了。一消灭操控它们的对手，就完全不见了。"

"是吗？"狭也喃喃地说，她很难去思考该称赞还是该责备他，只能直接说："看样子，这次你又杀死了地神。"

"狭也。"稚羽矢低声唤道，垂下眼望着剑，"明星死了。"

狭也默然点头，无法随便说句安慰的话。

稚羽矢沉默了半晌，接着落寞地自言自语："只有明星没有任何犹豫地喜欢我。"

夜色在丫桠间弥漫的雾中开始透白，不知何处发出一声鹿鸣，像在找寻秋日的伴侣。在微弱而辨识不清的曦光中，狭也边拖着脚边摸索前行，发现了俯卧在草地上的正木。

他的身体已冷，握住的剑刃上沾着朝露。狭也发现他时觉得自己无法哭泣，因为痛哭只会让心神狂乱耗弱，她坐倒在他身边，仿佛寻找慰藉般一直握着他的手，她的心中反复翻搅着一种想法：我该怎么向奈津女开口才好？奈津女——我该怎么对你说才好？

一直到开都王前来找寻时，狭也依然呆坐原地。她注意到开都王走近身边，在看见他脸上露出明白一切的沉痛表情时，她的泪水才终于滑下面颊。

"为什么这么残酷呢？我们祭祀的神明为何会做出这种事？为何非要替这种神明打仗不可？"

开都王沉重地一字一句答道："残酷是所有神明拥有的一面，然而他们绝不会只以残酷的一面示人，原本众神是充满慈爱而灿烂美好的，只是因为被辉神的支配力扭曲了。"

"我不懂，我不相信。"狭也摇着头，"我恨杀死正木的神，稚羽矢帮忙报仇是对的。"

一脸苦涩的开都王低头望着她。"狭也，你真的打从心里这么认为吗？如果真是如此，那你先等一年好了，到时再来此地看看，你会发现这里将完全荒芜。这片土地将不会再结果实，不再绽放花朵，因为已经失去地神了。没有地神赐予丰沃的土地，将不再有生命的气息。"

"怎么会有这种事？"狭也悄声喃喃道。然而，她还是没心思去在意这些事，只是不断想着奈津女待产的婴孩。

刚回到本营的狭也高烧不退，好几天无法下床。高烧中不断做着梦，其中最让她烦恼的，便是许久不曾梦到的以前常遭遇的旧魇，那股恐惧依然让她无法适应，也难以克服。转头回望的那名白衣巫女，尽管她一再告诉自己那人就是稚羽矢，但终究还是不能减轻恐惧。喉咙里涌上的恐怖感，让她堕入万劫不复的绝望深渊。

都是因为我看到巫女的脸……高烧不退中，狭也不断、不断反复陷入同样的疯狂思维里。都是因为看到巫女的脸……

然而，终于到某天早上，狭也在阳光中忽然睁开眼来，她觉得好久不曾这么清醒，仿佛眼前的云雾全部消失殆尽。说是早上，其实已是近午时分,艳阳高照下的蜜色日光从小窗洒落,坐在她身边的,是一尊足以遮去半边日光、庞如大熊的巨汉。虽然他弯腰拱背,但已填满整个临时搭建的窄小房屋。狭也注视着他,然后露出微笑。

"伊吹王,您平安无事来到这里了?"

"已经是好几天前的事啰。"嗓音沉厚的巨汉答道,他打算说话时尽量小声平稳一些,"好像退烧啦。嗯,好极了!好极了!"

"那绝对是您特地找来的药草发挥功效了。"奈津女满怀谢意地说。

她仍然与平时一样勤奋工作,既没有愁然不乐,也没有身穿丧服。自从狭也返回阵营后,奈津女就一直全心全力在看护主子,即使狭也希望她哭号也好、发怒也好,她也绝不在狭也面前流下眼泪。

"我对找药草最在行,都是在人家没留意的地方发现的。"伊吹王伸出粗犷大手拍拍胸膛,露出颇为自得的表情,不过很难让人联想那是一只能探进岩缝间摘取小草的手掌。

"喔,那不是瞿麦花吗?"伊吹王发现奈津女手中的花束,说道:"你采好多啊。"

奈津女意味深长地微笑着,目光落在有齿状花瓣边缘的淡红花朵上。"不是我摘的。虽然不清楚是谁送的,但自从公主卧病后每天都会送来。"

伊吹王露出微妙的表情,"是谁呢?不过,刚回去的男子是科户王那里的使者喔。"

"实在不清楚是谁送的。"奈津女巧妙地装起糊涂。

"真是岂有此理。"伊吹王发出原本的破锣嗓音说,"那家伙，瞧他一脸凶煞，倒还满纯情的嘛——"当巨汉发现两个女孩正盯着自己看时，连忙住口，"没事，我在说自己啦。"

狭也瞥了一眼昨天插饰的龙胆，花还保持丰润的青蓝。她虽然没刻意去想，思绪却不禁飘向曾几何时在原野上见过的金琵琶草。

即使看见生长在辽阔草原上的花儿，稚羽矢也不会去摘它。不但不摘，还带我到遍开满野的地点去赏花。

"稚羽矢怎么样了？"面对狭也突如其来的询问，奈津女和伊吹王都微微一惊，不约而同注视着她。

"没事，他过得很好。"伊吹王连忙回道。

"明星不在，他也很好？"

望着穷于应付的伊吹王，狭也明白其实他根本不知道稚羽矢过得如何。奈津女略微踌躇片刻，接着以不寻常的声调反问她：

"公主，大家都异口同声这么说，难道那位客人真的是辉神神子吗？"

狭也骇然地胸口一紧，大家果然都已彻底摸清他的底细了。

"嗯，是真的。"

"那么，他在这次战役中明明战死，却又毫发无伤地回到阵营的事……"奈津女的语尾沙哑渐失。

狭也不知该如何答复她，"这也是真的，不过——"

"实在太令人惊讶了！"奈津女刻意装出开朗的声音，然而即使想努力保持平静，她仍无法掩饰内心的激动，捧着花束的手明显颤抖不停，"请容我告退一下。"她小声说完，头也不回地走出门外。

伊吹王低声说："真是坚强的孩子，一句苦也不说。"

她会在哪里哭泣呢？狭也心想着。

伊吹王回去后，孤单的狭也步履蹒跚地走到外面去找稚羽矢。如果奈津女在场，绝不会任由她这么做，然而奈津女却一直没有回来。户外日光灿烂，寒风袭来让人全身瑟寒，虽然排练操演的士兵们呼喝声响彻云霄，却独独不见稚羽矢，调配军中伙粮的回师部队中也没见到他的身影。狭也不知不觉间受到茂密林木的吸引，于是穿越驻扎地朝一处清泉走去。

山涧涌出的泉水盈满水渊，形成细小的河川顺流而下。开都王选择驻扎于此，原因也在于这里有澄澈的甘泉。岸边岩石间簇生着蕨类和山车木，头顶是高耸笔挺的桂树如守护精灵般伸展枝丫。她感觉倦乏无力，便坐在岩石上，赌气般想着：

真是的，该探病时也不来。那没良心的竟忍心让我一个刚病好的人，为了找他团团转，实在反了。

她闷闷不乐地想着，科户王曾说稚羽矢不懂人情世故，或许当真如此，虽然自己不愿承认这个事实……

凝望泛着秋意的水面清澄透绿，狭也突然感觉口渴起来，正想从岩石上欠身掬起冷水，却瞧见如镜的水面上倒映的桂树枝影。

她情不自禁笑出来，笑了半天，才抬头望着树梢，"你在那里做什么？"

原来稚羽矢像只栖息的鸟儿，正坐在大树枝上，猫头鹰似的眨巴着眼睛，往下瞧她，"你怎么知道我在上面？"

"水面照得很清楚，你下来吧。"

稚羽矢慢吞吞起身，却一溜烟落地站到她身边，仔细打量一番后，才说："你好像瘦了。"

"因为身体不舒服嘛。不过，没有大碍了——"狭也不禁就此住口，因为她发现稚羽矢身上还穿着那件遭狼咬裂的破衣。

"到目前为止你都在做什么？"

"都在树上思考。"

"一直这样吗？"

"一直这样。"

狭也满脸甘拜下风的表情望着他，"有什么事这么值得思考？"

稚羽矢望着被自己摇落飘下的桂叶，在清泉上像小舟一样浮泛。

"我想过最多的，是明星前往的地方，丰苇原的所有生命都会去那里，可是只有我回来——返回了这里。"他像在闹别扭似的说，"我在思考为什么只有自己不被允许过去，明明大家都能去的。"

他像个孩子在赌气，狭也因此觉得好笑，"你这是没有的东西硬要嘛，连这种事也值得你羡慕啊。"

"可是如果永远都到达不了一个归属地，那该怎么办才好？"稚羽矢的疑问中带着一种切实，"为什么我被赋予这种身体？"

狭也犹疑片刻后，答道："我也不明白原因，就连自己的事我也一无所知。不过，我想高光辉大御神和暗御津波大御神一定知道原因。"

"天上的父神吗？"稚羽矢小声呢喃着，随后，他大失所望地抱膝而坐，"你若想见暗族的母神，就可以去见她，对吧？可是我和皇姊皇兄不同，是无法与天上父神相见的。"

"为什么？"

"因为我是异类。"

两人面面相觑，稚羽矢静静说道："皇姊说我的存在只会伤害天上的父神，事到如今，我彻底了解她为何会这么说了。"

不待狭也询问，稚羽矢就将大蛇剑从腰际的鞘中拔出，"看看它吧，你也会明白的。"

惊慌的狭也差点儿叫喊出声，接着赶紧忍住。拔出鞘的剑身没有发出灿光，只在日光下映射出磨刃散发的辉泽，柄上的宝石也黑沉沉的。稚羽矢轻轻将剑横搁在岩石上。

"这样很危险，快收好。"失去镇定的狭也恳求说。

"你要不要祈求看看，叫巨蟒快现身？"

"别说傻话了。"狭也大声说道，然而稚羽矢摇着头，表示他并非在说笑。

"你就算真的祈求也不要紧，因为巨蟒应该不会再现身，也绝对不会再发出吼叫了。"

狭也疑惑地注视着宝剑，"这是怎么回事？"

"因为巨蟒不再附身在剑里。"

狭也睁大眼睛抬头看他，稚羽矢指着自己胸口，"巨蟒在这里。"

"这里是指——"

"在我身体里。"

"从何时开始的？"

"从那天夜里。"稚羽矢垂下眼睛。

"狼群来袭的那天晚上吗？"

"是的。那天晚上狭也大概不知情，其实巨蟒并没有现身，只有我一人而已。等到我发现时，已和巨蟒融为一体了。"

狭也屏息轻声说："为什么会变这样？"

"不知道，我只是……"没把握的稚羽矢渐渐小声起来，"我只是想让害明星变成那样的家伙也尝尝同样滋味。"

她犹疑着,不知该对稚羽矢说什么才好,身为守剑的巫女应该做何回应——必须深思熟虑才行。或许事关重大,或许是件小事无伤大雅,然而一旦发生的事就永远无法变更,在某种意义上是逢凶化吉或是反吉成凶,她心里有数,只是讽刺的是这些概念全是在辉宫学得的教训。

"这么说,大蛇剑若没有你,就不能随意作乱了?"狭也小心翼翼、慎重地确认。

"——是的。"他点点头,"现在巨蟒仍在这里,像是藏在窝里的虫、灰中的余烬,让我无时无刻不感受到它的存在。"

"那么你终于可以封住巨蟒了,比剑鞘具有更强大的灵力,让它留在无法逃脱之处。你进步了,这是件好事。"狭也如此说着,稚羽矢睁大眼望着她。

"变成巨蟒是件好事?"

"只要你成为自己的剑鞘,别让它再现身就可以。如果你够坚强,或许能将它永远封住呢。"狭也满怀诚意地说,"只要你变坚强就能做到。"

"我能做到吗?"稚羽矢担忧地望着对方,"你不会嫌弃我吗?你明明那么讨厌巨蟒。"

"你才不是巨蟒呢。"狭也明快地保证道,"你有五官还会思考,我们可以如此交谈,不是吗?你若是岩夫人说的风少年,就应该变得比巨蟒更有力量,好好迎头制伏它吧,你一定能做到的。"

稚羽矢拿起剑,终于将它收回鞘中。

"既然狭也这么讲,"他难为情地淡淡一笑,说,"——我就不再多想了。"

狭也同样微笑起来。"我是来找你的喔，还有些话想说给你听，自从经历那夜后我也思考了很多事。"

她缄口不语，环顾着四周宁静的风景。在这段时间中，稚羽矢一直等待她继续说下去，留意到的狭也被他的反应稍微逗笑了，于是耸耸肩说：

"没什么重要的事，只不过，事到如今我才终于领悟自己的任务，例如像这种事——"

狭也指着桂树说：

"你也觉得这棵树很美吧？再不久树叶就会变成醒目的金黄色，虽然很好看，可是等到冬季叶落殆尽时，林木会另添一种庄严之美，而春回大地时，新生儿般的幼叶又会争相抽芽生长。比如这泉水，是不是很清澈？能保持这么澄净，就是因为水在此处不断清新涌出，不曾稍停沉淀的缘故。丰苇原的美感正是如此，出生后死灭，永无止歇而瞬息万变，无论我们再怎么不忍割舍，也绝对无法出手阻止，因为如此一来，美感和清净就会消失了。"面对着稚羽矢，她继续说："你们辉神神子拥有的是另一种美，就是永恒不变。然而，那属于天上之物，并不适合丰苇原，因此希望你们不要破坏丰苇原，希望你能了解这个世界现有的美感——所以，我的族人才奋起作战，我也必须参与他们才行。"仿佛这番话是对自己说的，狭也随后迎着稚羽矢的目光，"你能够了解丰苇原的美好，从带我去看花这件事我就知道了。如果你有这份心，但愿能借助你的力量，为我们守护丰苇原，希望你一起加入我们，请你将能控制巨蟒的力量献给这片土地。"

稚羽矢暂时认真咀嚼她所说的话语，然后，直率答道："既然狭也这么说，那就这样吧。"

3

　　暗族军队大举进攻，终于集结在中濑川的河口。渡过河，辉神降临地的真幻邦就近在咫尺。节节胜利的暗军虽然军力远占上风，却受制于辉军毫不退让的情势，没法轻易渡河，而且即使做殊死进攻强行攻城，想要一举攻陷辉宫这座固若金汤的防御，也是绝不可能的。开都王在深思熟虑之后决定按兵不动，驻扎在对岸观察敌军动向。他非常清楚，此时轻举妄动，足以酿成决定天下的最后战役的惨败。

　　虽然小小的挑衅战报频传，但战线仍然呈现胶着状态，两军仅隔着一条河对峙。在此期间，山峦从赤红转为苍黄，初霜降下后，夜晚警戒用火把的木材也砍削得更长了。就在进退维谷间，双方仿佛在看守一条紧绷的界线，直待线断为止。日复一日，暗军随着时间拉长而开始萌生烦躁不安的情绪，最令他们大感担忧的事，就是照日王及月代王两位神子，在这紧要关头竟然不曾现身。照日王的金盔与月代王的银盔在重要时刻总出现于辉军阵前，借着灿烂光辉大挫敌人士气，如今不见踪影，反而让人觉得诡异，似乎另有内情。

　　就在某日夜里，坚守后方根据地的一师军队突遭袭击，让暗军大为惊慌。纵使派遣许多侦察兵时时刻刻监视辉军动向，也没见任何敌兵渡河来袭，就在援军延误调兵的情况下，后方受到惨烈痛击，除了丧失大部分物资，还造成许多死伤和逃兵。

　　这次的打击不仅是物资方面损失惨重，而且使军心受挫得更为严重。无端的揣测如野火燎原般在士兵中传开，还有人公然议论，表示不可能打败辉军。科户王从战败地火速返回统帅本营，一脸苦闷地进入营内与开都王商议此事，不久又召开军事会议。

狭也并没有被邀请参加会议，她觉得似乎有非同小可的事情即将发生，因此变得寝食难安。隔天一早听到军事会议的结果时——她简直难以置信，立刻飞奔去找开都王。

"为什么要监禁稚羽矢？您说他做了什么？难道说这次事件是由他挑起的吗？"

"狭也。"开都王努力保持沉着，但脸色却十分阴郁，"我们现在虽然拥有大军，但也可说是七拼八凑，他们多数是离乡背井，只服从将帅人品的狂热者。我无法相信来自不同土地、想法分歧的众多士兵，对辉族或暗族的本意没一点误解。善即善，恶即恶，没有判个是非分明，就无法打动他们的心。"

"虽然您这么说，可是将无辜的人押入牢中，难道这就是公平的审判吗？"狭也激动地质问，"我实在不敢想象这是您的作为，他是辉神神子这件事不是众所周知吗？"

"如果一直不管舆论，他的处境只会更糟。有人在怀疑他与辉军里应外合，即使现在不追究处置，将来他也会因为其他事件而被人责难吧。这是很久以前大家就担心的问题——现在只会更加深大家对他的反感而已。"

"怎么会——"狭也尖声说，"真是太武断了。这几次战役中，稚羽矢比任何人都还要努力作战呢。"

开都王表情依然严肃未变，但低沉的嗓音中隐含着不忍，"这点我了解，你还不明白，正因为如此，惧怕和怀疑只会更加扩大吗？稚羽矢愈是屡建奇功，他拥有的无穷力量还有不死之躯——都更显出身为辉神神子的优越。"

听了开都王这番话，狭也仿佛被人痛掴一巴掌般退缩不前，她以混乱到快哭泣的语调询问开都王："那么，稚羽矢究竟该怎么做才好？"

"请原谅我。"开都王叹了口气，"畏惧他的人，或许正是我。"

狭也愕然醒悟到多说只是白费唇舌，因为开都王终究做了决定。

在本军驻扎的扇形谷饮水地附近，有个风雨侵蚀形成的洞穴，这个洞穴被用来当作监禁俘虏的土牢，稚羽矢也在此处成了阶下囚。

牢门是由坚韧橿木组成的木框做成，框上的木桩全钉得死牢。然而，与她隔门对望的稚羽矢显得格外镇静，心情凄苦的狭也从他手中接过大蛇剑。

"没关系，没有你想象得那么苦，只是暂时恢复一个人独处罢了。再过不久，其他所有人都会了解我的。"

反而被他安慰的狭也更加绝望透顶，当她正从土牢前离开时，伊吹王从后方追来，遗憾地耸耸厚实的肩膀，说：

"对不起，我无法说服大家，没办法跟那群莽夫讲道理，让他们头脑冷静下来吧。"

"怎么这么没出息——不，不是指您，我是说连同我在内的其他所有人。"几乎要哭了的狭也义愤填膺地说，"稚羽矢表示愿意为丰苇原效力，与我们并肩作战，但最关键的我们，竟然无情到做出这种蠢事。"

"怀疑是黑暗且缠人的影子，足以混淆视听。"皱紧粗大眉毛的伊吹王说，"如果能知道这次我军受创的真正原因，多少能让大家接受事实，现在疑心生暗鬼是解决不了问题的。"

狭也自暴自弃地质问他："连您也认为那或许是稚羽矢一手造成的？"

"怎么会呢？我是教他剑术的老师呀。"伊吹王一脸惊讶答道，"二十年来我就是以这种方式教年轻人习武的，不过我还是生平头一遭遇到那么不成材的弟子，更何况——最糟的是他还是个辉神神子。但，无论是谁，只要我们能舍弃私心以诚相对，必然能感悟到对方真正的心意。"

情绪稍微平复的狭也拭着眼角，"那您看他觉得如何呢？"

"那小子——是啊，就像从遥远天际飞来的孤鹤，尽管双足和长喙探进泥沼中，心思却还飘在云端。那样的人，怎么可能会有心谋害大家呢？"

狭也等人前往遭受袭击的军营进行救护工作，并协助治疗伤兵和聚集载货用的军马。就在忙碌打理这些事情时，她注意到在配给物资的广场上发生了一阵骚动，还听见奈津女叫喊，惊讶的狭也放下手边工作跑过去。

她刚到广场还喘息未停，就见奈津女正抓住一个浑身脏兮兮的小孩，想洗个干净。在她胳臂里的孩子大吵大叫地闹个不停，两人于是扭扯成一团。

"不要！不要！"

"你是女孩子呀，至少脸要给我洗干净。"

腹上差点要挨一脚，奈津女终于无奈松手，踉跄脱身的小孩一边以反抗的眼神睨着她，一边又两手抓起土，拼命往脸上用力乱抹一通。

"这孩子怎么了？"傻眼的狭也问道。

头发被飞散水花溅湿的奈津女，露出无奈的表情回过头。

"是援军把这小孩带回来的，他们好像将她错当成鹿误射了一箭，幸好没受伤，不过，她醒来后就闹成了这副德行。"

她是个大约五六岁的女童，脸孔长得挺可爱，但头发一团乱蓬蓬，浑身上下都沾满黑泥。她随时提高警觉，注意着人们的一举一动，这副模样令人联想到野生兽类，狭也因此想起稚羽矢变身成鹿那时的情景。

"她在森林里，一个人吗？"

"一定是在战乱中失去所有亲人的孤儿吧，她连自己和父母兄弟的名字都不肯讲。"神色忧虑的奈津女说，"真是捡来个大麻烦啊，该怎么处理她呢？"

狭也不胜伤感地望着小女孩，那孩子四处张望着，似乎十分在意露出脸孔，用污黑的手直往脸颊上抹。狭也不禁觉得她仿佛就像以前的自己。

"我们能不能养她？我实在无法这样丢下她不管。"狭也如此说，奈津女和周围的士兵都面露难色。

奈津女低声说："如果真能这样就好了。只是到目前为止士兵不断增加，兵粮也十分缺乏，就算是很少量的粮食也无法多配给了……再说，公主，战乱中丧失双亲的孩子可不止她一个喔。"

"可是，至少——就这孩子，"狭也恳求说，"拜托，可不可以至少救她呢？"

此时，一名士兵小声对身旁的人说："就拿辉神神子的粮食分给她吧。那家伙不吃也饿不死的，给了也是浪费。"

狭也愤然回过头，"刚才是谁说出这么无耻的话？请给我从本队离开，我不想跟如此心肠的人在一起吃住。"

众人惊讶地望着狭也，因为她还是第一次对士兵冷言相待。

她环顾四方，接着向大家宣告："就把我的粮食分给她吃，这样就不会造成任何人的困扰了。"

就连奈津女多少都为狭也的气势所迫，只能目不转睛地望着她。狭也忽然觉得自己与大家之间产生了隔阂，不禁一阵空虚，于是怀着不知如何是好的心情望着女童。只见从满脸脏污的小女孩眼中，放出异样的光芒，好像发现什么稀奇事物般回看着她。

"跟我一起来吧。"狭也亲切地呼唤她，"如果没有名字，就叫你小鹿吧，因为别人将你错当成鹿了。我的名字叫狭也，这名字也是我被捡到时取的，因为听说我藏身的小竹篓发出'飒呀、飒呀'的声响呢。"

小鹿与狭也一起回到军营，在同一个帐篷里同睡同起，不消几天就安定了下来，她对新环境适应之快，实在令人意外。不怕生的女童在士兵之间玩耍，满怀天真的好奇心，她东奔西跑的模样恰如一只小麻雀飞到了营地里。只是，也不知过了多少时日，对她说尽多少好话，她无论如何都不肯擦掉脸上的泥污。狭也心想或许孩童有自己的想法，之后也就不在意了。

对暗军而言，意志消沉的日子仍是持续不断，既无法再续前势卷土重来，也没有任何突破，战况一直呈现胶着状态。又逢晚秋小雨，薄暗寒冷的天气不断，连天空都布上一层忧郁。稚羽矢蒙受的冤情不是一两天就能洗清的，狭也亦只能跟着烦忧度日。正因如此，深受小鹿吸引的人不止狭也，虽然她满脸沾着泥污，却是个小可人儿，士兵们只要有小鹿在旁就感到开心，许多人因此想起自己的爱女。寒冬已至,更催起疲战者思念远乡温暖炉火的心情。

从帐篷仰望数天不歇的绵绵冷雨,郁郁寡欢的狭也满脑子萦绕着离饮水场极近的岩石地,还有暴露在北风狂扫中的洞穴。此时,在帐篷中玩耍的小鹿似乎拖着某件东西过来,狭也不经意回头一看,简直吓得魂飞天外。只见她手里正拿着分明早该小心收好的大蛇剑,不知小鹿用什么方法找出来的。

"你为什么这么做呢?碰到那把剑,就会被雷打中而死的喔。"

"才不会呢。我喜欢这把剑,我想要它。"

狭也慌忙拿起剑,"不行,这是属于别人的东西,不能给你,现在它也不是我的。在物归原主以前,先静静放好它,坏孩子才拿剑来玩喔。"

"它的主人是谁呀?"

狭也语气变得沉重起来,"……是在岩屋里的人。"

小鹿高声说:"我知道,大家都说他是笼子里的神子,是关在笼里的人。真无聊,我要去别的地方玩了。"

女童在细雨中飞奔而出,狭也本想阻止她,却又打消了这念头,接着又望着手中的剑发出叹息,心想下次可要藏到别处才行。

不一会儿,小鹿发现躲在雨篷下围着篝火烤栗子的士兵们,她凑过去加入他们。一名士兵将小鹿抱在膝上,随意地继续聊天。

"——话虽如此,到底该怎么处决死不了的人?"

"不过,绝对错不了,准是那个臭小子向照日王泄露的机密。我才不相信头戴金盔的女王现在还躲在盾牌后面观望,她一定潜伏在某处,再来与他里应外合。若不趁早除掉他,我们的性命就危在旦夕了。"

"是啊，解决那家伙我们才能安心，可是他不吃不喝，也照样活得好好的……"

"简直是个妖祸，就算浸在水牢里，他一定也会面不改色地端坐着惹人嫌哩。"

"我的兄长是被辉神神子杀死的。"

"我爹也是。"

"凭什么那家伙可以好好活着。"

这时，小鹿忽然纯真无邪地开口："我听说有办法让他不能复活。"

没料到女童在听众人交谈，吃惊的士兵们不约而同盯着她看，小鹿也睁着滚圆的眼睛环视众人。

"怎么了？不是让辉神神子别复活就好了吗？以前爹爹说过有一个办法可以做到。"

让她坐在膝上的士兵温和地问："说什么呢？小不点，你爹爹说了什么？"

小鹿感到很好玩，就咯咯笑出来，"就是啊，把他吃掉，像削柴鱼那样，一片片剐下来吃掉就好。这样神子就不会再活过来，吃掉他的人也能长命不死了。"

众人脸上都露出惊奇的神色，他们霎时带着狠狠的神情彼此对望，却没有任何人搭腔。只有小鹿一人仿佛没事般，专心夹着火中的栗子。

"你有没有听到一个可恶的谣言？"伊吹王来到狭也住处，带着罕见阴沉的语气问，"有人说出不堪入耳的话，如果知道是谁说的，真该把那家伙吊起来。"

狭也放下早饭饭碗，注视着对方，"是什么样的谣言？我不太清楚——"

坐在她身边，正将鼻子埋在粥里的小鹿抬起脸来，"喂，'不堪入耳'是什么意思？"

"要静静吃饭喔。"狭也说着，又问伊吹王说："是什么谣言让您这么大动肝火呢？"

"没事没事，还好你不知情。"伊吹王摇摇头，在离去时说："我实在讲不出口啊。"

当天下午，奈津女一副烦不胜烦的苦恼模样走进狭也的帐篷中。小鹿在外面玩耍，里面只剩狭也一人。

"公主，我这么说实在对您过意不去……"

"怎么了？真不像平常的你呢。"

"其实，是小鹿的事。我觉得那孩子在公主身边不太好。"

狭也讶异地望着她，"粮食有这么缺乏吗？"

"不，不是这个问题。"奈津女吞吞吐吐地说，拼命绞着双手，好不容易才道，"我觉得那孩子会带来祸患。"

狭也吃了一惊，随即失望道："只要不是我族的人，都会遭到排挤吧？先是怀疑稚羽矢，接下来是小鹿。"

"不是的，我也很同情稚羽矢。"奈津女认真起来，"让那位神子背负不实的罪名，是我们族人的羞耻。我不是不了解大家的心情——因为连我也有一阵子很憎恨他，想说为什么就只有他能活着回来——可是，这种想法是错的，是有损无益的。我了解不恨别人也能坚忍活下去的意义，因为我有这孩子。"

奈津女爱惜地抚摸隆起的腹部，狭也觉得她的举动仿佛女神般圣洁。

"不管是男婴还是女婴，这孩子就是正木，象征他复活回来。我现在的想法就是如此。"

"的确是这样呢。"狭也由衷地说，"奈津女，你要安心待产喔。"

奈津女浮现感谢的微笑，霎时脸上又升起阴霾，说："不知道是什么缘故，我怎样都无法想象小鹿那孩子会有亲生爹娘。我觉得她好像不是人所生的，简直就是个鬼娃，我感觉不对劲，可能就是因为这个吧。"

"她确实是个没大没小的孩子，不过很可爱喔。"狭也如此说着，奈津女却摇摇头。原本个性温和的奈津女，竟然十分罕见地向她抱怨起来。

"小鹿有时会瞪我，用一种无法言喻、让人浑身发麻的眼神，那是会招来灾厄之人才有的神情。"

"会不会是你想太多了？"

然而，奈津女仍继续说："连狗都知道应该善待要生产的母犬，不是吗？而我拖着这种无用之躯来到战场，大家都还非常照顾我，这绝不是刻意表现，而是一种发自对生命本身的尊敬。因此我心怀感谢，并没有打算借此侥幸依赖起他人来。只不过，那孩子的眼神实在太与众不同了。"

狭也变得有些不安，话虽如此，她并没有意思去责怪一个才五六岁大的小孩。

"小鹿太小了，应该什么都不懂吧。她不知道你怀胎的事，一定是在吃你的醋啦。"

"真是这样吗……"

狭也恳求般说:"希望你别讨厌小鹿,那孩子跟我以前很像,我被羽柴的双亲捡到时,一定就像她那副样子。可以信任的东西荡然无存,不再相信任何人而索性自暴自弃,可是养父养母却慈爱地抚育了我,所以我们应该也能做到喔。"

奈津女静静吁了口气,看似稍有回心转意。"是啊,我明白公主的意思。讲了这些无关紧要的话,真是打扰您了。"

狭也凝望着奈津女站起来的笨重身躯和略显消瘦的脸孔,认定她绝对是心情随着体态变化,才对许多事反应太过敏感。

留在这种充满杀伐的地方,当然不可能对身心有益。连我都意志消沉了,对奈津女的身体肯定也是一种打击。

离开狭也住处,绕道后方的奈津女无意间注意到自己头发散乱,于是停下脚步,取下发钗重新整理头髻。她一边抚着鬓发,一边不经意地望向身旁的树林,突然大吃一惊顿时停手。

就在正好与她视线同高的树杈枝上,小鹿正坐着双脚晃啊晃的。乍看之下如人偶般俏生生的好可爱,但脏污脸上的目光却像是要把人洞穿般冷酷。

小鹿以仿佛换了个人似的语调说:"你的直觉也未免好得有点过分呢。是因为有孕在身吗?"

她小嘴边露着一丝邪笑。"好不容易让狭也消除疑心,若给我多生事端可就麻烦了。用不了多久,我就能随心所欲操纵暗军了。"

奈津女的脸上血气尽失，她向后退着，嘴中喃喃自语："鬼——你是鬼变的——"

"才怪！"小鹿轻巧地从树上飞跃下来。"鬼嘛，不过是住在野山里的不洁神灵，对吧？可别把人给瞧扁了，我是百般忍耐才来到这种乌烟瘴气的地方。不过，还真把我给累坏了，简直就在浪费蜕生的力量。"

小鹿像只幼猫，伸着桃色鲜艳的舌头舔了舔嘴唇。"一人双命，可不知清净除秽的效果会有多好啊。"

缓缓后退的奈津女转过身，渐松的头髻啪地散开，长发直甩下来。

"想逃？"小鹿问，"想向谁求救？谁相信你？"

无法再听下去的奈津女仓皇狂奔起来，就在雨过的冷冽空气中，她乱踏着含水的落叶，发狂似的不断跑着，遇到一群士兵。他们惊讶地扶住奈津女，直问究竟怎么回事。

"发生什么事了？你跑得这么急，摔跤的话肚里孩子要怎么办？"

"小鹿——"激烈喘气的奈津女梦呓般地说，"救救我，小鹿要来杀我！"

"奈津女心浮气躁，这也难免啊。"士兵怜悯道，"虽然遇到这种情况，但你更该一个人坚强下去才行喔。躺下来比较好过点，我会帮你煎些好药草。"

无论说什么，他们都只是不断安慰，然而大家出于一片好心，让她不忍拒绝，只好在临时搭盖的小屋中睡下，等他们离开后，无法静静等待的她又从小屋中飞奔而出。

遭受恐惧胁迫的奈津女不知不觉奔向小河，接着越过简易建造了水堤的饮水地，开始登上岩石，就在凸出岩石包围的地方，正是嵌着牢门的寒冷土牢。

稚羽矢隔着牢门，出神眺望着笼着雾气的河口景色，从通风的这里可以清晰一览沙洲，现在寂寥的水鸟正于鼠灰色的低云下遨游飞翔着。就在稚羽矢正试着想象鸟儿的心情时，突然有个身影挡在眼前，他一惊回过神来，只见奈津女正在牢门外。

她跪倒在地，手指绕在门框上，像是死死缠住那里的模样，悄声说："救救我，求您一定得救我和肚里的孩子。"

稚羽矢大吃一惊，注视着满脸慌乱不知所措的奈津女。

"救你？为什么？"

"那个女童想夺我的性命，所有人都不知情，但您一定很清楚，因为您不是凡夫俗子。"

稚羽矢脸上稍现一抹黯然，"是的，我与你们不同，所以才在牢里。"

"您对我们的恶行感到愤怒是理所当然的，我和任何暗族人一样都犯下同样的罪过。但是孩子是无辜的，没犯任何过错，请您至少宽恕、保护这个孩子吧。"

"可是，要如何——"

披头散发的奈津女捡起一块锐利岩石，开始破坏牢门的榫头。"拜托，出来吧。身为辉神神子的您——拥有力量的您——不应该就此关在这木框里。"

稚羽矢简直不知如何是好，他细声说："你这么说我很为难，因为如果出来，你的族人就再也不会相信我了，不是吗？"

奈津女终于压抑不住号啕大哭起来，泪水如泉涌滚落，在岩地上湿成一片。"您想要见死不救吗？那东西不是人力抵挡得了，只有您能抵抗她——"

"别哭了。"这次换作是稚羽矢慌乱得不知所措,他甚至想若能让她停止哀泣,无论做什么都好说,"你镇定点,将话说得更清楚一些。我是想帮你,可是我还弄不清楚究竟怎么一回事。"

就在奈津女正欲开口说话时,在牢门外的她忽然面孔朝天向后仰倒,伸出双臂空虚划摆着。稚羽矢看到鲜血,一惊站起身,只见奈津女的背上深深插着利剑,一个女童手握着那把剑柄,身上溅满鲜血立在那里。

"奈津女!"

稚羽矢从牢门里伸手想扶住她,却无济于事,奈津女缓缓瘫倒在地,眼瞳中的光彩迅速消失,望向稚羽矢却视而不见。发出一阵痉挛般的喘气后,最后在她眼瞳中再次泛起悲痛,喘息中只低声喃喃着:

"正木。"

她伏倒在地就此断气,隔着奈津女的躯体,稚羽矢无言望着浑身浴血的女童,只见她微微开心一笑,就默默扬长而去。

"等等!"

他不禁用力抓住牢门,于是框架应声卸下,他无暇细想到底是奈津女所为,还是自己的力量,就一鼓作气飞奔出去。

在他眼前,女童如在空中曼舞般,轻盈跃过岩石,三两步就下到饮水地的深渊,随后一瞬间褪去全身的脏衣,飞跃到冰冷水中。稚羽矢一直追到深渊处,停在那里略微迟疑时,女童却像是不慌不忙,泡在水深及胸的地方清洗脸孔。当她再度抬起头,洗去污泥的脸庞洁白莹透,即使年幼,也像雪玉般绝美无疑。

展现新貌的女童仰望着岩上的稚羽矢,又朝他开心一笑,让他当场愣住动弹不得。接着她开始清洗身体，每次掬起渊水，女童就略长高些，秀发也长曳起来，香肩变得曲线滑圆，胸脯如果实丰满隆起。人身需经十多年的肉体变化，幼女只在沐浴结束前就完成了。在她转身准备上岸时，水深高度已在细腰的肚脐下了。

毫无羞怯的少女从水中上来，裸露着肌肤立在稚羽矢面前。那完美无瑕的躯体，或许实在没有遮隐的必要。

"皇姊。"稚羽矢喃喃道。

"充分清净了，感觉稍微舒服了点。"照日王以纤指梳着发丝，说，"变回小女孩实在花费我不少力气，也许力量不够所以说累就累，还要对付那些嗅到蜕生气息的下等神灵，真是厌烦。"

"为什么要牺牲奈津女？"

"这样清净身体最有效，两人份才补嘛。"

"皇姊！"

"你生气啊？"照日王大感惊讶，目不转睛地打量着稚羽矢，"你真的变了，不管是外表还是什么，简直让我以为我看错人。照理说你应该跟我族一样，永远外貌不变才对。不过，算了，我是来接你回去的，不是在此闲扯废话。"

略显友善的照日王朝他微微一笑，傲人的双峰显得炫目夺人。

"我潜入暗族营地，做到这种地步，就是为了你。无论如何，你都是我的胞弟，如能避免为敌，我并不想与你作战，跟我回宫吧。你应该切身体会到了这里的人有多愚蠢吧？"

隔了半晌，稚羽矢问："这次的军队袭击是皇姊设计的？"

"没错，我变成女童混进军中，稍微煽动那群没脑筋的家伙，随意摆布他们。"背倚着岩石，女王交叉双臂继续说："还有，鼓吹他们疑心你在通敌的人是我，先前射箭偷袭你的人也是我。暗族的家伙完全照我的计划将你排除在外,毕竟他们也不过就是下等败类,而这一次正好可以让你待不下去,因为那群家伙立刻就会伸出爪牙,将你千刀万剐。"

"为什么?"稚羽矢露出一脸不敢置信的神情。

照日王耸着雪白的肩膀,"因为他们比较劣等吧。我不过散播祸种罢了,他们自己愿意去收成苦果,就是罪有应得。"

女王倾身拿起放在岸边的剑,泼水仔细将血渍清洗干净,随后审视着剑刃,自言自语道:"完全变成一把普通的剑了,只剩空壳,都是因为你逐一破除封印的缘故。现在你明白自己的身世了?"

"知道一点。"稚羽矢小声答道。

"若不知道会有多好。"女王语带叹息地说,"如此一来,为何我们必须倾尽全力打倒你,你应该也心知肚明了才对。你是父神之子,而且也是父神最大的威胁,如果成了敌人——不过,现在还来得及。"

照日王以半逼半求的眼神凝视着弟弟,"别跟我为敌。如果回宫,我会再次守护你,你也可以守住你自己,这对你来说是绝对必要的。"

稚羽矢犹豫了许久,照日王了解此刻他的内心正天人交战,因此一直等待他答复。隔了半响,他终于开口了:"我……"他支支吾吾地说,"我已经先和狭也约定过了,要替丰苇原效力,我不能才约定就立刻违背誓言。"

一听此话,照日王的眼瞳霎时燃起怒火,她冷冷地说:"比起我的请求,竟然去选择小孩子之间的誓言?怎么你还是蠢到没改啊!与其这样,倒不如任你被暴徒扑上去好好凌迟一顿,看看还能不能说出这种歪理。"

照日王将大蛇剑退还给他，愤然背转过身，"好好保护你自己吧，我可没对他们说谎，如果被剐成一片片，就算是神子也活不成的；不过，万一你从他们手中逃脱，总有一天我也会如法炮制。从今以后我们不再是手足，本王的请求只有这次，永远没有第二次。"

就在一眨眼的工夫，照日王消失得无影无踪。稚羽矢也猜不透她到底使用何种神技，正当他满心混乱，出神瞧着握在自己手里的剑时——

"别动！你这个杀人犯，竟敢杀死女人！"

从头顶落下一阵愤怒粗鲁的叫喊。他凛然回过神来，只见两名勃然变色的卫兵拿着矛枪已摆好了架势。

"不对，不是我。"

就在稚羽矢的声音中，尖利的警哨声划破了空气，宣告有紧急状况，响遍了四方。

"大事不妙了！"

跑向狭也住处的科户王，一改平日沉着镇定的表情。

狭也正一边缝着衣物，一边寻思小鹿也该回来时，不料掀开帐幔冲进来的竟是科户王，她大吃一惊地注视着他。

科户王努力平缓喘息，同时低声告诉她："稚羽矢越狱了，虽然我们当场抓住他，却没办法对付那些怒火中烧的民众蜂拥上前，他们鼓噪说要立刻处死稚羽矢。"

针和布从狭也的手中滑落。"现在，他在哪里？"

"就在饮水地前方的空地上,伊吹王赶去平息众怒,可是那群激动的家伙怒气冲天,竟然也想对他动粗。你既然身为巫女,也应该具有镇伏人心的力量吧?"

"这种事我也不能保证。"

两人没有时间再多说便赶忙奔去,只见榛木林围绕的洼地人声鼎沸,口口声声高嚷着"杀死辉神神子""将辉神神子千刀万剐"。狭也讶异这片如痴如狂的亢奋是从何而来,众人带着迷醉的眼神沉沦在巨大的旋涡中,处在无法冷静聆听劝告的状态。现在,他们连狭也和科户王都视而不见,两人拨开人墙,不久就被众人挤散,轰嚷的喧嚣声合而为一,化成不堪入耳的语言,发狂似的诉说着愤怒和饥渴。

这是一只巨大、狂暴的野兽。

狭也于推挤的人潮中挣扎,在前进时暗想。

若要镇伏这种饥渴的情势,必须要有比言语更强烈的刺激才行,但是绝不能以流血收场。这与对付狼群的道理相同,对了,若能朝每个在场的人头上浇一桶冷水,不知该有多好。

这时,从她头顶上响起有人被揍了一拳的声音。

"也不瞧瞧对方是谁,想对守剑的公主做什么?"

一只粗大的手臂伸过来,像在田圃中拔起作物般将狭也从人群中拎起。原来是伊吹王。

"你没事吧?"

"没事的,倒是稚羽矢——"

拨开散乱垂落的发丝,狭也环顾着四方,只见稚羽矢在叶片落尽的水胡桃树下被士兵们团团包围住。他的手臂被绑绕在树干上,眼睛茫然望向远方,还不曾注意到狭也。她侧颊上划着伤痕,膝盖和胸前也脏污不堪。卫兵们手持矛枪严阵以待，但更像是在防止疯狂的人群加害他，此时已有数名男子正在质问着卫兵，争论不休。

"为什么大家忽然提起要处死会蜕生的稚羽矢？"

狭也询问伊吹王，他紧张回道："听说将辉神神子切割成八十块分开埋葬，他就不会复活，我也不清楚究竟是真是假。"

狭也不禁倒吸一口凉气。"要将稚羽矢——"

"无论他做什么事，做裁决的都应该是统帅开都王，不准你们在这里滥用私刑虐杀他，我们必须把人带去见开都王。狭也，你能不能帮忙让大家安定下来？"

就在还没下定决心前，狭也回头望见手执矛枪推抵群众的士兵脚边，横卧着一具覆盖草席的遗体，从覆盖物的下方可以窥见一只女子失去血色的手。

"别管那些了。"伊吹王慌忙想制止她，却已来不及。狭也飞奔过去，拨开草席，望见变得面目全非的奈津女，还有那把并排横放身边的大蛇剑。

狭也不禁发出尖叫，当她自觉到想停止叫唤时，却控制不住情绪。尖细的悲鸣穿过众人的怒号回荡四方，高声叫骂的男人们也因此猛然一惊。

"奈津女，你为什么会变成这样？为什么？为什么？"

狭也扑在奈津女的遗体上茫然摇晃她，痛苦扭动着、不断叫唤着。就在片刻前，奈津女不是还露出神圣的微笑抚摸肚子吗？不是还充满自信说正木会回来吗？她不得不尖叫，无法承受眼前所见的一切。

"为什么？是谁做出这种事？"

"是辉神神子拿她来血祭的。"某人开口说，"就是那个一直加害我们，会死而复生的家伙。"

"杀掉他！"

"别再让他对我们造孽！"

"辉神神子不是人！不能用人的方法处决，没有必要留他一命。"

"将他五马分尸吧。"

众人纷纷又发出怒骂，如煮沸的硫黄水甚嚣尘上。

"割下耳朵，切下手指，细切成八十块让他不得好死。"

就在刺耳的声浪中，狭也终于从奈津女的遗体抬起头，转望着稚羽矢。这次，稚羽矢终于注意到她了。就在捕捉到狭也眼神的那一刻，他的表情也看似随之产生了变化。起先是惊讶，接着在凝视中缓缓变成极度失望——狭也仿佛在照镜子，从稚羽矢的脸上感觉到正映出自己的表情，然后在她被这点击垮的同时，仍无力拦阻这一切的变化。

两人卷入震耳欲聋的怒号里，同时仿佛陌生人般彼此对望。原有的人声鼎沸已传不到耳际，而是一种比声音更深绝的鸿沟，造成彼此从断崖两端凝神对看。狭也惊觉自己失去了一件宝物，于是别过脸去，如果她再继续凝视下去，就会看到稚羽矢的脸上逐渐浮现怀疑和厌恶，这是她最不忍亲见的。就算是一面镜子，她也不愿见到稚羽矢露出那种表情。

接下来的瞬间，围堵的聚集人潮突然溃散，失控的人群忘我地纷纷抓起凶器高举挥舞着，蜂拥冲向绑缚稚羽矢的大树。想阻挡人潮激流而遭波及的卫兵，也在一阵拳殴、推撞、击倒下吞没了身影。狭也同样也被撞倒，差点就被人踩在脚下，就在千钧一发时，科户王将她抱了出来。

她几乎晕厥，但才回过神刚能开口说话，她就急切地恳求科户王说："快阻止大家！"

"不可能。"科户王无视于近乎狂乱的狭也，一边努力将她远远拉离推挤的人群，一边说："这不是光靠一两人的力量就可以阻止的，稍不小心就会丧命。"

"阻止他们，若不阻止——"浑身打战的狭也说，"死的人将会是他们。"

"你说什么？"

就在科户王不禁却步望着她时，一道炫目的青色雷光驰向空中，立刻风云变色，就在刹那间，发出动摇整个丰苇原的一声轰然巨响，震击着整片大地。在那强烈冲击下，没有任何人能站稳脚步，众人交相堆栈般纷纷摔倒在地。当恐惧得满脸发青的众人仰起头时，只见稚羽矢所站的那棵高大水胡桃树火舌飞蹿，连足以环抱的树干根部都瞬间化成焦黑，大树剧烈燃起火焰蹿升，炭化的枝丫绽开艳红的火花，树身如死亡使者般倒在人群中。

来不及逃跑的人发出的哀号划破了长空，然而还不止于此，闪电像追击般不断闪耀，曾几何时空中如灌墨黑沉，暴风雨猛烈袭来。在狂风突卷的同时，滂沱大雨霎时倾落，落雷不断直劈而下，让惨状更加一发不可收拾。

雷击宛如锁定了目标，而大水夺去了众多性命，一次就让数十人倒地不起。不消多时，周遭变成甚至连任何战场也前所未见的惨绝人寰，泥中死者倒卧、伤者呻吟，仓皇逃跑的人群又践踏其上。

狭也侥幸当时能在人潮围堵之外，才得以迅速逃到岩石下。然而，她对这场在雨点无情打落下进行的噩梦束手无策，只能骇得六神无主。黑云聚集、落雷随至、威神显怒，眼前无人能平复这片乱象，只得由它恣意狂暴下去——

冷不防自己的肩膀让人抓住，狭也几乎惊跳起来。原来科户王与她同样，全身雨水成串滴落、头发湿贴，正站在她身边。他似乎从一开始就站在此处，但昏乱的狭也却没有一点印象。

"那就是他的真面目？"科户王低声说，语气和表情都显得疲惫乏力，他也同样惊恐着。"变成巨蟒的是稚羽矢？剑和稚羽矢是一体？"

狭也点着头，感觉压抑啜泣的喉头像在颤抖。周围的岩石在大雨激下中冒起水烟，划下几道水流，而决堤的小河形成一条澎湃恐怖的茶色浊流。

科户王恳求般说："狭也，由你来镇伏吧。再这样下去，我们会在与辉军决战前先垮掉。"

突然情绪失控的狭也，发出嘶声高叫道："怎么做？你说该怎么镇伏？就连我们到底做了什么事才演变至此，都还摸不清楚状况。"

"你不是守剑的巫女吗？"

"我们失去稚羽矢了，你难道还不明白吗？"

狭也瞬间很想责备对方，想对他说"看我这副样子你还不懂"，她是如此惊怯、绝望，如此无能为力——然而，她知道这股愤怒其实应该发向自己。

就在雷光闪耀的倾盆大雨中，一个巨汉全身溅着雨花，交抱着手臂奔了过来。原来是伊吹王。

"科户王、狭也，你们在这里啊。可不可以来帮忙带领还能步行的人到高处避难？这低洼地很危险，河川就快泛滥了。"

"可是，空中有巨蟒，而且还在打雷。"

"别担心,由我来对付它。"

面对语气平静的伊吹王,科户王和狭也都露出惊讶的眼神望着他。

"连身为巫女的狭也都办不到,您打算如何做呢?"

"那是稚羽矢,对不对?假如是稚羽矢,就是我的弟子,既然我身为师父,就有劝诫他的义务。"

让宽剑的握柄发出喀锵一声响,伊吹王如此说道。

狭也拼命阻止正欲转身离去的巨汉,"请您等一等,那不是靠剑就能抵御得了的,您会丧命的。它没有心也不认人,是无法分辨您的。"

"不尝试怎知道?"伊吹王咧嘴一笑,那是一张豪气干云、身经百战的脸孔,而且绝对不只外貌武勇而已。"我不会被轻易击垮的,我还必须告诉他,若想攻击伙伴,就先打倒我再说。"

竭力想劝他打消念头的狭也轻声说:"请别去,如果在这里失去您的话,我们该如何是好呢?"

伊吹王只像对待不听话的孩童般,伸出大手摸摸她的头,接着轻轻放开她的手,在激雨中登上与乌云中巨蟒对决的岩地……

"狭也。"

一个熟悉的声音正在呼唤她的名字。雨停后,肃穆的暮晚透着一片静寂,终于从拨开的云间投下赤红的夕照,轻点微染在红叶林的顶端。坐在小屋外茫然出神的狭也一脸落寞地回头,却不见半个人影,只有开都王等人的马拴在一起。

"我在这啦。"

狭也好不容易发现停在栅栏上的声音主人，于是恢复了一点活力。"鸟彦。"

"我还以为你早忘了我呢，才不过一阵子不在而已。"乌鸦说。

"之前你去哪里了？"

"到处都去啊，我在召集军队，算算连开都王也没办法跟我比喔，从今以后人们也该称我一声鸟王才对。"鸟彦开玩笑说，但狭也仍然显得无精打采，因此他拍拍翅膀不再胡说了。

"振作起来喔，你已经镇伏巨蟒了，对吧？"

"镇伏它的是伊吹王。"

"王的伤势如何？"

狭也默然摇头，接着突然无法克制般发出呻吟。"鸟彦，我不行了。"

"没这回事啦。"

"真的不行，我完了，一点用处都没有——在紧要关头一无是处的我，为什么会是巫女呢？"

鸟彦忧心注视着两手掩面的狭也。"我应该要一直待在你身边才对。"

稍后，一名随从自小屋出来，向狭也小声禀报："伊吹王已经清醒过来，表示有话想跟公主谈。"

狭也跟在随从身后穿过门口，微暗的房间里，以开都王为首的将领们个个表情凝重，一语不发地端坐不动。从他们的神情来看，他们一致认为伊吹王康复的希望已近乎渺茫。她因此再度心情颓丧，注视着横卧的庞大身躯。

伊吹王的头发和胡须都烧焦了，全身惨遭灼伤，从包扎的白布下可见皮肤脱落得惨不忍睹。他两眼也失明了，连药师都毫无办法，只能取来用冷水浸湿的布敷在眼上缓解痛楚。就在她震惊呆立时，伊吹王蠕动着焦黑的嘴唇说："在那里的是狭也吗？脚步很轻啊。"

实在无法想象是那会大嗓门的伊吹王，声音沙哑到难以辨识出来。狭也极力忍住哭泣，跪着答道："是的，是我。您的伤还痛吗？"

"没什么大不了的。喂，狭也，我和稚羽矢说话了，最后他还是认出了我来。"伊吹王愉快却费力地说道，"所以我对他讲，既然本王认为他是我一生中最不成材的弟子，他就安心地打倒师父吧。"

"都是因为我无能为力，伊吹王。"她喃喃说。

"狭也，不要放弃他，这是我的请求。那小子还无法控制自己的力量，只能胡乱发怒，还不知道自己已酿成大祸。这不是他的错，绝对不是，我们的族人也很恶意苛待他。"

"嗯……我知道。"狭也点点头，泛起的泪水想阻止也阻止不了，光想到这么宽容豁达的人即将逝去，就真想顿足呐喊。然而，她也只能压抑着啜泣声，伊吹王早已迈向女神之国，现在只是途中的回头一瞥罢了。

"如果，你放弃稚羽矢，恐怕他也会放弃自己。到那时候才会真正发生可怕的事，他会完全变成祸害——巨蟒。原谅他吧，虽然那可怜女孩的死对你造成了伤害，但这件事同样也伤害了他，只有宽恕，才能成为你的绝大力量。"

"我懂的。"狭也含泪答道。

"这样才是水少女。"突然感到疲倦的伊吹王发出长叹，"我先到女神那里安歇了，我永远都不会忘记你们的。我还想以别的面貌在某处与你们相见，就将这些信息也带给稚羽矢吧。"

伊吹王于是陷入沉睡，在众人的守候下静静逝去。

夜晚的天空变得清朗，仿佛是降下银辰的星月夜，上弦月投着朗朗明光，在秋草间投下阴影。举行伊吹王的葬礼时，遗体安放在由新围栏环绕的安置场里，人们正彻夜守灵。没有人不对伊吹王的死去感到悲恸，也没有人不惋叹大战在即痛失将才。狭也原本一直坐在拥挤不堪的小屋角落，忽然间她感到无法忍受的憋闷，于是便在深夜里独自溜出门去。

白菊在月光下寂静现姿，空气中飘着霜息，想来拂晓时大地必然会化为一片净白。然而，此刻的狭也宁愿认为这刺肤的冷意是为了自己。她将抽痛的头侧靠在透过叶片遍洒斑驳月影的樱花树干上，轻声说："再也无法挽回了……"

只有这句话，从先前就在脑中嗡嗡作响。无论想起任何事，最后总是必然绕回这一句。

我失去了稚羽矢，丧失守剑巫女的资格，我是多么愚蠢，连奈津女和伊吹王都弃我而去，今后的生活该靠什么来支持呢？

忽然间，狭也感到黑暗中有脚步轻来，于是一惊，离开了树干。

"是谁在那里？"

从月下步出的人影十分矮小，几乎只有小鹿的身形那么高，然而头发透着淡光，比飘霜更白亮生辉。

"岩夫人。"狭也大感意外，呼唤道，"您何时抵达这里的？

还有，您已得知伊吹王的噩耗了吗？"

"我一直都在大家身边，只是谁都没注意罢了。"岩夫人莫测高深地说着，她来到狭也身边，突然问道："女孩呀，你为何惧怕呢？稚羽矢与巨蟒同为一体，这件事你不是很久以前就知道了吗？"

狭也无法立即回答她，因为若无其事的老妇已一针见血点出了关键。然而，就在她注视着老妇深邃的眼眸时，狭也领悟到老妇已洞悉一切，于是，泪水的代答胜过万语千言，狭也仿佛是在母亲面前失意难过的孩子，"哇"的一下放声哭出来。

"我不相信，一定有什么隐情。我看到奈津女——我无法接受那是稚羽矢做的，他明明将剑交给我之后才进入牢里，如果有人能从帐篷拿出剑来，那肯定也只有小鹿。"

"你收留的那个小孩，十之八九就是照日王，这件事很像大胆的女王会有的作为。"

"奈津女曾经讨厌过小鹿，她那么——"狭也喃喃说。

"辉神神子擅长攻破人心弱点，她正是借由你的同情心潜入我军，然后策动阴谋。"

"如果我能更振作一点，奈津女和伊吹王就不会牺牲了。"

岩夫人缓缓眨动大眼，"既已发生的事情，再说什么也没用。"

"我还是忍不住要说，实在是太蠢了，我觉得自己简直无可救药。"情绪失控的狭也继续道，"再怎么说……再怎么说我都无法忘记当时稚羽矢的表情。在紧要关头，我竟然离弃他，还用那种眼神看他。伊吹王临死时还费心叮嘱我该相信他，但这都为时已晚，稚羽矢走了，我再也没办法挽回他。"

岩夫人等她啜泣一会儿后，才温和地说："别再自怨自艾了，这对承认过错没有任何好处。世间的确有想补偿也无法如愿的事，只不过明白这个道理跟不力求弥补，那又是两码子的事了。"

狭也终于拭去泪水，"如果有任何一点可以弥补的希望，我无论如何都想尝试，就算机会很渺茫也不在乎。"

"女孩啊，"岩夫人语气慎重地说，"我认为稚羽矢没有回到辉宫，他在何处我并不清楚，但或许应该在离这不远的地方徘徊吧。"

"真的吗？"狭也睁大润湿的眼眸，凝望着老妇，"即使遭受这么大的伤害，他还会眷恋丰苇原？"

"那是因为稚羽矢已经觉醒，不再是那个乖乖听皇姊话的小孩了。他自己会思考，充分领会后才做出行动。当然，恐怕他是不会再来暗族阵营了……"

"可是，如果我去见他，或许他还愿意相见也说不定。"狭也急忙接口，"如果有这点希望，我想去见他，我想试着去找稚羽矢。"

"是啊，未必过错就真的无法弥补。不过，这次你也该谨慎思考后再表达想法才行，他或许不一定肯再听从你的话呢。"

然而，狭也深吸一口气，挺直了背脊，开始觉得自己并非真的失去一切。

"我不能就这么让误解变成严重的隔阂，我只要能向稚羽矢道歉就心满意足了。我会试着找到他，我非得这么做不可。"狭也下定决心道。

于是，岩夫人闭目养神，独自回忆起遥远的过去，接着，语重心长地缓缓说：

"狭也，辉族的力量在地上存在已长达几百年，在此期间，我们为了抵抗敌人而持续作战，好几代的水少女应运而生，这些少女们都因为向往辉光而陨灭，甚至认为这是她们持有大蛇剑才受到诅咒的宿命。然而——你却发现了稚羽矢，你就是第一位与风少年相遇的少女，我认为这将足以改变一切，水少女在你这一代，终于发现所追求目标的本质。"

狭也以畏惧的目光望着老妇，被岩夫人这么一说，不禁让她恐惧起来。

"我常贸然行事，因此总是遭遇失败——即使我是第一个与稚羽矢相遇的人，但假使走错一步，是不是也会面临毁灭的命运呢？"

"你胆怯啦？"岩夫人含笑说道，又稍带调侃地问，"你现在还怕稚羽矢呀？"

"才不呢。"狭也认真地说，于是岩夫人摇摇头。

"说不怕是假的，他是巨蟒，如果你不怕才是骗人的，那可是大错特错。不过也不该畏惧得只想躲他，因为这并不是稚羽矢的错。你若能诚心对待，他也会坦诚回报。沦为巨蟒之身的同时，他仍然有心摆脱被蛇变的诅咒束缚，因此即使你心怀恐惧，也必须能克服这份恐惧才行。"

第六章 土器

空阔风扬远,愿促云波阻途归,天阶隐莫现;玉人仙姿意难舍,不忍长别暂留看。

——《古今集》

1

群将围坐着征询开都王的意见，面对狭也提出的请求，他们都非常关心开都王会做出怎样的答复。

开都王并不忙下判断，只是缓缓开口说："我很清楚你想表示什么，也知道稚羽矢是无辜的。可是，去找他又有何用？他不会再认同暗族，因为我们都做出让彼此无法释怀的事。"

"不，应该可以化解的，只要我们有心，他一定会愿意的。就算被永生不死蒙蔽心智的族人，现在也绝对很后悔，再怎么说，大家都知道所有人全中了照日王的诡计。"狭也极力说服着。

岩夫人没有参与会议，只是坐在房间角落保持闭目养神。

"我们有必要这么拉拢稚羽矢吗？"科户王犀利地反问。

"当然有必要了，大蛇剑一直交由暗族镇守，他与那把剑形同一体，能成为我们最强大的支柱。"

"我记得你曾经说过暗族已经失去稚羽矢了。"

"是的。"狭也轻缩一下身子，小声答道，"……所以，我要亲自再去找他。"

科户王愈说愈光火，"你以为在这种大战一触即发的时候，还能到处乱晃去找一个不知去向的人吗？辉兵四处埋伏，根本就不可能搜寻他。"

"我要跟狭也一起去喔。"频频整理羽毛的鸟彦抬起头说,"现在我的部下已经出动从空中去找他了。"

科户王紧蹙着眉头。"鸟彦,你是我们不可或缺的战将,竟然打算玩忽职守?"

"我可以飞回来和你们保持联系。"乌鸦若无其事地说,"而且,希望你记得,我本来就是为了狭也才变成鸟的。"

开都王似乎不胜其扰,注视着狭也。"目前必须等局势稳定才能开始寻人,你能不能再等待一阵子?现在我实在无法调兵陪同,而且也不能让你在没有保护的情况下远行。"

"我不能等下去了,求求您。"狭也倾出身子,竭力向开都王请求:"请让我去,只要有鸟彦在,我就能保护自己。非趁现在去不可,时间愈久,稚羽矢的心就离我们愈远——"

科户王突然质问她:"你到底对稚羽矢那个辉族人、那条巨蟒是怎么想的?的确是你将他带到我们阵营来的,可是你不惜抛弃身份也坚持想再争取他回来,这么做究竟为了什么?你的态度简直像个穷追情人的女孩,对周遭情况根本视而不见。"

狭也与其说是不知所措,倒不如说是目瞪口呆地望着科户王,他的话实在太令人意外了。

就在此时,岩夫人自角落发出声音。

"这是当然的。"老妇第一次张开眼望向此处。"狭也是守剑的巫女呀,她的身份就是如此,身为人而成为神妻者,才被称为巫女。"

科户王霎时血气上冲,怒声说:"难道您要说狭也尊奉的神明就是稚羽矢?我绝不这么认为,绝对无法接受那种——"

"我没说他就是受巫女尊奉的神明。"岩夫人立即打断他的话。"不过若以大蛇剑而论,你也必须承认狭也和稚羽矢是两极化的一对,仿佛正是对方的另一半。无论是互相给予或互相夺取,他们必须向欠缺不全的对方拿取彼此所没有的部分以求完整。神在没有获得巫女前无法成为真神,巫女在没有得到神前也无法成为真正的巫女。"

科户王在那之后不再开口,狭也获准有七天的出寻时间,并以鸟彦每日飞报消息为条件,得到粮食和鞍马的提供。

离座后,鸟彦停到狭也肩上说:"科户王一定很沮丧吧,依我看来,他才是为情所困,你用不着同情这种一厢情愿的人。"

狭也发出小声叹息,"我不能说不了解他的心情,不过——不过还是没有办法接受,我觉得对他过意不去。"

"老婆婆说的那番话,你认为怎样?"

"我从来没想过。"狭也俯下脸,犹疑地说,"听岩夫人那么一说,我只在想,当真如此吗?并没有什么感同身受,因为我根本就不了解稚羽矢,那个人无论在何时做任何事,都令人难以捉摸。"

狭也一时无语,走了片刻后又紧接着补充道:"虽然如此,但我还是觉得除了自己之外,没有人能更了解他。"

乌鸦缩缩翅膀,"我是怎样都无所谓,只要狭也觉得好就可以了。"

"怎样都无所谓是什么意思?"

面对狭也的询问,鸟彦说:"就是不论狭也是他的情人也好巫女也好,怎样都无所谓,反正不是我这张鸟嘴能管的问题。"

红胜火焰的常春藤叶和秃枝上结着红果实的灌木丛，都十分鲜艳夺目。每逢晚秋冷风低拂之际，变色的树叶散落遍地，落叶垫厚了森林底层，树枝的纤骨日渐显现。渡鸟既去又返，旅程也将告结束。

　　仰望着一线相连的白色大鸟划过长空，鸟彦说："它们可不行，当不了我的部下。既然它们渡海而来，那么对丰苇原的执着——忠诚度根本不够。"

　　"在海的远方某处，还会有其他国家吧？"马背上的狭也遥望着宽广的沙滩，从风息中即可感受到此处距海不远。"要不要去那里看看？"

　　"岸边？你有联想到什么吗？"

　　"没有，可是我就觉得想去看海。"

　　乌鸦嘀咕着"临时改去那种没有藏身处的地方很麻烦"之类的话，不过就在他飞去探查后，又迅速飞回来。

　　"我现在派侦察队去，稍后它们就会回来。"

　　面向摇曳的芦苇原稍待片刻后，鸟彦的侦察队就返回报告所见的情形。鸟彦的侦察队是一群栖息在川原上、约有二十只的黄雀，振着灰绿和黄色的翅膀逐一飞现。黄雀生着亲近人的圆眼，看到鸟彦停在狭也肩上，就争先恐后飞下来，不畏人似的停在她的臂弯和手指上，快活地向乌鸦啁啾着。

　　"好，我知道了，走吧。"鸟彦说了几句人语，小队伍又再次飞走了，狭也只好依依不舍与它们挥别。

　　马蹄继续前进，终于出现一片退潮后的海滩。在一片萧条的景象里，只有群渡途中休息羽翼的鹬鸟正啄着泥地。从它们那里无法获得消息，而鸟彦又认为空旷的地点相当危险，狭也只好改变路径，选择走沿岸的黑松林。这片松林呈带状延伸。不久，她登上了沙滩，从树梢间望着陡峭的崖下，只见碎浪白波正拍击着岩石。

狭也露宿了几晚，几乎整天都独自度过，鸟彦虽对她相当细心费神，然而还要全力寻找稚羽矢的行踪，因此总是飞去四处搜寻。天色渐暗，狭也找了一棵合适的树干拴住马，自己收集一些枯枝燃起一堆薪火，尽管蜷身在特地聚集落叶铺好的睡处，还是无法安稳入眠。与其说是寒冷或寂寞，倒不如说是担心自己是否在不知不觉中，逐渐与该去的地点背道而驰，这抹不安也随着夜晚的来临开始折磨她的内心。

"当我独自一人时，才有这许多感受。"狭也对翩然飞落的鸟彦说，"真不可思议，我一直以为自己是孤独的，其实真正来说我从没孤单过。"

"你会感到胆怯吗？"鸟彦问道，狭也摇了摇头。

"并不会因为这样而胆怯，可是我总觉得好像回到了前往羽柴之前的自己。"

从在羽柴苏醒后的那天起，狭也知道自己一直讨厌梦中那个畏怯的小女孩，厌恶、唾弃那孩子感受到的恐惧和悲惨，却只能束手无策不断轻蔑着，她绝不承认那就是自己。然而，她错了，即使到现在，狭也还不是仍旧感到处境悲惨、饱受恐惧打击，一心乞求温情到令自己难堪的地步？她与在夜间彷徨的小女孩毫无差别，而且她察觉除了接纳梦中的自己，别无选择，若不能接受，就永远无法克服这个梦魇，也无从向前迈进。

那个小女孩永远达不到的，或许正是做我自己。狭也静静想着。

夜里，就在微风轻响中透过树枝间眺望，只见远方海滩上点着鬼火似的光芒。根据鸟彦收集的情报，狭也知道战争还局限在局部地区，不过空气里弥漫着血腥味却是事实，秋意渐深，静谧更甚，暗族与辉族以丰苇原作赌注的最后决战即将拉开序幕。

翌晨，难得有海鸥在海岸线翱翔，兴奋不已的鸟彦迅如飞箭，急忙穿过一群白翼而来。

"找到了！"

一听到他开口叫唤，狭也霎时惊觉体内有一股热血在奔腾，令她随之晕眩起来。

"他在哪里？"

"就在峡端岩下的海滩。白颈鹤真是饭桶，竟然把他误认为溺水浮尸，所以没来禀报。"

峡端的陡崖如鼻头尖突，来到崖下，只见荒凉的沙滩围绕着一处浅洼峡湾。就在稚羽矢的身影终于映入眼帘时，狭也第一个跃入脑海的想法是，难怪白颈鹤会看走眼，因为横躺在岸边、半身让波浪不停冲刷的模样，怎么看都活像一具漂上岸的溺水尸体。

从他任由海沙覆盖掩埋、让小螃蟹随意上下乱爬的身体，就足以证明他长时间连一动也没动，手足上缠满海草，浸泡盐水的衣衫发黑绽裂，每朝他走近一步，狭也的胸中都狂悖不止，不怕一万，就怕万一，或许辉神神子真的也会死……

然而，就在狭也停下脚步，犹豫着是否该伸手碰他时，稚羽矢忽然张开眼仰望她。

"你醒啦？"脱口而出的唤问似乎显得有点笨拙。

"好累。"稚羽矢虚弱地喃喃说，"我不晓得海底那么深。"

狭也不禁露出啼笑皆非的表情，与鸟彦面面相觑。

"你到那种地方去了？"

"我想和海神见面——可是没去成。"

"你站不起来吗？"

"……可以。"稚羽矢总算起身，身体仍疲乏无力，走路时必须靠她搀扶才行。"你怎么知道我在这里？最后我只好放弃了，才被潮水冲到这里。"

"是鸟彦帮我发现的。"狭也答道，"我到处走了六天，找来这里又花上一整天。太阳快下山了，七天的期限已经到了。"

在狭窄沙滩上稍微走了一段，崖下有一处可容避雨的凹陷岩洞，狭也将稚羽矢带到那里，鸟彦对她说："我在日落前回去向众王通报一声，可以的话找人手来帮忙，他这种情况是无法轻易登上岩地的。"

目送乌鸦飞远后，狭也在四处收集干燥的流木，她捧着柴薪回来时，稚羽矢靠着岩石似乎睡着了，不过就在她翻开行李找出打火石之际，他突然开了口。

"你带着大蛇剑吧，明明你很抗拒带它走的。"

望着从袋中露出的剑柄，狭也展颜微笑起来，"它变成护身符啰。如果带着剑，我总觉得能与你重逢。"

"为什么来找我？"小声到几乎不像在询问般，稚羽矢喃喃说。

"我想跟你道歉。"

"道歉？"

"就是我误会你——杀了奈津女的事。"

"道歉是在做什么？"

狭也困惑地望着他，发现稚羽矢当真是一头雾水。"就是说对不起——你不明白吗？"

"我第一次听到。"稚羽矢一脸认真地说，"是什么意思？"

"唉……真拿你没辙。"

如今她才真正懂了辉宫的巫女教育，为何招致神怒的巫女会背负自尽谢罪的重罚，那是因为天神绝不容许重来的行为。倘若一旦犯错，就无法重新尝试，绝对没有第二次，而辉神神子自己当然也是如此。

既不能期盼逃避与对方共处，也无法要求谅解……

她想起照日王的话语，在神子们看来，就连反省过错恐怕也违背正道吧。

突然失去信心的狭也俯下脸，犹豫着开始说："就是我觉得自己对对方做了很坏的事——心想当时没这么做就好了，于是将这些话说给对方听，这就是道歉的意思。然后在这些话中寄托了希望，希望对方原谅、不要惩罚、消除怒气，还有请求别再心存芥蒂、能够忘记我的过错。的确，这是一种非常自私的行为，可是，我们这些人如果在彼此之间发现自己犯错，首先都会道歉……"

狭也的声音变得轻不可闻，而稚羽矢一直静默不语，就在狭也即将确信他果然有听没有懂之前，他突然迸出一句话：

"那么，我也能说给伊吹王听，让他忘记我犯的过错吗？"

"伊吹王在你道歉之前就已经原谅你了。"狭也柔声说。

"我能见到他吗？"

"……不能。"

"他死了？"

望着微微点头的狭也，稚羽矢轻声说："那跟没原谅还不是一样。"

"不是这样的。"狭也气急败坏地说,"才不是这样——伊吹王在临终前表示想再见你一次喔,还说下次会以别的形貌相见,他向我们说过'再次'这个字眼儿哟。"

"我不懂。"稚羽矢垂下头,将前额抵着交放在膝头的手臂上,"大家都死了,奈津女也在我眼前死去,她明明向我求救,我却只能眼睁睁看着,无能为力。我是个异类,既不能和皇姊皇兄一样,又被暗族人疏远,更何况我总是对丰苇原造成伤害。只要能道个歉,无论是神或是人都可以恢复到从前吗?才不会有这种事呢,我又不可能到黄泉国去向人道歉。"

狭也轻声低语说:"如果你感觉只有你一人的话,你就错了——因为还有我在。"

"你虽然这么说,但总有一天也会死去吧,会抛下我远走,对不对?"

"那是——是啊,总有一天是的。"狭也叹口气说,"不,或许就在明天。因此,我想先向你道歉,即使得不到谅解——但就在离开你之前,至少说出我的心声。"

稚羽矢含糊答道:"如果想道歉,就去你觉得会生气或惩罚你的人那里说吧,我不知道那是谁,但不会是我。到底会有谁认为你做错而发怒呢?"

"这么说——"狭也话讲一半,忽然感觉无从说出口,随后内心涌起似笑似哭的情绪,她依然半晌无言以对,最后好不容易才说:"……吃点什么吧,这样身体会舒服一些。"

流木中含有盐分,时而升起青草色的奇妙火焰。难得有火燃烧得如此旺盛,岩洞里因此变得相当明亮暖和。狭也取出枥木果和栗子、核桃,还有装在竹筒里的果实酒,她把带来所剩的食物全摆出来分成两份。她将枥木果做的糯米团放在火上烤香，递给稚羽矢，而他在接过后感慨万千地说：

"好久没吃东西，连食物的味道都忘了。"

"可是，你平常不是总在吃吗？"狭也吃惊地询问，"还是你和照日王及月代王一样，已经不食人间烟火了？"

"皇姊和皇兄为了保持一定青春，所以节制饮食，如果多吃地上的东西，身体似乎会有不适。在神殿时，我也很少有接触食物的机会——"他忽然察觉到什么似的补充道，"可能是最近吃东西的关系，皇姊说我变了。"

狭也隔着星点闪烁的火焰望着他，沉默不语。稚羽矢现在的外表，感觉就像以前她想象的土蜘蛛，难怪女王会如此认为。

"不过这么说来，我觉得你有长高一些，刚才一起走时我就发现了。"

"如果一直继续吃东西，我也会一直长到变成老爷爷吗？"

"不晓得。"狭也一想象他那副模样，不觉笑了出来，"如果一直是老爷爷长命百岁下去，我想你一定全身筋骨酸痛，会活得很辛苦的，村里上年纪的人常这样抱怨呢。"

稚羽矢没有笑，只是陷入深思似的喃喃说："海神的声音倒像个老人，是个非常苍老的声音。"

"为什么你想去见海神？"狭也问着，从刚才她就很想问这个问题。

"因为他知道我的事情，比我自己还更清楚……"稚羽矢望着狭也讶异的神情，继续说："你还记得以前有一次到海边的事吗？就是与海神的使者相遇的时候。"

"是去看鲨鱼吗？就在盛夏时。唉，好像很久以前的事了。"

"那时，我以为海神认错人，所以并没有将他的话放在心上，老人偶尔会头脑不清——就像神殿的巫女们一样。可是，事情并非如此，海神完全认清了我就是巨蟒，而我自身却丝毫没有察觉。而且他说我能走的路只有两条，不是弑亲，就是为父所杀。"

"你说什么？"狭也脸色微青，"这是什么意思？"

"所以我才去向他请教。"稚羽矢交叉起手指，"可是还是行不通，愈往海底下沉，愈出现深不可测的鸿沟——我想找地方落脚，却在半途丧失知觉。那里是比黑暗更艰酷的阒黑，我很清楚无论光辉还是黑暗的力量，都无法到达那里。"

狭也仿佛身历其境似的颤抖起来。"还好你能回来。"

"也许是被赶回来的，等我回过神时，已经漂浮在远处的海上。那位老者说过我和他都孤立无援，意思就是叫我自求多福吧。"

稚羽矢凝神望着忽然猛窜而起的绿焰，接着移开目光问道："'不是弑亲，就是为父所杀'这件事，你觉得如何呢？"

"……是指高光辉大御神吗？"

"我想是的。"

狭也支支吾吾说："我……我不敢去想，这太可怕了。"

"如果真的只有两条路可走呢？"

稚羽矢的眼瞳烁起了火焰，看似金粉点落，脏污的破衣、沾沙的乱发，再也与他的本质无关，他是辉神神子，那份天赐的禀赋已经从布衣里展露无遗。顷刻间，狭也发觉他身上不再残存一丝昔日的少女风情。

的确如岩夫人所说——稚羽矢已经觉醒。

即使他在询问狭也时，狭也也能感受到他不是为了顺从而征求她的意见。于是狭也下定决心说道："如果非要选一条路不可，我必须说我实在不愿你被杀死，所以希望你能打倒高光辉大御神。"

没料到她会这么说，因此稚羽矢浮现了微笑，那是许久未曾显露的笑容，眼瞳深处的金辉看似闪耀生动。

"那么解决了，我不会再有迷惑。如果这是无法避免的命运，与其坐以待毙，还不如拿起剑奋力一搏，就算与皇姊和皇兄正面对决——这也是我选择的命运之路。"

狭也对自己向他还以微笑，内心感到十分吃惊，稚羽矢在表明决心时，她的胸中也豁然开朗，仿佛一道明光射入心扉。在这一瞬间，狭也领悟到，这不再是一个他来请示自己意见的问题，下决定的是稚羽矢，无论如何都应由他本身做主才行。

"现在就是该还你大蛇剑的时候，你已经不需要守剑的巫女了，你自己就是那把挥动自如的大蛇剑，而剑有它的生存方式。我想这样一定最恰当，因为我实在是第一次看来这么有个性的你。"

稚羽矢一边接过剑，一边稍显困惑地望着她。"你是怎么看出我有个性的？"

"你还不懂吗？"狭也小声笑着，她原想就此蒙混不提，不过还是算了，于是又语气认真地说：

"我从没像现在这么觉得你是一位辉神神子。对我们来说，神子们是如此炫目灿烂、强大、率直、毫不留情——而且绝美无比。然而，你和照日王及月代王完全不同，你既知道哀悼逝去的人，也厌恶你争我夺，明明是不死之身，却能理解我们所称的'人情'，甚至还会体谅他人。因此，即使你具有可怕的力量，可是我不再怕你，如今我终于真正了解，水少女长久以来寻寻觅觅的人为何会是你……"

稚羽矢的脸上浮现想表现喜悦却还无法完全流露的神情。"我没有资格接受你的赞美，我杀死那么多人，而且今后还不知会变得如何……"

他抚着剑柄，略垂着头继续说："你虽然这么说，但或许我仍旧是这世上唯一的一个异类罢了，如果我与父神及兄姊对决，一定又会同样让你害怕。"

"不，无论发生任何事，我都绝不会再错过你。"狭也充满自信地说："我也会做妥协，如果有人说你是异类，那我也高兴当个和你一样的异类。这世上真正发现大蛇剑原形的少女，本来就只有我一个嘛。"

薪木剥跳着，青草色及金黄的火焰显得格外摇晃，让映在洞穴墙上的黑影幢幢舞动。浅洞外已是一片黝黑，唯有拍岸的波浪声一如白昼。岩石和海面也交融在漆黑夜里，不见星月姿影。忽然间，狭也觉得这个洞穴是丰苇原上唯一不变的定点，就在此处的中心，似乎让她有一种坠入只有两人空间的恍然错觉。这个瞬息万变的世界，即使匆促得有如钟摆急摇，即使随时光荏苒飞逝，在她面前也已有了足以匹敌一切的笃定——那就是稚羽矢凝视她的那双映照焰色的眼眸。

有如覆盖自己周围的薄绢帐幔倏然落下一样，狭也终于知道自己了解了，所有眼神交会的人会感受到什么、会领悟到什么……

2

黎明时分，曙光染上亮丽的深红，天空和海水的分界处宛如注入了汩汩血流，不一会儿，从中升起熟透如果实的旭日。海波和霓云一瞬间转成金灿，但与平日司空见惯的景象不同的是，太阳有如地面的蒸气游丝般浮现一道淡淡的白虹。狭也独自来到岸边，出神地望着日出，心中诧异这个情景或许有什么寓意，但她还是觉得眼前妖异的光景实在太美了，因此即使胸中瞬间掠过一抹不安，仍旧立刻恢复欢喜的心情。

这世上没有什么是不美的……

狭也心满意足地想着。涌向脚边的波浪来来去去，沉浸在这片涌来的幸福感中，她几乎欣喜得不禁难为情起来。毫不在意天明时的寒风冰冷刺肤，她紧紧环住双臂，仿佛想拥抱胸中蕴藏的温情，就这么一直坐在冷风狂刮的海滩上。

下定决心再次去寻找稚羽矢之前，她没想到会获得这样心境上的满足，然而昨夜她突然认清自己一直在找寻的归属地，原来近在咫尺，就在伸手可及之处——这是多么让人惊奇的事！

能够改变宿命——真是今生有幸。

狭也一边细细咀嚼这份机缘，一边如此思忖。今后命运还会改变下去吧，自己和稚羽矢只不过终于知道了如何开启关闭的门扉——这件事只是即将到来的幸福之一罢了。

海鸥群飞过白辉闪耀的朗空，大海为了迎接崭新的一天，敞开青碧的胸怀，那丰泽的轰鸣声中，潜藏着亿万的小小银鱼，宿育着无数生死。刹那间，狭也发觉自己就在此刻，终于能全心接受狭由良公主了。

公主在宫殿里留下足迹，引导我前往稚羽矢身边，而公主又受上一代的水少女指引历经几代，我们都走向同一条路，可是，今日绝不会再重蹈昨日的覆辙了，因为我不是狭由良，我是狭也，而且，也发现了稚羽矢……

"狭也。"

不知何时，稚羽矢已站在身后，狭也抬头一望，只看见他那浴着朝阳光晕的开朗脸上，洋溢着蓬勃朝气。"我们离开这里吧，你应该尽早回去的。"

"你的身体状况能走了吗？"

"没关系，已经可以行动了。我们赶快往上走吧，干草袋空了，你的马在饿肚子，真可怜。"

狭也吃了一惊，又笑起来，她记得自己不曾提过崖上有拴马。"真是的，你的老毛病又犯了。"

背起减轻的行李袋，两人离开洞穴，在回到崖上后重新一看，只见崎岖耸立的岩地一直延伸至远方，实在不敢相信自己曾从此处攀到崖下。昨天因为心急如焚，完全没去想回程问题，然而，现在这里也没有容易攀登的地点，两人决心开始挑战一段极长的岩壁，不过在半途就感到气喘吁吁，汗水湿透衣衫，身体再也无法往上移动。

由于地势险峻很难立足，又没有能够坐下的空间，他们必须站着休息。狭也头倚在岩上，忽然对两人的行为感到忍俊不禁。稚羽矢目光追着在空中翔舞的飞鸟，听见她小声笑着喃喃自语，就回过头来。

"你刚才说什么？"

"——有妹相随，不畏登险。"狭也反复念着，看到他露出不解的表情，就解释说："这是一首山歌喔，歌词意思是无论山再陡峭，只要有你同在就不怕险峻了。真是好歌，对不对？大家都常唱呢。"

稚羽矢朝她露出茫然的笑容，那是一种难以体会的表情，于是狭也这才头一遭发现，原来她与他之间还存在一个大问题没有解决。

　　稚羽矢究竟怎么看我呢？

　　狭也无法想象稚羽矢能像普通青年一样，带着赠礼来探求自己的心意，这个发现让她感到气馁。稚羽矢不明白她为何突然无精打采地沉默，变得烦恼起来。

　　无论如何，都必须先克服当前的断崖才行。他们休息后又恢复体力，迎着炎炎烈日，咬紧牙关继续攀爬，终于望见平坦的地面，此时已近中午了。两人平躺在草地上，暂时没有力气去找坐骑，好不容易才站起身朝茂林走去。林间树枝筛落的阳光显得相当清亮，但环顾四周却不见马匹踪影，显得宁静异常。

　　"奇怪了，明明就在这附近，难道没拴好吗？"狭也偏着头疑惑地说。

　　"去找足迹吧，我想它不会走太远。"

　　然而，就在狭也刚要凝神搜寻地面时，稚羽矢竟发出硬涩的语声说：

　　"狭也，快逃！"

　　"什么？"

　　"快跑！"

　　被他拉住手，狭也莫名其妙地跟着跑起来，这时从枯萎的灌木丛里陆续出现手持武器的士兵，原来是一群头盔额前镶有铜色圆盘的辉军。两人被追逐奔往开阔的野地时，只见迎面一群马辔并列的骑兵直逼而来，在前后夹攻下，即使转身也无处可躲。他们跑向崖边，还是被追上的辉军双双被包围。面对一群高举长剑的士兵，稚羽矢倏地拔出大蛇剑，士兵们看见剑刃飞溅青白火花的威势，不由得退后几步,却没有人从包围中退散。就在彼此短暂瞪视之际,忽然一个凉澈的语音响起,回荡在四方林野。

"想发泄你的狂暴就尽情发泄吧,不过,你该看出我军人多势众,狭也绝对性命难保,你忍心如此吗?"

只见执弓的骑兵队伍中,唯有一人没戴头盔,全身裹着雪白罩衣,褶摆仿佛神殿的巫女般垂在脸际。然而,从约略可见的面容就能辨认出此人身份,而骑乘的那匹高骏英挺的灰白雄驹,也是狭也再熟悉不过的。

月代王——为什么在这里?

这身影稚羽矢应该也不陌生才对,因此他略微缺乏自信般垂下发光的剑尖。遮隐面容的月代王再度开口,一袭装扮宛如服丧之人。

"你为何归来?本王知道你远赴深海,为什么还要回头?我们终于非解决你不可了。"

"我不能逃避一切,理由仅此而已。"稚羽矢压抑声音说,"可是,我的命运不是被皇兄所杀。"

"父神即将降临世上,总会一死,你不觉得死在本王手下比较值得吗?就连照日王都应该比父神还顾念情分。"

附近的士兵冷不防攫住狭也的手臂,想要猛力将她拉走,就在她还没喊出声时,闪电般的青色剑光瞬间一闪,刺向众人眼中。士兵放开狭也后发出叫喊,他没被剑刃所伤,但头发、全身都被火焰吞噬,一下子倒地不起。惊骇的士兵们一片哗然,目睹同伴惨死的冲击,立刻让他们更加惊恐愤怒,于是发出莫名的呐喊,排山倒海似的冲向两人。望着高举的长剑和矛枪一拥而上的敌人,狭也不觉闭上眼,就在脚下一软时,有人轻敏矫捷地瞬间拥住了她。

"放下大蛇剑，还不明白吗？否则你永远休想再见水少女。"

听到近在耳畔的声音，狭也大惊之下张开眼睑，发现自己在月代王的臂弯中，而且是在灰白雄驹的鞍上。才一眨眼间发生的事，此刻她却已置身五十步之外。

她惊慌失措地高喊："稚羽矢！"

隔着交错的枪柄，稚羽矢回过头，以激动的眼神瞪着月代王。"狭也若有三长两短，我要将你们全都杀光。你、父神，还有所有人！"

"这话倒像巨蟒说的。"月代王嗤之以鼻，"好好想清楚再放话也不迟，此刻你应该还没有那份能耐。假以时日，我们绝对会把你捉来大卸八块，只是真不凑巧，现在本王可没心情与你在此交手，我来这里只是为了想要狭也。你撤退吧，就以带走狭也作为交换条件，暂时放你一马。本王发誓会让她毫发无伤，同时你也必须退离此地。"

"不要！"稚羽矢立刻回道。

"认清事实吧，本王发誓绝无二言，更何况丰苇原的人，生命是如此脆弱虚无。"

月代王一手缓缓抚过狭也的下巴，她想挣扎，但苦于双手被制住，全身动弹不得。

"这只手只要再施点力，你就会失去狭也，她将回到你永远无法追寻的暗神之国。"

"你带走她，到底有什么目的？"稚羽矢小声询问。

"没有别的用意。这女孩原是本王的女官，因此想立她为妃。"

"你别胡言乱语，我才不想当什么妃子。"狭也怒气冲冲地插嘴，"人家明明不愿意，还偏要——"

月代王忽然扬声笑起来。

小心——别太相信月代王的话。

她想告诉稚羽矢，可是无法大声说出来，即使努力使眼色急着向他表明，稚羽矢还是浑然不觉，陷入犹豫之中。

终于，他开口说："如果你肯发誓——"

"好，本王发誓。"才说完，月代王便将白罩衣一掀抛起，说时迟那时快，就在白布飘落地面前，月代王执起弓搭准了箭，只听弓弦一声鸣响，箭头已深深刺进稚羽矢的胸膛。

"你好狠！"狭也发出凄厉的叫喊，月代王也不管结局如何，径自翩然拨马回头，带着狭也纵马离去。

"骗子！这还算是神子的行为吗？"狭也一边奋力挣扎想回头，一边继续叫嚷。

"我没食言，只是不想让他立刻追上。"月代王泰然自若答道。

"可是，那些辉兵——"

"很遗憾，士兵们恐怕不敢剐他吧，因为他们早就见识过你族人的下场。"

稚羽矢张开眼，口中含着一股类似金属的猛烈腥味。

"啊，他醒了。"

听见鸟彦的声音，科户王靠过来。不知何时已不见辉兵踪影，周遭只有看惯的那些系着黑甲带的士兵，稚羽矢自身则横躺在松树边的泛黄草地上。当他慌忙想起身时，突然感到剧痛难忍，一看之下，原来胸口的箭伤还没愈合，鲜血仍继续染透衣衫。他曾经熬过多次其他创伤，但这次的重创确实是个打击，必须维持长期深眠状态才能复原，然而有件事让他十分牵挂，无法就此进入蜕生的沉睡中。

"狭也……"稚羽矢正待询问，转头就吐出血来。

晒得黝黑的科户王眉间深锁，面容僵硬如石。"狭也给人带走了，她为了找你而来到敌营，果然不出我所料，被敌军捉走，允许她去做这种蠢事我真该死。"

稚羽矢抹着嘴角，以激动热切的眼神望着他，"我一定会将她夺回来。"

"就凭你？"

"是的。"

隔了半晌，科户王低声说："你恐怕不想听我对你的看法吧。"

"不，我了解。"稚羽矢边费力起身边答道，"你大概很想代替辉兵将我千刀万剐，可是，别急在一时。皇兄带走狭也时曾说父神即将降临世上，假使当真如此——皇兄和皇姊虽然会使诈，却从无半句虚言——那就真的大祸临头了。"

"你说什么？"科户王怀疑自己听错，弯身想确认他声调模糊的说明，"你刚才是指辉神的事吗？"

稚羽矢的脸上显出从未有过的惨白，沁着涔涔汗水，只有双眼大睁，捂着伤口的手早就被鲜血染红。

"我们知道父神总有一天会降临，然而究竟会在何时，长久以来皇姊也无法从占卜中得知。如果父神降临世上，就无法避免战争，而暗族是绝对没有制胜机会的，因为丰苇原属于父神。辉军最近没有明显的动静，原因就在这里。"

科户王脸色剧变，悄声说："如果消息千真万确，再没有比这个事实更凶险的了，你是说暗族即将毁灭吗？"

"目前还来得及，只要能攻陷辉宫，抢先阻止父神的降临仪式就行，因此必须赶快通知开都王，现在正是义无反顾、一举进攻的最佳时机……"稚羽矢声音沙哑，阵阵喘息让话语数度中断，接着又集中精神说道："带我回暗军阵营吧，不管你们怎么对待我都无所谓，可是只有我能指引开都王反攻策略，虽然，我了解你们无法相信我。"

"就算你不说，我也会带你回去。"科户王面露不悦地告诉他，"如果不这样做，狭也的苦心不就白费了吗？只要能救她，我立刻就会整军讨伐。总之，你先治好自己的伤吧，就算死不了，这副模样还真惨不忍睹。"

然而，稚羽矢咬紧牙关摇摇头。"先去见开都王才要紧，我一旦进入蜕生状态，就不能立刻清醒了。"

停在树梢上的鸟彦望见科户王朝自己走来，便说："我知道啦，你是想叫我飞一趟开都王那里对吧？"

科户王焦躁地抚着下颔。"真是——烦透了。"

"难免嘛。特地集合一师军队在身边待命，狭也却遭人掳走，又非帮仇敌大忙不可，连我这传报官的翅膀也替你感到沉重呢。不过，你瞧见稚羽矢那副惨样，心里总该好过些了吧？"

"所以我才觉得难受啊。"更加显得烦躁不安的科户王不断踱来踱去。

"咦？难不成你在同情他吗？"充满好奇心的眼睛一闪，乌鸦直望树下。

科户王瞪了乌鸦一眼，突然别过脸说："那就是不死之身？受的苦跟凡人无异，却尝过不知多少次死前的痛楚。"

"你说得似乎没错。"鸟彦难得没有得意忘形地瞎扯，"或许一死了之，还比较痛快呢。"

望见掀开帐幔走进来的开都王，科户王站起身。

"稚羽矢呢？"

"抬到了里面，他似乎筋疲力尽了，还告诉我们说别管他。"开都王的凝重表情稍微缓和下来，望着科户王，"能带回稚羽矢是你的功劳。"

科户王摇摇头，像想起不愉快的记忆似的擦拭着脸，"带他回来的路上，简直就像伴人临终。"

开都王微露出笑容，"你现在的说法，连我都感同身受。就算相信他没死，那种痛苦还是让人无法承受。"

科户王的表情依然紧绷不变，"再怎么说，常人是无力承担那种痛苦的，因为没有那份坚定的意志，这点我总算明白了。"

认真点头的开都王语气中略显畏惧。"或许正因如此，他才具有打倒辉神的力量。看来我们先前有所误会，其实稚羽矢才是拯救这个国家免于辉族支配的最后堡垒啊。"

"要出兵吗？"

"当然，从现在起就要召开军事会议。"

科户王对开始大步前行的统帅继续说："如果稚羽矢的话可靠，时间就是我们唯一的凭借，因此我打算相信他。三名、四名——我们需要五名人手，还有，必须物色能潜入辉宫打开宫门里应外合的人。"

科户王似乎决定好一切地说:"就由我去好了。"

鸟彦带消息飞回来之际,已是稚羽矢回到暗族阵营的隔天下午。

"在川上设阵的大批辉军已全数撤退回宫,开始巩固宫里的戒备,而且都城里四处都在召集年轻女孩从宫殿内门入宫。虎鸫说是在召集女官,但以前可曾有这么大规模的征召吗?"

"看来大火过后的打击仍在。"开都王喃喃说,"莫非要举行大袚式——真让人挂心。"

"辉神会在举行仪式时降临吗?"一名武将战战兢兢地询问。

"这很难说。"

"那么只剩不到十天了。"

帐篷中一片议论纷纷,科户王迫不及待站起身道:"我军擅长迅速进攻退守,因此应该尽早出兵,再拖延下去就会朝不保夕。"

开都王目光犀利地望着他。"好,那就交给你了。何时出发?"

"就是现在。"

"人手呢?"

"一共五人。"

"足够吗?"

"人多反而碍事。"

"那么——"

就在这时,帐篷外面传来一个声音,"能不能再加一名?"

稚羽矢现身了，他身穿崭新衣衫，仿佛不曾发生任何事似的沉静自若。

科户王蹙眉说："这任务没你的份儿，如果闯入辉宫，你马上就会被识破。"

"掩人耳目的方法还有很多。"

开都王于是问他："身体能胜任吗？"

稚羽矢点点头，道："请让我同行。"

独眼王者思考片刻后，说："胜利的关键在于门是否能开启，而钥匙正掌握在潜入者手中。或许我们需要你的协助，你就去助科户王一臂之力吧。"

从开都王那里并肩走出来后，科户王恼火地对稚羽矢说："给我看看伤痕。"

"已经好了。"

"给我看！"

就在科户王正要上前一把揪住襟口时，稚羽矢倒退几步不让对方得逞。

"看吧。"科户王疾言厉色指责他，"少给我充好汉了，看你那副脸色该怎么解释？"

"没有大碍了，原本这种伤势早该复原的。"稚羽矢辩解说。

"就算你是辉神神子，力不从心也难免闹出乱子，可是，我们这次只能成功不许失败。"

"我懂。"

科户王毫不留情地警告他："如果连累大家，我绝不饶你，这样你倒不如留在这里休息吧。"

"我不会连累人的。"稚羽矢回嘴说。

迎接两人的是三个毫无特征、年龄不明的士兵，科户王向稚羽矢说明他们是一同潜入宫里的密探。

"这是八寻、筒绪、潮满，都是拥有特殊身手的人，可以任意变树木变岩石，他们充当密探至今，也立了不少功劳。"

佩服得五体投地的稚羽矢直盯着三人，"我变过野兽或鸟禽，可是从没办法变成树木或岩石。"

科户王一时气结，然后才又补充说："我是比喻他们懂得隐藏行踪。"

就在彼此都被对方吓到时，鸟彦飞向他们。

"不用说，这是大家都认识的鸟彦，潜入辉宫的全数人员都到齐了。除了鸟彦以外，其他人必须全部改头换面，然后分头找路潜入，因为个别行动胜算较大。"

"请恕在下冒昧……"也不知是八寻、筒绪，还是潮满，总之一个略微年长的人谨慎开口道，"依在下来看，那位贵客不论如何乔装都实在很显眼。"

就在科户王回答前，稚羽矢说："这样的话，我就扮成引人注目的人物好了。"

"你打算怎样？"

稚羽矢朝着诧异的众人微微一笑。"让我去甄选女官吧，一定没问题的。"

"别气成那样。"来探望狭也的月代王只见她面壁正坐、饮食不沾的模样，于是如此说道。

狭也不禁尖声回答："被敌人捉来这里，不分青红皂白就被关起来的囚犯，哪有心情笑出来？"

"我是敌人吗？"

"真是莫名其妙。"狭也回头激动地说，"我不可能再成为你的女官了。比起向往光明，我更热爱丰苇原的所有生命，我必须与你为敌，决战到底，就算你因此憎恨我也没关系。在稚羽矢中箭时——如果我有弓箭在手，也绝对会向你射回去。"

月代王卸下甲胄，只着一袭柔软的薄青衣，身轻秀形的月代王看不出一丝武人气息，与前刻张弓时的凌厉架势简直判若两人。

然而，狭也接着又说："请放我出去。如果你不肯，那就杀了我吧。我才不想这样被囚禁着苟活下去，让我回稚羽矢身边。"

"怎么办才好？"月代王轻笑着微微摇头，"人说少女心变幻莫测，没想到才一转眼间，你就有那么大的改变。"

"你忘了吗？我应该说过我是自愿离去的。"

"不过你应该也曾说过，至今依然仰慕我。"

狭也稍显狼狈，于是默然不语。确实如此，眼前的月代王仍强烈牵动她的心，从山歌会相逢那夜以来，神子的形影就分毫未变，即使沾染再多鲜血，那份崇高仍将永恒不渝。然而，神子的永远清净，是不可能留驻在狭也手中的。

她低声喃喃说："这世上也有后来才明了真正答案的情况。"

"荒谬。"月代王笑起来，"你在意的稚羽矢难道不是辉神神子？虽然声称与辉族为敌，仍是一心向往光明，这就是你的本质。"

狭也脸上泛起了红晕，"可是稚羽矢和辉族其他人不同，他愿意学习、超越自己，还肯接受改变，而且打算从辉族手里来保卫这个国家。"

"他从以前就是我无药可救的胞弟，无论做什么都白费力气，根本就不可能拯救丰苇原。"

"你怎能这么笃定？"

"当然笃定，因为稚羽矢正是召唤父神下到凡界的罪魁祸首。"神子的声音冷冷地回响在屋内，"他在诞生时就带着高光辉大御神亲自封上的封印，如果解除它，父神就会降临，稚羽矢是无法阻止这一切的。"

狭也不禁愕然，好不容易才喘息说："怎么会这样——"

神色悲戚的月代王注视着她，"而且，狭也，其实你也同样召唤了父神，这些全显现在照日王的卜示里，皇姊从数天前就开始潜心占卜了。"

一头雾水的狭也感到恐惧袭来，不禁双手掩唇动弹不得。她感觉好像不知何时产生了一道无形丝线牢牢缠住自己，又觉得仿佛从旁窥视着一架巨大纺车，正由不得人地纺出枷丝。

面对脸色苍白的狭也，月代王轻声说："照日王有意选你作大祓式的献祭替身，不过，我抢先一步将你带来这里。回到我身边吧，假如你愿意献出爱，我就能让你获得蜕生的力量，这样你就能免受替身之难了。如果反复改变是你的本质，现在回心转意还来得及。"

狭也后退了几步，一边眼眸定定望着神子，一边又缓缓摇头。

"即使为了阻止高光辉大御神降临，你也拒绝我吗？"

"是的。"狭也答道，声音微弱得难以听见，"爱是油然而生的，无法任受摆布。"

突然一个声音响起，赞同她所说的话。

"她说得没错，你休想得逞。"

狭也和月代王愕然回首，只见照日王以臂靠门而立，一身煞白衣裳、绑着细白头巾，没有结起的散发宛如狂风刮乱，眼瞳中闪烁着异样光彩，看似异常疯狂。

"我竟没料到最后想破坏好事的人居然是你，月代君，你到底又为什么想改变主意阻止父神降临？"

月代王不让对方看破心中动摇，只若无其事地说："不出神殿一步的皇姊，为何急于来此？"

照日王唐突地放声高笑道："竟然蠢到有这种事。我一占卜狭也人在何处，原来就在这宫里。那倒好，省得我大费周章去捉她来。"

笑声一止，女王以深含杀意的眼神睨着弟弟，"你想辩解可以，为什么要从我手中抢走狭也？明知她是重要的献祭替身还做出这种事，绝对不会没有理由！"

照日王望着并不马上回答的月代王，继续说："说不出个所以然，我是不会轻饶你的。就在能达成地上任务的最后关头，谁若想横加阻挠，全都是本王的敌人！"

"都到这种时候了，皇姊还没醒悟？"月代王淡淡说，"原本不想让你失望的，不过事到如今还是明说好了。因为我了解高光辉大御神之所以降临地上的理由，那就是父神为了想召唤暗神重回大地。"

照日王柳眉倒竖。"你无凭无据还敢瞎说！"

"不，你身为占卜师，却一心尊崇父神，以致疏忽了所有卜示里隐藏的一件事，应该说你是刻意不去理会才对。其实明明一开始，父神的意念就向着暗神。"

"我们可是奉旨前来扫荡所有跟黑暗有关的家伙。""你还不明白吗？消灭暗族的力量，换句话说就是消灭死亡。若将死亡毁灭，女神就会返回世上，现身在我们面前。"月代王的声音中透出该撒手放弃的余韵，"父神打算将所有事物还原到最初，也就是将天地恢复到混沌未分的状态，一切从头开始，然后召唤女神重回身边……这些已超越了我们的判断，不过，我很想再多望望丰苇原，这里是多么美好。"

照日王惊愕得为之动容。

"辉神与暗神截然相反，不可能像你说的那样，而是彼此仇视才对。"女王走向前，站到月代王身边，问道："难道你是说我们长年清净这片土地所费的心血，其实都是为了暗神？"

"不是我说，而是事实。为何最后选择的献祭替身就是狭也，请仔细想想理由便能明了。"

照日王一时无法回应，忽然又静静问道："你何时知道的？"

"在久远以前——就多少察觉到了。"

月代王如此回应，女王突然高嚷："我真对你厌倦透了！总是这样让我烦得要死！"

"皇姊。"

"我们战到现在，究竟在为了什么？"

月代王低声喃喃说："我们除了会动干戈，还能做什么？"

照日王抓住自己的手臂咬着手指，想让颤抖的身体平静下来。"我不相信，我才不信我们的战果在父神眼里没有意义，我也不信父神的神眼会凝视污浊的黑暗。天神是圣洁无秽的才对，我们就是为了称扬这种神德才因此存在。"突然声音减弱的女王仿佛自言自语似的喃喃着，"父神应该眷顾的是我们。"

女王的脸在凌乱发丝中隐没不见，于是月代王伸手仿佛安抚般，轻轻将她的头发拨起。

"当然了，因为我们是父神之子啊。"

照日王仰起脸说："你就会口出轻言。"

"无论如何，我还是不忍看见你伤叹。"

再过了一会儿，照日王终于恢复情绪，扭头道："还有很多事要办，战事还没结束，仪式还拖着尚未举行。舍殿也还没重建，大祓式的程序也必须更改。"

望着狭也，又望向月代王，女王说："我不会撤换替身的，无论如何我都不允许你给狭也蜕生的力量。这女孩当作诱饵刚好大有用处，因为稚羽矢绝对会来这。"

3

软禁狭也的房间，是位于隔在王殿间的高殿最上层。原本应该是眺望景致的好地点，然而只有天井开凿的唯一小窗光线微透，除了天空什么也望不见。在突张的四壁围绕下，觉得快窒息的狭也像只笼中鸟，一刻不倦地振翅扑墙，想四下找到能逃脱的洞穴，然而这不过是白费力气，她任指尖刮痛也没发现丝毫缝隙。

她偶尔像陷入回忆似的哭泣，却没有号啕恸哭，她尚未陷入绝望的原因，是因为照日王曾说稚羽矢一定会来辉宫里。占卜中的预言让人恐惧得远甚绝望，然而她一心只想再见稚羽矢，无论发生任何事、结局变得如何，狭也都没有放弃相见的希望，也没有影响她期待重逢时，能再看到他那抹笑容的心愿。

每过一晚，气温就逐渐下降，没有燃火的高殿里寒意袭人。狱卒见状不忍，就送进一件毛皮，然而裹在身上还是冻到发僵。仰望着窗色变化，也不知过了多少只有昼夜交替的日子，就在某个清冷异常的早晨，狭也尽可能缩紧手脚蜷在墙角，此时突然听见卸下拴锁的声音。

她正想大概是狱卒来取碗盘，因此望向昨夜水壶里结冰的水面，然而令她大吃一惊的是，来者不是别人，正是照日王。在呼吸都化为白雾的天寒地冻中，女王一身白薄单衣的打扮令人望之生寒，她本人却丝毫不以为意，雪白的肌肤透着樱桃色的莹润。

面对露出警戒眼色回望自己的狭也，照日王朗声招呼道："水少女险些变成冰少女了？对呀，你需要炭火，不过先别管这些，已经下雪了。"

狭也知道从昨天傍晚起就雨飘变雪，因为雪花曾从高窗飘落下来。她对照日王到底想说什么感到纳闷，于是等待着女王把话说完。

"积了这么多初雪还真难得，你出来，我们去看雪吧。"照日王兴高采烈地说着，一瞬间仿佛像个小女孩，让狭也回想起小鹿来，她不禁失笑，这种天真得超越常理的特质倒还真与女王相符。狭也虽然情非所愿，但心动之下，仍旧跟在照日王身后而去。

冻麻的双脚举步维艰，踏下陛梯后，只见一道仅建有柱廊、四面透风的台阶，从这里能尽览四面八方的景色。雪云已过，在明亮的银色皓空下，地面仿如重新上彩，呈现清一色的净白。积雪不多，但一切景物及细小空隙、各个角落，都积着落雪。舍殿的黑桧木皮搭建的屋宇及丹红殿柱上，像是拥着白雪般的润泽，老松的青苍看似充满忧思，连夏日遭逢巨变时焦柱上残留的痕迹，在雪中也格外美丽。声音仿佛吸进棉絮中阒静无声，真幻邦的早晨，静静展开了明亮的天外世界。

"我喜欢雪,简直比花还喜爱。"从栏杆上倾出身的照日王心情愉悦地说,"从天降下的雪为何如此纯白呢?我也喜欢寒冷——那是一种清净,能让一切忧郁沉睡下去。"

"小孩们也喜欢雪,宁可冻伤也到处闹着玩雪。"狭也说。

"你也喜欢?"

"是的。可是我也喜欢花,还有夏天、秋天,以及所有万物。"

照日王浅浅一笑,望着她。"你想说喜爱丰苇原吧?不过,或许就算方式不同,我也替这个国家设想并尽心尽力过。"女王半像自言自语,继续说,"身为天神之子,可是我也只知道这个国家。看到降雪,我也常想象天宫是否也一样有雪景,可见这还是出于我喜欢这片土地风景的缘故吧。"

狭也注视着再度出神眺望的照日王,感觉那背影不再狂妄自大,而仅仅是陷入沉思的身姿。

忽然间,狭也由衷地向女王说:"现在还来得及,能不能请您阻止高光辉大御神降临呢?"

"……这办不到。"照日王低声回答,"谁都无法改变父神的旨意,而我不过是半神的神子。"

"可是您也该知道,高光辉大御神想消灭丰苇原的旨意是错的,能慈爱呵护这片土地,才是身为辉神、暗神该做的事。"

照日王沉思着并不回答,接着反问她:"暗御津波大御神又是什么样子?是很美的女神吗?不,一个住在没有光辉的幽冥界,还要接受地上所有污秽的女神,我才不信他会有多清净美好。父神应该是在黄泉国亲眼看到他的一切,才会感到惊骇恐惧,以千引之岩封住了通道。但明明已经这样了,为什么还想召唤女神呢?"

犹豫的狭也摇摇头，"我不知道。没到过黄泉的人，是无法得知女神真貌的。"

狭也被遣回房后，狱卒就送火盆过来。

"照日王杀死我的双亲、奈津女和孩子，又一手葬送许多无辜的生命，而且今后还会毫不留情杀了我、杀了稚羽矢。"

狭也喃喃自语着。原本对照日王恨之入骨也不足以表达憎恶的万分之一，然而多少又觉得她的行径堪怜，女王宛如倔强的孩童，随手就将看不顺眼的东西一个个毁灭，却不知自己究竟在做什么。或许她在失去一切之际，才会开始有所醒悟。

可是，那样太迟了。唉，假如我也拥有足够为自己性命搏斗的力量，就绝不会轻易被她杀死。

正当狭也抑郁不乐地想着，突然耳际传来振翅的微响。她抬起脸，没有很深的期待，因为这种声音不知幻听过几次，反让她厌倦。然而，一个黝亮的长喙和鸟头从高窗框探进来张望，接着叠起翅膀一溜身穿过窗框，"砰"的一声落地站住。

"我来啰。"乌鸦说。

百感交集的狭也一时无法回答。"……我相信你会来，可是还是让我太高兴了。"

"本来应该更早来的，不过最近我的名声太响，这附近全设下鸟网，费好大劲儿才啄破洞进来。"

"除了你，还有谁来吗？"

"科户王、稚羽矢，还有三个隐匿行踪的密探，大家都乔装成别的样子潜到宫里。科户王照例扮成乐师，那三人改扮成下仆或士兵，只有稚羽矢最绝——竟然假扮照日王的女官。明天我们将在日落时打开宫门，暗军会一举攻进来。"

"大祓式——"

"就在后天。我才不会让狭也成为替身的，我从没碰过那么恶心的仪式。"

"拜托，千万别让我成了替身，我不想变成召唤高光辉大御神的元凶。"

狭也忽然浑身哆嗦起来，现在才感到惧怕虽然有点可笑，但一旦萌生希望，反让她恐惧倍增。

"稚羽矢不要紧吗？竟然扮起女官——明明绝不能小看照日王的。"

"没事、没事，他扮得很高明，乍看之下瞧不出破绽。"愉快展翅的鸟彦说，"他并不傻，但以前看来倒还蛮迷糊的。"

"是啊。"狭也正想微笑，才发觉几日下来两颊都发僵了。

"我命令部下总动员来救你出去，我很行吧？到时你会看到很壮观的场面喔，就算花上一辈子也瞧不完的鸟群会聚在这里，大家一齐带你到下面。"

"真的吗？"狭也双眼瞪得滚圆。

"拭目以待吧。"鸟彦振翅鸣响，飞向窗框。

"我好期待呢。"

恢复活力后，狭也又为这次无法帮上忙而感到遗憾，而且她觉得自己这种只能静待救援的角色最没价值。

"你要保持这种活力才行喔。那么，接着来轮班的是啄木鸟，可能会有点嘈杂，你就忍耐点吧。"

"等一下。"狭也内心涌起非如此做不可的冲动，于是唤住鸟彦。接着她手绕到脖颈，摘下水少女的勾玉，将它取出来，"我希望你能将这个交给稚羽矢，替我跟他说重逢前先留在他那里保管。"

乌鸦飞回来叼起蓝色的勾玉。"我知道，会收好它的。"

鸟彦离去后，果然如他所言，几只啄木鸟成群结队飞来，停在窗框上耐心敲啄起来。

翌日寒冷依旧，还留下许多未消融的残雪，稚羽矢来到廊缘装作眺望庭景，确定四下无人后，穿着朱红乐师衣装的科户王，若无其事地通过前廊而来。

"宴会从正午开始。"科户王迅速轻声说。

"就在斋戒期间？"

"照日王并不知情，是月代王设的宴。"

稚羽矢思索一下，说："对我们来说反而便于行动。"

"那么，其他三人的事拜托你了，我打算在乐席留到最后一刻。"

科户王于是不动声色走过回廊。稚羽矢稍待片刻后开始准备潜入月代王殿，只见匆促的人群在渡廊上往来频繁，大火以来，总是人手欠缺的宫内仍存留着几许昔日的典雅风貌。老宫人口里叹着"繁华已逝"也未必夸张，因为王殿周围的壮丽气魄虽然至今未变，但辉宫似乎带有一种即将瓦解的气氛。两位神子日渐不理朝政的确造成极大打击，照日王长久没有驾临殿内，一直闭居在重建的神殿里。所幸如此，稚羽矢得以免受怀疑而获选新任女官，不过眼见毫无秩序且破败不堪的女官居所，他的内心还是感到不是滋味。

即使暗军不进攻，这里也会自己毁灭吧，这样或许比较好。伫立在渡廊一隅，稚羽矢边眺望着人群边想。

"请问在那里的女官，如果有空的话，可不可以帮我个忙呢？"突然，有位陌生的女官唤着他，她还是一位清纯少女，大概也是新来的女官吧。"我完全没有听说在这种日子还要设王宴，因此不知道该怎么打点服饰才好。"

事实上，这个少女的确烦恼到快哭了出来，脸孔涨得通红。"谁都不理我，才进宫没多久，竟然就叫人家扮舞姬，我连该拿哪一把扇子都还摸不清呢，更何况他们还说如果我表现不好，当场就要杀头哩。"

稚羽矢担保道："那没关系，我可以教你。"

少女脸上瞬间显露光彩，"啊，你太亲切了。你也出席表演吗？"

"没有。"

于是，少女腼腆地仰望着稚羽矢，说："奇怪呀，明明是你比我更适合扮舞姬才对，长得那么漂亮——身段又高挑。"

"因为我是照日王的女官。"稚羽矢如此说，少女就掩住唇。

"哎呀，我真给你添麻烦了。"

稚羽矢莞尔一笑，"不过，这件事你我都要保密喔。"

正午的太阳穿透阴云的天空，看上去好像一轮失温的白银盘。气温并无回升，顾盼四周尽是风景寥寒，丝竹的音韵潋响，在冻冷的空气中玄妙回绕着。王殿朝南的廊缘款设了宴席，召集众宾的月代王命令舞姬婆娑起舞，回廊下设置的乐师席也齐奏着歌乐弦管。

然而，神子表情不带一丝悦色，仿佛沉溺于思绪中，臂倚扶手，出神望着盛宴。主上的兴致自然影响到乐师心情，曾几何时乐声中飘起一抹凄怆，与舞姬的绚烂衣裳形成强烈对比。

这是诀别之宴。

吹奏笙笛的科户王暗想。

无论胜败归属何方，这是辉族与暗族最后的惜别之宴。

"那位乐师。"月代王正眼没瞥就说，"你的音色暗浊，你难道不知本王对管乐颇有心得？"

一群武装待命的士兵连月代王的暗喻都没多加思索，就立刻猛跃而出，分散将乐师席团团围住。大惊失色的乐师纷纷抛下乐器，律曲戛然而止，战栗的舞姬们则僵在原地。

士兵以矛枪制住乐师们，似乎不明白月代王所指何人，于是请示："请问哪位才是奸细？"

"他本人最清楚。"月代王答道。士官逐一询问，却无人肯招。

倦懒的月代王便说："无妨，统统斩了。"

一名脸色煞青的吹笛老者被揪住前襟，从席间拖拉出来，接着就在士兵拔剑要一挥砍下时，科户王站起身。

"是我。"

士兵还来不及回头，只见科户王一脚踢开座席，趁势一跃而出。原本要取老者首级的士兵，将剑尖转而指向科户王。他迅速以笛接招，笛环迸裂，小竹管应声破散四射，眼前一花的士兵吃了几下拳脚，只能丢下手中的剑。科户王一把抢过，抡起剑就朝成群的士兵奋力疾劈而去，一些士兵慑于气势吓得退缩不前。

"取弓来。"依然从容自如的月代王命令道。拿起从人献上的弓，他脱下单边衣袖搭起弓弦，即使对方身手矫健，也绝不会在神子的神准箭距之外。

当科户王凛然惊觉时，早已闪避不及，箭离弓弦发出一声锐响，就在此时，不知何人将扇子掷来，羽箭应声贯穿扇柄，去势微偏，牢牢插在科户王身边的柱子上。众人露出难以置信的神情回过头，只见庭中的舞姬里，有一人少了手中之物。

月代王不胜厌倦地说："你在哪里？"

舞姬鲜艳的翡翠绯红裙摆飘荡而起，稚羽矢轻轻从众人头际跃过，不顾众目睽睽之下，与科户王并肩而立。

科户王怒气冲冲地说："不是讲好别管失手的人吗？你这混蛋！"

稚羽矢回道："我算例外，所以不知情，而且我还欠你一份人情。"

怀着深深失望的语气，月代王说："怎么总是这么蠢，皇弟，没想到不出本王所料，你还有闲来这儿搅局。你还不明白这场临别之宴是为狭也而开的吗？"

稚羽矢惊愕地望着皇兄。

"照日王不会让狭也成为献祭替身的。因为，皇姊恐怕不会让她活到那个时候。"

啄木鸟群这时已增加到数十只，像木匠一般忙着削木，嵌板已卸下两片，几乎能够容人穿身而过。不料就在此时，鸟群突然紧张地安静下来，正当狭也感觉众鸟争先恐后飞走的同时，她听到一阵轻盈的脚步声。门锁被取下，她慌忙站起，以身体挡住啄木鸟动过手脚的痕迹。照日王就立在眼前，表情十分沉静。

"狭也。"女王声音略沉向她说道，"不管结局如何，你都想让丰苇原留存下去？"

"是的。"狭也答道。

"我也想过了，让这片国度重返混沌未开，实在是于心不忍。"

狭也稍感惊讶，因此睁大眼眸。"我们双方都一致如此认为的话，就没有必要再战了。您能阻止高光辉大御神降临吗？"

"即使父神降临世上，只要女神不离开黄泉国，就能保住地上万物的性命，你说是吧？"照日王说，"至尊天地的两大御神是绝不能相见的，就算父神有意如此，我也不能将女神唤回父神身边。只有这点，我想违背占卜的指示，因此进行大祓式时就免了你吧。因为你召唤父神的同时，会连暗界女神也一并召来，我不想见到降世的父神除了对我们神子之外还有二心，如果长期付出的努力换来这种结果，我绝对无法接受。"

狭也心中点燃了希望的明光，不过就在这时，照日王却静静拔出腰间长剑，冬阳的光辉给白刃镀上冷芒。凝视着眼前高举的一道寒刃，狭也不禁惨然失色，步步后退，一下子就背抵墙壁。

"为什么！"语不成调的狭也小声说道。

"你告诉我说要阻止父神降临，可是对我而言暗神才是妨碍这一切的。我不想让女神回到世上，但却无法忤逆父神的旨意，没有人能违抗父神的命令——除了暗神以外。"照日王的声音平静异常，继续又道："因此，希望你在举行祓式之前到暗神那里，代我恳求女神不要回应父神的召唤。如果是你，会愿意帮这个忙吗？这么一来，就能进而拯救丰苇原了。"

"你是指——在此杀了我?"狭也颤抖着嘴唇。

剑刃如冰,像是有形的死亡急遽胁迫而来,她的年轻躯体正全力抗拒着。不应该就这样死去!怎么能在这种狭窄地方、这么轻而易举,连稚羽矢都还没见过一面——

照日王白皙的裸足轻轻逼近,"如果我能亲自去见女神就好,只不过,暗道只容暗族前往。"

"不要!"

望着女王挥举长剑,狭也发出嘶声尖叫。即使在这毫无可能逃脱的窄小空间里,她还是想逃,想紧贴向墙、扭缩身躯,她向稚羽矢呼救、向鸟彦求助,然而——

剑尖划出一道弧形,完美精准,一刺落下。刹那间高窗映入眼底,狭也看见遥远的白空、女王平静的丽容。她茫然想着,即使在杀人瞬间,这人的表情还是如此清净啊,于是她忆起了遥远的羽柴巫女。旋即,她迎向了死亡。

就在倒卧的狭也身边,照日王恍如虔诚的巫女般跪着,一直守望断气的少女散失最后一点余温,那副神情仿佛是在静祷。然而,就在这静止的沉郁小房间里,突然乍现一重色彩斑斓的幻影,刹那间又结合成实像,一身舞姬装扮的稚羽矢出现了。他衣上的金饰虽然轻晃,但脚打赤足,钗环尽落,发髻全松,正剧烈喘息。

"你终于想起该怎么从时隔界[①]赶来了?"毫无讶色的照日王低声说。

然而,稚羽矢并不答话,他只是望着狭也,望着那凄然横卧的少女,如折断茎梗的花朵——

---

① 这里指时间与时间中的空隙。

"你只差一步，狭也已赴暗神之国了。"

"绝不原谅你。"稚羽矢声音轻到难以听闻。

照日王笑起来。"不巧极了，这也是我想说的话。只要对父亲有威胁，就不容许你活着站在高光辉大御神面前。不过，你是有所觉悟才敢来的吧。"

突然像风袭过，照日王的乌发飘起飒响。

"这国家的子民没领教过辉神神子全力投入激战会有什么后果，纵使你猛如雷势，不过我们是日月同力，一旦释放凝聚的日月力量，倒要让你瞧瞧会发生什么结果。"

露出诡异的笑容望着稚羽矢，女王朝后方一纵身，滑入时隔界。稚羽矢毫不迟疑地紧追而去。

时隔界的光景难以形容，并非空荡无物，而是飘游着形形色色的物影。如箭穿梭而过的照日王，化成一道长曳的金影，随后稚羽矢发现从他方靠近一个闪耀的银影，他知道那是月代王无疑。金与银的光影间缓缓缩小距离，不久合而为一。此刻，时隔界爆发出激射的光芒骤然炸裂，那道光芒超过白热炫光的热度与力量，像是变为黑色，穿过所有物体，将一切粉碎、燃烧、熔蚀而尽。

当空的太阳突然在没有任何前兆下变得黯淡无光，虽然时值正午，从地面四隅升起的黑暗颠覆了明空，浓墨倒流似的天色终于呈现一片昏暗。宫中发生大混乱，辉兵们只能离开岗位东奔西跑，然而进攻途中的暗军情况也是大同小异。战马吓得乱闯，闪躲马蹄的士兵让队伍混乱成一团。此外各地发生强震，山崩压垮山脚下的村庄，大海啸吞没海滨渔村，无法站稳脚步的人们匍匐在地，竭力祈求着天地异变只是一时乱象。

"稚羽矢粉身碎骨了？"

"没有。"

"有什么力量在保护他，难道是父神？"

"总之在这里待太久，我们也承受不住。"

照日王与月代王穿过数个时隔界，又跃入其他时隔界继续疾奔。每当窜出地面时，神子们可以听见暗空下稚羽矢所击出的雷鸣轰响。最后，两王终于出现在与世隔绝、只有岩石冰雪的地方，这里空气稀薄到令人意外，寒气剧降在冰点以下，正刮着不易堆积的雪花结晶。可是，从旁边岩壁中却冒出灼热的喷烟，只有那里四周没有飞雪，漆黑的岩表露出诡谲阴森的模样。

"这是哪里？"照日王问。

"富士山的火山口。"月代王望着喷烟说，"目前的地震让火山有些动静。"

"走吧，这种地方谁也待不下去。"

女王如此反应，月代王就半调侃道："稍微休息一下如何？这里是离天宫最近的地方。"

"少说笑了，我都快被地底的臭气给熏昏了。"

听到对方没好气的回答，月代王就站起身，滑向另一个时隔界，"那么，就去像样点的地方。"

就在照日王正想随着进入时隔界之际，突然被反弹回来，这股弹力让她在斜坡上一个踉跄，差点滑向火山口内侧，女王不禁勃然变色。就在她倾出身子时，竟然看到冒出喷烟的深处，滚沸着发亮的朱红熔岩。

"就算是皇姊,掉到那里也无法再蜕生了吧。"一个声音静静响起。

照日王心中一凛,环顾四周,却不见月代王身影,原来在不知不觉间月代王已前往时隔界的彼方。就在孤立无援的女王面前,稚羽矢的身影从喷烟蒙雾中浮现,手中提着青辉闪耀的大蛇剑。女王没有武器,因为于时隔界决斗时不能用剑,她对自己的不小心感到后悔,稚羽矢如今就迫在眼前。照日王倒在火山口边缘,仰视着胞弟。

"你……将我……逼到这种绝境?"声音中带着一抹难以置信。

"我说过绝不原谅你。"稚羽矢答道,于是女王淡笑。

"有骨气,我欣赏这点。"

他将剑举向前,照日王便以视死如归的语气问道:"我只想问你一件事,守护你的到底是什么?"

"我没有任何守护。"

"我与月代君联手却没能打倒你,简直不敢相信一个人能有如此庞大的力量。"

"没有任何东西在守护我——"稚羽矢话说一半突然住口,一只手轻压胸口,触到衣衫下的小块勾玉。

瞧他一言不发杵在那里,女王叹气道:"快点解决可以吗?让领死的人等太久,实在有失礼数。"

忽然间,稚羽矢说:"算了。"

女王一时惊愕气结,便睁开眼。"你,当真吗?"

望着稚羽矢睥睨的表情,辉神神子照日王简直难以置信,这实在太超乎想象。

"就算杀了皇姊，狭也还是不会回来。"

稚羽矢收起剑，就这样背转过身消失在时隔界。

稚羽矢立在敞开的宫门前，此时已是深夜。众人的喧闹声仍混乱充斥，然而战火已歇，宫内由暗军占领。就在稚羽矢于火炬光中行走时，发现他身影的鸟彦随后飞来。

"辉军败退了，将领一失全军瓦解，所以我们赢了。"鸟彦一口气说完，望着他的面孔，语气稍歇，"稚羽矢，你去哪里了呢？高殿在那场天灾中崩塌，不过鸟群冒着生命危险将狭也运了出来。"

稚羽矢还是默然不语，消沉落魄的鸟彦收拢翅膀。"……去看看狭也吧。那里有为她举行葬礼。"

入殓的新围栏内，大汉们啜泣着，毫不顾惜颜面。隆冬里，在没有花卉装饰的灵柩中，狭也的遗体显得如此苍白、纤小、令人悲怜。稚羽矢定定凝望着她，深深了解这次绝对不算重逢，狭也已远离这里，奔向他无法前往的国度。她曾说过在重逢前，勾玉先留给他保管……

打开紧握的手掌，稚羽矢凝视着淡青如蓝空的勾玉，喃喃自语："怎么样才能还给她这块玉呢？"

就在狭也横卧的灵台边，这时有个身影一晃。因为身子极小，刚刚被他忽略，不过在看到转过来的白发大头后，才发现是岩夫人。老婆婆抬起满布皱纹的眼睑望着他。

"那是水少女的宝物。没了它，狭也会很困扰的。"

百感交集的稚羽矢点点头，"狭也守护了我，而我却不能救她——让她孤零零死去。直到先前，我总认为自己才是孤独的，因为在记忆里，从久远以来我就一直是独自度过。然而，为什么我不能尽早发现狭也来到了身边？她已为我不知来过多少次，反反复复——死而复生。我现在明白了，没有狭也，我连独自一人都谈不上……"

稚羽矢语声暂歇，岩夫人略感兴趣似的注视这个年轻人。"喔……你领悟到不能没有狭也了。"

"在遇见她以前，我连自我都没有。"稚羽矢小声说，"狭也引领我，诉说丰苇原的事，甚至告诉我，该拥有自尊，为我费心思索，什么事值得行动。然而，我还有许多许多必须了解的事——没有她，我只不过是盲目的巨蟒。"

"可是，你今后还不是凡事得靠自己闯？狭也已回女神那里了。"老婆婆毫不留情地说。

稚羽矢哑口无言，他那曾是黑邃不见底、茫然虚无的眼瞳，如今却浴着烨烨光辉。他眼神中稍带愠意，说："为什么我不能去追寻狭也？不管是下黄泉还是到哪里，我为什么不能前往她去的地方？连父神都曾为了见女神而远赴黄泉国一次，难道我就去不成？狭也总是来寻找我，这次该换我去找她。"

岩夫人哼了一声，"怎么去？"

稚羽矢霎时困惑起来，俯看着矮小的老婆婆。"您有什么好方法吗？"

岩夫人将倒竖的白发大力摇摆着，扭过头去。"就算知道——"

于是，稚羽矢这才终于会意过来，他连忙往地上一坐，放下大蛇剑，规规矩矩以手支地。

"拜托您指引途径，我无论如何都想去黄泉国。"他说完，又补充一句："为了能找回狭也，我绝不在乎任何牺牲。"

"是真心话吗？"

"是的。"

"你一开始这么说不就好了！"岩夫人回过脸来，转怒为喜道，"我也不知该如何硬将辉族人送往黄泉国。不过，狭也既然将勾玉托付给你，只要彼此之间感情联系够强，就不会没有方法可寻。"

"那会是什么方法呢？"

面对心焦的稚羽矢，表情严肃的岩夫人毅然决然地说："我不敢说会有任何确切的方法喔。或许能找到，也许找不到；或许她再也无法回来，也许能再归来。暗道可是危机四伏啊。"

稚羽矢断然回道："既然有目标，我不在乎。"

"那么，你吞下手中那块勾玉吧，它是狭也的一部分，无论距离多遥远，都会与她的魂魄一系相连。是否能找到途径、究竟能朝暗道前进多远，就靠你自己了。"

翌日早晨，众人在举行丧礼的殡宫中，发现稚羽矢倒卧在灵台边，身躯已然冰冷，没有呼吸心跳，亦无丝毫蜕生的迹象。

追击辉军余党后返回的科户王，惊讶地叫道："辉神神子不可能会死，他一定还会回来！"

开都王低声说："不过，我能理解他想追回狭也的心情，就让两人在殡宫内安息吧，狭也大概不会寂寞了。"

4

狭也站在明亮的沼地边,夏草高茂,水边的香蒲抽着茶色草穗,淡青色蜻蜓飞舞着,在水中掠过倒影。傍晚的夕红残留天边,周围弥漫着黄昏的柔和气氛,耳里还听见温和贴心的呼唤。

"狭也,你跑去哪里玩了?快回来,该吃晚饭了。"

是娘的声音。

一回头,在月见草点点绽开的草原中有一条路,可以望见就在遥远彼方,家家户户升起了轻轻缭绕的炉灶炊烟。如果跑回家,就会有熟悉的炉畔、爹做的木碗、娘圆润的膝头在等待自己……

然而,狭也一步也踏不出去,反而哇的一声哭出来。

"好不容易回到这里,你还在哭泣什么?你想要什呢?"

狭也边哭边说:"我想回去。"

"傻丫头,到底还想去哪里呢?这里就是你的家啊。"

狭也终于留意到这个声音,于是回望四周想找出说话的人,然而沼地边只有自己。她拭去泪水,小声轻问:"您是暗御津波大御神?"

接着,又困惑地附带问道:"我……死了?"

"是的,这里是黄泉国。可是刚回此地的你受了重创,无法安心沉睡下去,因此我以这种方式疗愈每个人的心灵。"

"是否能见到您的形貌呢?"狭也问道,然后清风叹息般拂过水畔的草。

"这里的风景全是我,你所深爱的一切,请想作是我的臂膀、我的膝枕。我没有躯体——已经舍弃了,就在远古遭那位神明疏远之后。不过,舍弃的代价是我能化成百亿千万身。"

"慈悲的女神，高光辉大御神想召唤您重回地上。"狭也说道，但不知该向谁表达才好，她决定注视着自己的水中倒影说："天神不顾丰苇原的众多生命，打算消灭一切，让世界重回混沌。可是，您是悲天悯人的女神，一定会垂怜地上国度的子民吧？"

"这还用问。"暗神语气坚决，"我是孕育丰苇原所有生命的女神，岂有不关爱自己子民之理？我关心丰苇原，远超乎本神自身。"

狭也终于破涕为笑，"谢谢您，这样我就安心了。"

"那么上路吧，这样你就能与遗忘已久的母亲相逢了。"

被催促的狭也开始迈开脚步，然而走了几步，她又停了下来。

"你好像还在悲伤。"疼惜她的暗神说，"还有什么心愿说出来看看，我都会答应的。"

略微迟疑的狭也片刻后下定决心，开口道："我想再看一次有金琵琶草的原野，您能让我看到吗？"

她才刚觉得夏日景色显得有些朦胧，刹那间沼地就倏然变成草原，季节也转成秋凉。高原吹送的刺骨冽风抚过脸颊，云朵朝远方移去，与记忆中的情景分毫不差，薄紫的花儿正迎风摇曳。覆盖整片洼地的花海壮丽异常，或许远远超过当时所见的真实风景，不过在狭也内心认定的景象就是如此。

我真傻。

美艳的花海让她感到一阵锥心之痛，顿时后悔起来。在没有稚羽矢的地方，回顾那片草原又有何意义？仿佛直接在伤口上撒盐一样，她怀着欲哭无泪的心情茫然望着眼前的景致。

静凉的秋风摇着花群，和蔼地轻抚她的柔发。炙灼般的激烈心痛一旦过去，只觉得残火中生起一缕淡淡倦意开始袭上自己。因为，薄紫的花海正一齐摇首，默默诉说：这里是宁静之国，是安息之国，在此不应有憾……

　　一定是我的执念作祟，真难为情，伤痛这些没有任何意义。稚羽矢与我已天人永隔，绝不可能再次相逢，因此我能做的，只有接受这个事实罢了。

　　狭也出神默想着，感到女神的御手正安抚自己的心，静下来，静下来吧，如果任凭女神安排，随着忘却之流沉落到深眠中，那该会有多美妙啊。然而，狭也仍固执着、紧缠着自己的苦憾不放。

　　只要能看到稚羽矢一眼——只要再见他一眼，我就能忘记……

　　忽然间，洼地边出现一个人影。

　　在高丛的青草间，狭也边望着忽隐忽现的景象边走下斜坡。当发现对方时，惊讶万分的她麻木呆立着。纵使深怀慈悲的暗神能治愈人心，但她没想到神恩会如此浩大。讶异环顾四周的稚羽矢竟现身她眼前，他的神情仿佛来到未知土地的旅人，狭也无法出声招呼，唯有痴痴凝望着他。然而，稚羽矢终于发现了立在花中的狭也，他立刻奔跑起来。

　　就在他奔来的前几步，狭也的身体恢复自由，她冲动地向前跃出，一股劲扑到他怀里，光是能切身感觉到他，就让狭也惊异不已，她觉得似乎一切都能实现，他们彼此相拥亲吻。无论是梦是幻，能如此让人心满意足，她一切全不在乎。

　　"我追来找你了。"将她环抱在臂弯中，稚羽矢在耳畔说道，"只要狭也在，就算没法重回地上也无所谓。"

　　"好想听你这么说啊，不再有遗憾了。"

　　狭也欣然微笑了。

　　"乌彦将勾玉交给你了吗？你一直戴着它……我都忘记这件事了。"

"幸亏有勾玉，我才能来这里。"稚羽矢说，"是岩夫人告诉我的，说它是狭也的一部分，因此会与你一线相系。不过，我还真不敢相信能找到你呢。"

狭也终于开始意识到事情有些蹊跷，如果真是稚羽矢的幻影，那么这些话也未免太不合情理，因此她将身子离开对方，凝视着他的脸孔。"难道你真的来了？并不是暗神让我看到的幻影？"

"我是真的来了黄泉国喔。"

"为什么来呢？"

稚羽矢也怔住了，回望着她，"所以就是我刚说的——"

就在这时，突然刮起一阵让人无法呼吸的狂风，将花连根扯起，任枯草抛卷入空。被草叶打在身上的两人，抬眼望着狂风扫境后的景象，只见漆黑的乌云漫卷了天际，正漩涡般旋转着。

"这里有不该存在的事物，对我界来说是水火不容的异类。你是何人？既然不能来此，为何还要现身？"

刚才温柔祥和的声音突变，暗神的盛怒声音响起。

稚羽矢并不会见机巧辩，他毫不迟疑就回答："我是稚羽矢，是高光辉大御神的神子，来这里是为了能与狭也见面，如果可以的话我想带她回去——"

狭也忙用手肘顶他不让他再说下去，接着插嘴道："地母的暗御津波大御神，这都是我的错。是我将勾玉交给此人，由他带来还我的。"

"你竟然叫他做这种事？"暗神对狭也的语气也变得严厉起来，"你拥有的那块勾玉，是我把它当作水少女的印记赐予的宝物，本来就该还我不是吗？没想到你竟敢将它交给辉神神子，将我们最隐秘的暗道泄露给辉族。"

惊慌的狭也脸色略青，"真是对不起您，我绝没有想过要如此做——"

"高光辉大御神——原本我打算宽恕他对我的惧怕冷淡、背弃远离，也饶恕他以巨岩封死前往暗界的通道，与我情缘两断；然而，他在地上残杀我的子民，让我痛心疾首。就连这点本神原本也想谅解，可是不止这样，他竟然还派人侵入暗国，令我实在是忍无可忍。"

女神的声音中渐露杀气，那种令听者感到五脏六腑被割碎的恐怖，就连世上最狂暴的地灵也自叹弗如。狭也极力克制颤抖，说："稚羽矢不是高光辉大御神的爪牙，他是与我们并肩作战的同伴。"

"多说无益，"身旁的稚羽矢说，"女神是听不进去的。"

就在两人双双返身逃走之际，蜿蜒的乌云直追袭来，浓密漆黑如深泥的黑暗伸长触手，正当千钧一发时，有人向他们招手。

"快骑上明星！"

额上闪烁星辉的明星蹬着前蹄已在等待，控制这匹烈马的人正是伊吹王。

"我来用障眼法阻挡女神，你们趁机快逃吧。"

无暇交谈，两人跃上马背，明星于黄泉的暗穹中如天马行空，广阔无垠的冥界天际散着闪烁星点，其中有些淡星大如核桃，正散放微光。迅逸如飞的黑马在凸立的岩棚上降落，这里除星光之外并无其他照明，因此显得十分幽暗，而伊吹王正在这里迎接他们。

"我没想到这么快就能与你们相见呢，不过也真是的，该不会又来大闹地府吧？"语气不假修饰的伊吹王说。

"我很想见您。"稚羽矢连声咳嗽后，开始道，"见到您，我有许多话想——"

"我了解，所以别说出来才好，现在不是道歉的时候，你触怒了暗界女神，暗界没有能逃过神眼的地方，在此也只能解围一时。"伊吹王转身向狭也问道："你那块镇魂用的玉石呢？现在最重要的就是镇伏的技巧。如果遭到神谴，就得忍受无穷无尽的苦报，在暗界又不能一死了之。"

狭也连忙对稚羽矢说："就是那块勾玉，你有带着它吧？"

"带是有带……"稚羽矢面有难色地支吾着，又指指自己肚子，"它在这里，我忘记去想该怎么交给你了。"

狭也和伊吹王不禁目瞪口呆，她小声问巨汉："这种时候该怎么办呢？"

伊吹王发出呻吟，"别问本王，我也不过是个游魂。"

星光从天空左方逐一消失，压迫天空般充满威胁的黑暗，开始覆上众人头顶。

"再不逃就来不及了。"战栗的狭也抓紧稚羽矢的衣袖。

"如果到处躲也难逃神谴的话，结局都一样。"稚羽矢注视着渐渐隐没的星点说，"还不如让我去面对女神，的确是该向她请示裁决才对。"

"不行啊。"

稚羽矢并没有听从她的拦阻，在岩棚上轻轻一蹬，不费吹灰之力就升向高空。

"伊吹王，"狭也神情激动地回头询问，"您认为我也能在空中飞起来吗？"

"这需要靠心念达成，因为暗界不同于地上。"伊吹王答道。

稚羽矢来到可以表达意见的距离后，对黑影说："统治黄泉国的暗御津波大御神，请您听我说。我虽是父神之子，却仰慕您，也向往着暗界，这是因为——"

黑影如细蛇般绕上稚羽矢的头足，渐渐愈缠愈紧，但他仍奋不顾身地继续说："自从出生以来，我就一直在找寻通往这片国度的路径，虽然终于借着狭也的指引来到此处，然而即使不是这样，我也想与您见面——"

突然黑影猛力勒紧，让他说不出半句话来。

"少讲虚情假意的话！拥有蜕生力量的家伙岂会向往腐朽的命运？就连本神最初来此时也并非心甘情愿。"

稚羽矢想要挣脱，却只是白费力气，他明白发挥巨蟒的力量也毫无用处，但忍不住逐渐对女神的成见感到怒火中烧，就在他快要爆发时，感觉到一只轻盈小手按住自己，原来是狭也。

"慈悲的女神，恳请您能息怒。"

狭也鼓足勇气，对她而言，这是最后且最艰巨的一项镇伏神灵行动。

"如果您的怒火无法平息，就请连我一起降罚吧。我身为暗族人，却向往光明而在辉宫任职。尽管辉与暗彼此无法兼容，但对没有女神御手照拂就无法生存的我们来说，我们还是憧憬向往着神光，因为，那是在地上所见最清美的一种象征。

"我和稚羽矢在辉宫相遇，一开始他在祭祀大蛇剑，也就是女神赴黄泉后，高光辉大御神斩杀火神所用的剑。但是，就在我得知稚羽矢并非跟我一样能镇伏大蛇剑，而是他本身就与能用来驱使的剑同为一体时，我们都对他深怀恐惧。不过，这是不对的。长久以来，稚羽矢或许比我们任何人都更真诚、更坦率地在注视女神，因为他就是剑之子——他不正是从辉神为了悼念您而挥动的大蛇剑中诞生的神子吗？"

狭也的声音被吸入长空，最后一丝余韵也完全消失。在如沉眠般的静默遍布四周后，暗神轻声说：

"辉神或许曾经悼念我，可是，他来到黄泉国后却又舍我远逃，从此就一直憎恨、疏离、嫌弃着我。"

"不，高光辉大御神若有意逃避您的话，就不会有意千里迢迢从天宫赶来。"狭也倾出身子说，"天神至今仍对您存有冀望——甚至不惜抛下丰苇原。"

"因此你才将勾玉给了此人？"暗神问道。

"——不是的。"狭也稍微气怯，答道，"我什么也没想，只是不愿和稚羽矢分离。并非因为身为巫女或水少女——而是我只想和他厮守在一起。"

稚羽矢发现自己可以出声了，于是说道："我是蒙父神之托来到暗御津波大御神的国度，也是为了来引路请您回到地上而诞生的。"

大吃一惊的狭也抬起脸庞，"稚羽矢！"

"但是，父神将这个旨意尘封，因此在与您见面之前，我对此事一无所知，对自己为何存在一直感到百思不解。然而，现在我重拾记忆了，原来我的任务是传达父神的旨意。"

"那么丰苇原该怎么办？"狭也轻声问道，可是稚羽矢却继续对暗神说：

"不过这项任务也十分危险，为了赐给我抵达暗国的力量，对父神而言，我可能反成祸害，假使无法到达您这里，我就会与父亲为敌，一直战到其中一方杀死对方才会罢休。可是我成功来到这里了，因为狭也帮我跨越了辉与暗之间的憎恨隔阂，那么，我是否已将父神的心意传达给您了呢？"

暗神以微风穿过林间般的语调轻声呢喃。

"剑之子，你和辉神很像，很有胆识敢单独前来。不过，你和他也有不同，因为水少女的勾玉已经与你融为一体。"

接着，心平气和的女神又继续说："你们平息了我的怒气，看见你们两人，我也稍微相信辉神仍有心期待与我见面。我愿意相信剑之子的传旨，不过即使如此，我也并不打算重拾已经抛弃的残躯再去见他，所以你回你父神身边吧。"

"您是要我一个人空手而返吗？"稚羽矢心有不甘地说。

"你的父神就是这样啊。"

"既然如此，我留在这里好了。"

"这是不行的，因为你是不死之身。"

"我绝不会丢下狭也回去的。"稚羽矢拉着狭也的手，断然说，"不会只带勾玉回到地上就算，我要连狭也一起带走。"

"不可能的。"就在狭也悄声说时，身边忽然有一个异于女神的声音说：

"好了，你就回丰苇原吧。"

狭也连忙回望四周。"这声音是——"

"蜕生是需要献祭替身的，就由老身来顶替吧，我也活够久了，想休息也不算罪过呀，可是你还有该完成的任务，就和稚羽矢一起回地上吧。"

那是岩夫人的声音，气若游丝而奇特稀有，却是狭也听惯的温暖语调。狭也大惊之下正待询问，稚羽矢已使劲拉住她的手腕。

"狭也，回去吧。"

回过神来时，手足已冻到发僵。她正寻思狱卒给的毛皮放到哪里去时，睁眼一看，发现这里不是高殿，自己正被大批暗族人围拢着。开都王、科户王、鸟彦都在，还有与大家一起的稚羽矢，也仿佛没发生任何事一般，仍是一张神采奕奕的面孔，正低头瞧着自己。

"真慢喔，半路跑到哪里玩了？"稚羽矢微笑说。

"暗御津波大御神……"狭也低声说着，接着喉间一紧让她说不出话来。

开都王感慨地开口，"果然正如老夫人的预料，她留下遗言说你们两人一定会回来。"

"我遇到岩夫人，也见到伊吹王了。"

才说完，狭也内心强烈体会到起死回生的实际感受。这原本是绝不可能的，但自己却再度能呼吸、有脉搏心跳，还恢复知觉可以畅所欲言，忽然间她能哭泣了，感觉到泪珠灼在冷颊上的烧热。稚羽矢生怕碰伤似的将她轻轻抱起，狭也心中有点遗憾，想着若非众人在场，就可以留在他的臂弯里尽情哭泣。

岩夫人的小小躯骸同样安置在殡宫，干萎脆弱而虚薄，生前的慑人气魄亦消失不再。

"不知她到底活过多少岁月，或许是天寿已尽。"开都王平静地说。

然而，狭也却摇着头，"不，岩夫人是为了代替我，她是为我身赴黄泉的，她还说我尚有必须达成的任务。"

鸟彦问："什么是必须达成的任务？"

"在回地上时，暗御津波大御神唤住我说——"

就在狭也话未说完之际，从简陋覆盖的屋宇缝隙中，飘下璀璨闪烁的金银光粉，刹那间，一束极强的光芒射进房内，转瞬又化为一道亮白光箭贯穿屋宇。小屋内愈来愈大放光明，似乎无视于大惊失色的人群，只见灿烂耀眼的光芒已远超过盛夏正午的海岸，墙壁与人影都白亮到轮廓消失，众人在恐惧中面面相觑。

"是高光辉大御神降临吗？"

"不会吧，两位辉神神子都还不见行踪呢。"

"丰苇原即将毁灭吗？"

"我们不是打赢了吗？"

拨开惊慌失措的人群，稚羽矢率先奔出小屋。打开门一看，难以置信的是外界盈满一片光之洪水，苍空变成珍珠白，让其他一切景象相形失色，真幻邦的群山虚幻如亡灵，山巅上横过几道彩虹，地面如碎水晶般熠熠生辉，连地势起伏都难以分辨。然后，稚羽矢注意到没有任何东西留下影子，因此试着举起单脚，然而光芒炫目到连自己脚边都看不清。他边遮着眼，边缓缓抬起头，就在东方的山峦上，辉神从峰顶彩虹的烘托间显现上半身，巨大耸立的金身隐约可见。正当此时，稚羽矢感觉狭也从后方追来。

"不能直视高光辉大御神。"稚羽矢斩钉截铁地说，"如果看到父神，一定会失明，在我说可以之前，你千万不能张眼。"

狭也内心一惊，双手将眼睛遮住，但还是感受到眼睑深处烙映着光芒忽明忽暗，真是非常惊险。

就在她的头顶上，响起了类似重弦震撼肺腑的声音。

"巨蟒之子啊，从黄泉国召唤暗御津波大御神重回大地的任务，你达成了吗？"

"没有。"稚羽矢无力答道,"女神无意前来。"

"本神看到了你身赴黄泉。"高光辉大御神的声音里略显不悦,"为何下去了暗界竟然无功而返?"

狭也遮着双眼,急急迈向前几步,向辉神说道:

"怀念的夫神。"

稚羽矢伸手按向狭也的肩头想阻止,又慌忙将手抽离。原来全身僵住的狭也似梦非梦地诉说着,声音却并非发自少女本身。

"在此的这位是从黄泉归来的罕见少女。为了夫神,我又二度打破了暗界的严律,一次是容许你的神子踏入黄泉国,另一次是让我的女儿重回地上。那么,请容我再使一点任性,借这女孩之身与你短暂相会。"

"思念的妻神,"辉神的声音略微动摇,"可是这样是不够的,如今我为了与你再结连理才降临至此。让我看看原来的你,瞧瞧你乌发黑亮的婀娜神影。"

暗神语带悲凉答道:"你还不明了吗?我的身躯早已腐朽,这是命运,划分天地乃是理所当然。"

"那就将时光倒流,让天地恢复混沌之海,回到你我携手并立的当时吧。我需要你。"

女神微微叹息,"剑已还你,为什么直到现在还要任性妄为呢?"

"我不曾有一日忘记过你,但我一直知道你对我怀有憎恨。"

感到厌烦的暗神扬声说:"你才在厌恶我,不是吗?自从化离后,就连我所有的大地子民都被你怀恨在心。"

"那是因为你爱那个暗窝远胜于我。"

"夫神,"暗神的语气中蕴满情感,"丰苇原的生命,生生世世轮回重逢，与时同行，因此大地需要母神，需求一位能产育、给予慈爱的女神。我不能就此让时光倒流、停住时间，因为我的子民将全部因此失去性命。"

"你关心丰苇原，更胜于在乎我！"

"夫神。"女神柔声呼唤的语调，温婉而确实封住了正欲发怒的辉神，"我接受了大蛇剑，也晓得你的烈性，那份或许会毁了你自己也说不定的热切情意。因此，我愿让你曾做的一切付诸流水，既往不咎；而且，今后无论再有多少心伤，我也能宽恕你。我们如此追寻彼此，从来不曾形同陌路，而丰苇原的子民们比我们更早察知此事，请看看在这里的你的神子和我的女儿，他们的结合难道不等于是你我相系？"

辉神默然不语，女神接着又说："请呵护丰苇原吧。我的身子虽已消失，我的手却遍及丰苇原各地，全都仰慕着伸向你。子民们以水揉土，用火烧出器具，连水火如此不容之物都能化为一体，因此我们也能结合为一。"

天神低声自语说："土器吗？丰苇原就是这样啊，脆弱而易碎，历经无数次糅合及重炼。只不过，你说要我别夺走他们的生存常道？"

"是的，夫君。若任凭愤怒击碎它，就是将我们彼此灌注至今的心血化为泡影。千万别这么做，请将丰苇原当作相爱的印记，就像留下你我的纪念般。"

"你的心意我了解。"辉神终于说道，然而声音中满含哀伤，"可是你不懂身边没有良伴，只有我独处广大天宫的落寞，也不能了解至高无上一无所有的冷寂。"

女神劝慰似的说："你不是有优秀的神子吗？"

稚羽矢看习惯了天神的金身后，终于注意到了山丘上的两位皇兄姊。并立在父神前面一处略高地方的神子姊弟，仿佛两道艳阳燃烧的烟霭，垂下眼眸的照日王面颊净白剔透，在敬仰的父神面前，像是变成了恭谨的少女；月代王似乎正注视着这里，然而对稚羽矢而言，光芒仍旧太过炫目，以致无法看清是否当真如此。

　　辉神也再次望着孪生神子们片刻。

　　"奉派到地上的我的孩子们，"父神静静唤道，"我想犒赏你们的辛苦，有什么愿望就说出来吧。照日，你呢？"

　　照日王仰起脸，以明快爽利的语调说："我没有任何愿望，只愿随父神回天宫尽职。"

　　"月代呢？"

　　"我也与照日一样。"月代王答道。

　　"那好，两人就随我回宫吧。"

　　辉神最后注视着稚羽矢。感受到高光辉大御神的目光，稚羽矢觉得周围再度晕染光芒，一切景象又不再清晰。

　　"那么最小的神子，我的剑之子，你有什么心愿？"

　　稚羽矢略感惊讶，然后率直答道："我想请您赐给我死亡。假如真能实现，请求您让我与丰苇原的人们一起生存、同样老去，死后回到女神身边休憩。"

　　辉神隔了半晌没有回答，但，最后天神终于道："就完成你的心愿吧。"

　　稚羽矢的脸庞瞬间现出光彩，辉神似乎颇为愉快说道："没想到你会以这种方式成就了命运，自己向为父要求死亡。不过，你如果诚心所愿，那就足够了。"

　　接着，稚羽矢的耳畔听见了立在远丘上的照日王声音，或许是借着时隔界传送而来。

"到最后你还是选择了歧途,真是无药可救的弟弟。不过这就是你,我心底对你还是有点疼惜,虽然没有代尽母职,但皇姊也曾怀着类似母亲的心情关照过你哟。"

稚羽矢心中百感交集,却一句也说不出口,只有临别一语,对美丽的皇姊轻声道:"请永远青春安康。"

而从相隔极远的彼方,也传来月代王的语声。

"如果暗神重生,一定长得就像狭也一样。虽然我不是父神,但却如此深信不疑喔。"

稚羽矢望着狭也,只见她还捂着双眼杵在那里。本来想对她说几句话,又觉得或许女神还附在她身上,因此也就作罢。

白绚的光束从东方如擎天之柱般往上高升,接着光芒从别的地方缓缓渐淡。天空恢复青蓝,群山轮廓定像,殿阁落影毕现。贯穿云际的光芒一瞬间将所有景物尽染金灿,旋即又恢复原貌,而地面上依旧白亮,原来不知何时落雪又再度堆积。

狭也终于睁眼,只见到一片静默雪景。在厚雪覆盖下,已收割的田中麻雀成群飞落,在雪缝间啄食着谷粮。某处响起了一声犬吠,似乎受到异常静谧的威迫,立即又闷声不叫了。仿佛一切都不曾变化,犹如梦境一场。

"高光辉大御神回去了?"狭也轻声问稚羽矢。

"是的,这样就一切结束了。丰苇原平安无事,皇姊和皇兄也随父神返回天上了。"稚羽矢答道,接着略微踌躇后,又加上一句说:"皇兄到最后临行前还一直望着你。"

"哎呀,你怎么不早讲呢?"狭也不禁大声说,"明明就再也没机会见到神子了,我却照你说的一直忍耐,都不敢睁开眼耶。"

"因为我不想提醒你嘛。"稚羽矢说完，就兀自笑了起来。

"好过分喔。"

"你生气了？"

"当然气啰。"

众人终于纷纷从舍殿现身，相互结伴来到外面，他们都露出奇怪的神情东张西望，简直不敢相信一切灾厄仿佛从来不曾发生，如剑还鞘，安然平息。飞下来的鸟彦用力摇晃着枝丫，雪粉落满了大家头顶。

"结束了，结束了！往后辉族与暗族不分敌我，大家没戏唱了很无聊吧，就来玩打雪仗如何？"

"要做的事还有一箩筐呢，笨蛋！"后颈塞满雪的科户王伸拳一挥，"必须要重建新国家，拥立一位君王，成为统一的国家。"

开都王站在稚羽矢和狭也面前，说："你们正是这一切崭新事物的君王，来代替大御神成为照顾丰苇原子民的父母吧。只要你们两人和睦相处，土器应该不会毁坏才对。"

狭也感到再也没有比这项提议更让她震惊的了，她简直不敢相信自己的耳朵，而稚羽矢也同样露出困惑的神情询问开都王，"您是指我们该做什么？"

开都王手抚着下颌，"首先该——办喜事吧。"

"办喜事？"

"当然是啰。"

身畔的狭也插嘴道："可是，我还没从稚羽矢那里得到择妻的宝物。"

稚羽矢一瞬间无言以对，接着说："我给你大蛇剑了。"

"已经给的东西不算。"

"除了剑我没有别的东西。"

"你这么说也对。"狭也像是恍然大悟似的仰望着他。"我们两人都一无所有呢,从没听说过孑然一身的人也能成为王耶。"

"建座馆邸就好了。"开都王说,"要祭拜大地、深埋础石、竖立桧柱将屋宇架高,大家一定会手拿木材协助你们搭建新居的,来春就可以建得十分气派辉煌了。"

狭也对稚羽矢露出粲然微笑,轻声说:"办喜事时,我要请羽柴的双亲来参加,然后对他们说,以后我要让他们看一大堆孙子的脸看到腻。"

"我听到了。"头顶上的鸟彦边扇动翅膀边强调道,差点被狭也丢来的雪球击中。

稚羽矢也笑起来,过了一会儿后问道:"不过,我第一次听到,什么是办喜事啊?"

——全书完